田園閨事 4

文創風 168

莞爾 著

風 文創 168

目錄

第六十一章

第二天一大早孫氏便收拾著起了身，聶秋染房間那邊沒有動靜，孫氏去瞧了一眼，也不敢將他房門推開喚他起床，想到自己昨兒做的事情，深怕聶秋染將她給怨上了，回頭便喚了兩個女兒過來拿了兩顆雞蛋出來煮了，讓她們給聶秋染端過去。

聶明一向是有些怕這個大哥，聶秋染對她們兩個妹妹並不親，這會兒孫氏喚她過去送蛋，頓時就不敢。

孫氏氣不打一處來，狠狠拎了女兒一把，看她眼淚在眼眶中打轉，卻吸著鼻子不敢讓淚水流出來的模樣，心裡火氣又更盛了一些，一邊怒罵道：「死丫頭，連這點事都做不好，生妳來有什麼用，一天到晚就光會吃喝拉，妳怎麼不去死！」

孫氏現在正是煩躁之時，一邊罵著，聶明一邊抹著淚珠，卻低垂著頭不敢出聲，孫氏罵了一陣，也覺得沒有意思，回頭便冷冷淡淡道：「蛋煮好了給二郎端過去吧，反正妳大哥長年吃著好的，崔家那小賤人也虧不了他，這兩個蛋想來他也不稀罕的！」說到後來時，語氣裡到底還是帶出怨意來。

聶明答應了一聲，聶晴坐在灶臺前燒著火，連目光都不敢飄過來，孫氏罵了一陣出了氣，這才自個兒出去了。

孫氏今日要去孫家請罪，順便想法子將孫梅那事給賴脫了，聶夫子說了讓她不能打聶秋染的主意，又不准她借聶夫子名義退婚，她這會兒想起還有些頭疼。她的大嫂趙氏可不是一個好惹的，凶悍非常，要不是礙著之前她許諾了要將孫梅娶進聶家的事，又有聶秋染那頭的秀才名聲頂著，恐怕趙氏昨兒便已經鬧將起來了。現在她既捨不得拿孫梅來委屈自個兒的小兒子，自然便要想法子把這門婚事給圓過去了，一想到這些，孫氏心裡又更煩躁了一些。

等她出了門，聶家兩個小姑娘這才鬆了口氣，聶晴臉上露出一絲笑容來，又洗了米準備做早飯，旁邊擺了一碗熱氣騰騰的雞蛋湯，聶晴從懷裡拿出一個帕子來，一邊朝聶明遞了過去，一邊道：「姊，昨兒我去崔薇那邊，她給了我幾個糖，我給妳帶回來嚐嚐哩。」

聶明今年已經十五歲了，早在兩年前她便已經說親給了隔壁村羅家的一個小子，再過一年便會嫁過去。孫氏當初圖人家聘禮，據說那男方並不如何，是村裡出了名的懶漢，可惜聶夫子對家裡的事並不如何上心，好像除了一個聶秋染外，他幾乎都不怎麼管的，唯一說起管聶秋文，他便會動棍子打人，聶明背地裡為那親事不知哭了多少回，卻依舊不敢去求聶夫子給她作主，最遲後年便會嫁過去。

「她倒也是現在大方了，還能給妳糖吃。」聶明冷著臉，將糖接了過去，咬了一口，這才含進嘴裡，一邊包著糖，一邊拿了個豬草板準備切豬草去，嘴裡又好奇道：「她還給妳什麼好東西了？」

聶晴搖了搖頭，一面往鍋裡添著柴火，一面就道：「也沒什麼好東西，就是給了我一些糖。我吃了她的東西也不好意思，所以準備替她做雙鞋，昨兒拿了她一雙鞋面回來改哩。」

聶明冷笑了一聲，提了東西出去了。

聶晴這才抬起頭，端起灶臺上的蛋碗喝了一小口，接著又吐了出來，這才舔了舔嘴唇，端了蛋給聶秋文送過去了。

崔薇昨兒送走了聶晴之後，心裡倒也沒什麼，只是想到自己做了一半的鞋面，被聶晴拿去改了，心裡不由有些遺憾，這可是她頭一雙做出像樣的，若是能自己做了穿上，那意義自然是不凡，被別人改過了，再精緻，可是感覺上到底也不如自己做的來得新鮮，不過聶晴應該也是一片好意，因此她也只是鬱悶了一陣，便將這事給放下了。

第二日早晨時聶秋染便過來了，外頭天色雖然大亮了，但這會兒還帶了些霧氣，冬天的早晨特別冷，剛從被窩裡爬出來在院子中站一陣便像是要被凍僵了一般，崔薇打開門放聶秋染進來時，看到他髮絲上頭都帶了些霧氣，不由有些奇怪，忙將人迎了進來。

「聶大哥，今兒怎麼一大早的就過來了？」她一邊說著，一邊伸手放到唇邊呵了口氣，目光看到院外的青苔地上，已經結了細細一層冰霜。

聶秋染臉龐晶瑩似雪，目光灼灼，嘴唇淡粉，臉頰消瘦，頭上拿一方青布將大半髮絲綰了個髮髻在頭頂，身上穿著一身藏青色衣袍，整個人俊朗非凡，竟然根本不像是孫氏那樣的人生得出來的孩子。崔薇看得有些發傻，一邊下意識開口問道：「聶大哥，你應該是撿回來的吧？」

話一說出口，崔薇就知道自己問了一個傻問題，她原本是想問聶秋染吃飯了沒有，誰料一張嘴竟然就問了這樣一個問題，頓時臉色有些發燙。

聶秋染微微笑了笑，只是唇角邊染上一絲若有似無的笑紋，可他一雙幽黑似深潭般的眼眸裡卻湧出淺淺的笑意來，眼睛裡像是盛滿了閃爍光華，看得人有些發愣。他一邊伸手拉了崔薇的小手，自個兒跨了進來，順手便將她的院門給關上了。

他的手尖略有些發冰，不過掌心倒是溫潤，崔薇被他這樣一拉，臉色更紅了些，幸虧屋裡沒人瞧得見，崔敬平到現在還沒起來呢，冬天裡正是賴床的好時機，要不是太陽出來的時候，他根本不會鑽出被窩。

崔薇任他拉著進了屋，一邊就要去給他做點兒早飯，聶秋染卻是拉了拉她的手，示意她坐下了，一邊道：「薇兒今年十二了。」

不知他怎麼突然間就提起這個事情，崔薇點了點頭，一邊伸手摸了摸他襖子，倒也厚實，不過這天氣本來就冷，走動著還好，若是靜坐著不動，穿得再厚也覺得冷得厲害。

聶秋染看小姑娘低垂著頭的樣子，估計是剛起來不久，頭髮只隨意綁在了腦後還沒綰起來，眼皮微垂，從兩排濃密的睫毛空隙裡，依舊能看得到星星點點的眸光，他不由手上力道便握得更重了些，像是已經決定了般，沈聲道：「等妳十三歲，咱們就先將親事訂下了。」

「好端端的，怎麼突然間說起這個？」崔薇臉色有些發紅，不過卻並沒有拒絕，她看得出來聶秋染心情有些不大痛快，卻也並沒有問，想來也知道應該是與昨兒聶晴過來喚他回去有關。

聶秋染卻沒有瞞她的意思，將昨兒的事情簡單說了一遍，崔薇開始時還有些不好意思，不過到後來聽見聶秋染說將孫梅指給了聶秋文時，她還來不及有些不痛快，頓時又忍不住不大厚道地笑了起來。「聶大哥，你將孫家的親事推給了聶二哥？」

聶秋染點了點頭，替她理頭髮，冰冷的指尖碰到她細嫩得好似上好玉珠般的耳垂，那種粉嫩的觸感令他指尖一時有些捨不得抽回來，一邊就點了點頭。「娘也是一片好心，那孫梅被她誇得跟一朵花似的，正好配我二弟。反正秋文現在也到了該說親的年紀，我看他娶哪個都一樣，表妹大他幾歲，正好可以照顧著他，娘應該感到歡喜才是。」

「噗哧！」崔薇又笑了起來，還笑得趴在了桌子上，只覺得忍都忍不住。聶秋染用一本正經的語氣說著這樣的話，她總覺得有一種詭異的幽默感，聶秋文那傢伙如今還跟個小孩兒似的，成天就知道玩耍，要他娶親，估計他這會兒還不知道自己被聶秋染賣了，否則早該跳起來才是。

不過不知道為何，聽到聶秋染說他沒有答應娶他那表妹，崔薇心裡卻忍不住湧出一股欣喜之意來，一邊笑了陣，見聶秋染溫和盯著她看，也不好意思再笑了，乾脆趴在桌上不肯起來。

「妳別管他了，反正這事他要不願意，自有人替他解決，這事既然是我娘招惹的麻煩，自然該她自個兒去還才是，不過我的兩個妹妹，妳都見過了，與她們說說話就行了，也別太過親近，免得哪天被人賣了，妳還不知道呢！」

崔薇聽他這樣說，有些不高興，一邊挺了小腰起來，神氣活現道：「誰賣誰，那可不一定，你沒瞧著我如今連地都買了嗎？我哪裡是好欺負的！」

看她這小模樣，聶秋染眼中露出一絲笑意來，摸了摸她腦袋。「是是是，薇兒最厲害。不過說到妳那地，妳不如還是找個人幫著平日管一管拔草鬆土的，也不用自個兒親自動手。」

聶秋染知道她心裡是想要提攜崔世福，幫他一把忙。如今崔敬忠進了縣裡讀書，一個月光是給夫子繳的銅錢都要一百，而他卻還要吃喝住宿，一個月少不了便要用上一百多大錢，而崔家裡就算是有地，崔世福父子天天不停忙活，不吃不喝一年頂多掙個一、二兩銀子便已經不錯了。可除了一家人的吃喝，再要供上崔敬忠的吃喝，便顯得有些困難了，他對崔薇一向維護，也難怪崔薇這事頭一個便想到了他，不過若是將崔世福找來，以後要是有人知道這地是崔薇的，聶秋染怕她有麻煩。

「我知道妳想找崔二叔幫忙，可是如今妳年紀還小，我平常又在城裡頭，有個什麼事不好回來幫妳，所以這事還是瞞著一些的好，等我今年去秋試，中了舉人，到時再請崔二叔來幫妳瞧著也不遲。」

他也是一片好心，崔薇心裡不是不動容的，哪裡還會拒絕得了他的一片好意，只是胡亂點了點頭，又覺得面頰有些發燙，一面掙脫了聶秋染的手，一邊說去煮早飯，乾脆溜進了廚房。

昨兒晚上灶裡便用零星的火燉了雞湯與雜糧粥，經過一整晚的時間，早已經極入味了，湯裡崔薇還切了豬肚條以及放了一些乾山菇，這會兒一揭開蓋子，那香味便撲鼻而來。昨夜裡那火苗不知道幾時歇的，現在湯裡還冒著熱氣，早飯也不用多隆重了，只是這湯昨兒聶秋染還沒來得及喝就被孫氏喚了回去，今天早晨正好給他喝一碗。

雜糧粥這會兒燉得已經很細爛了，香味撲鼻而來，裡頭崔薇放了高粱、小米、麥子以及玉米碎末等，聞著也香，她添了把柴進灶膛裡頭，將火發上了，把湯與粥各自熱了一遍，又將鍋端了出來。把早晨時剛擠的羊奶給倒進了洗得乾淨的鍋裡頭，扔了一包乾杏兒下去，這才各自舀了些雞湯和一小碗粥出了廚房。

把東西放到了聶秋染面前，他昨兒晚上就沒吃晚飯，早餓得受不了了，這會兒看到雞湯香氣撲鼻，而那粥五顏六色的煞是好看，頓時使來了胃口。湯味道十分鮮香，既有乾山菇特別的香氣，也有雞湯的鮮味，而那豬肚條已經燉得軟爛了，裡頭沾滿了香氣，一嚼便讓人愛上，裡面還有幾粒白果，湯料倒是十足。而那雜糧粥也清香，不用配菜，光是喝粥也帶了一股淡淡的回甘甜，食物本身的清香，比放過了任何調料還要美味得多。

崔薇看他自個兒吃著，便又去廚房了。鍋裡燒的羊奶已經滾開了，一股股奶香氣將廚房裡充盈得滿滿的，雖然裡頭夾雜著一股淡淡的腥羶氣，但幾乎大部分的腥羶氣都被杏子的氣味壓得不讓人那麼難受了。崔薇各自盛了一些放進黑背和毛球吃的碗裡頭，端著碗出來時，黑背倒是甩了甩毛連忙朝這邊瘋狂地跑了過來，但毛球卻是不在屋裡頭。那小東西也不知道一天到晚的瞎跑什麼，崔薇也沒有理牠，直接將奶放下了，這才又進了屋。

屋裡聶秋染已經將湯與粥都吃下了，崔薇給他端的分量剛剛好，吃完會飽但卻不會撐，配上她剛端進屋裡來的鮮奶喝了，一股飽足感便湧了起來，連手腳都暖和了不少。

今兒孫氏回了娘家，聶夫子又要出去訪友，天色大亮時，竟然連聶秋文都往這邊跑了過來，一副想要賴在這邊吃午飯的樣子。崔薇打量了他好幾眼，見他跟崔敬平二人有說有笑的樣子，實在不像是知道他昨兒被聶秋染推了一檔「好事」的樣子，頓時既感好笑，又感同情，一面忍了笑意進廚房準備弄午飯了。

那頭聶秋文卻是被她打量得毛骨悚然的，一邊湊近了崔敬平一些，一邊有些詭異道：「崔三兒，你妹妹怎麼了？一直盯著我瞧。」兩個半大的孩子正膩在崔薇之前找人訂做的躺椅上頭，上面鋪了厚厚的棉絮和毯子，睡在上頭既舒服又暖和，這是最近崔敬平最喜歡的地方了，坐在這兒平日與崔薇說說話，看她做做針線，覺得這樣的日子比出去瘋跑還好玩。

「你瞎說啥呢！」崔敬平盯了聶秋文一眼。

不過崔三還沒來得及教訓他，那頭聶秋染就捏著一本書，視線冷颼颼的望了過來。「君子不背後議人是非！」

聶秋文最怕的就是他這一點，崔敬平開口他可能還反駁幾分，但一旦聶秋染都說了話，他哪裡還敢由著性子來，連忙就答應了幾句，只是心裡卻不免腹誹，大哥現在一心維護崔妹妹，比對自己還親近，說她一句話也不行，上回就是說了崔薇一句娘兒們，回頭便被他逼著挨了打。

幾人正說著話，外頭卻是傳來了楊氏的聲音，崔敬平連忙跳下地穿了鞋準備去開門，一出了堂屋，外頭冷風颼來，他便全身激靈打了個寒顫，外頭楊氏兜裡捏了四、五個紅彤彤的桔子，在這小灣村稱為泡柑的東西，正是這幾個月成熟，這幾個瞧著顏色鮮紅，崔敬平一下子眼睛便亮了起來。「娘，您怎麼給我送泡柑過來了？」

楊氏看到兒子穿著新衣裳的樣子，心裡也覺得滿意，看他腦袋上戴了一頂厚帽子，脖子上還不知圍了個什麼，探了手過去在他腦袋上碰了碰，又捏了捏他的手，摸到手並不冰涼了，才鬆了口氣。崔敬平在這邊住著崔薇確實將他照顧得很好，可楊氏心裡總覺得有些不大舒坦，一低頭看到崔敬平腳上胡亂穿著的鞋，連腳後跟都露在外頭，頓時便像找到了能挑碴兒的地方一般，鬆了口氣。

她一邊將泡柑朝崔敬平塞了過去，一邊彎了腰給他穿鞋，嘴裡唸叨著：「你大舅那邊種的泡柑成熟了，這不，讓人給我捎了一些過來，我想著你喜歡吃這些東西，給你送了幾個過來，可要撿好了。」

崔敬平聽她的意思就像是誰要吃自己的東西一般，頓時心裡有些不大舒坦了，連忙喚了一聲。「娘！這東西要不您拿回去給崔佑祖吃吧，我不吃了。」

楊氏心裡有些酸楚，覺得這兒子一住到別人家裡頭，便跟自己生疏了不少，心中有些不豫，但到底忍住了。現在崔敬平跟她可不像以前那樣親了，自上回這小子從外頭跑了又回來之後，跟她之間無形中便像是隔了一層般，楊氏也不敢將兒子逼得狠了，就怕兒子到時離自己更遠，因此一邊忍了氣，一邊就擠出一絲笑容來。

「好了，不就說你一句，你想哪兒去了！你妹妹平日裡照顧你，正好你給她嚐嚐。出來鞋子可要穿整齊了，不然凍著了可怎麼好？」她嘮嘮叨叨著，拉著崔敬平不肯離開，直到隔壁崔敬忠喚了她一聲，楊氏這才匆忙回去了。

崔敬平抱了幾個泡柑進屋裡來，崔薇燒了飯菜正好從廚房裡出來，就看到他懷裡抱著的金燦燦的東西，忍不住就笑了起來。「三哥，你等下慢些吃桔子，我給你做個好玩的。」

崔敬平還沒來得及答話，屋裡聶秋文一出來就看到崔敬平手上抱著的桔子，頓時歡呼了一聲，上前來便搶了兩個過去，三兩下剝開了一個便吃了。

崔敬平恨恨地瞪了他一眼，五個桔子他一人便撈了兩個，一個他三兩口的吃了，剩了一個已經剝成了四瓣，人家大哥還在這兒呢，崔敬平也不好收拾他，打人家弟弟還要瞧瞧他大哥在不在，今兒看在聶大哥的面子上，崔敬平少不得給他一個臉面，只是衝聶秋文冷哼了一聲，這才作罷。

他伸手遞了一個桔子到崔薇手上，一邊道：「妹妹吃，正好三個，我跟聶大哥再一人一個。」

「我不吃了，三哥你等下把桔子給我，先別忙著吃。」崔薇一邊說完，一邊忙朝廚房裡頭去了，崔敬平不知她是個什麼意思，也果真不敢將桔子剝了，一邊就遞了一個給聶秋染。

那頭聶秋文吃完兩個，舔了舔嘴望著崔敬平手上的還有些嘴饞，崔敬平警告似的與他道：「這兩個可不能給你了，要再過來搶，我讓聶大哥揍你！」

抬出了聶秋染的名字，果然聶秋文就不敢放肆了。不多時，崔薇從廚房裡出來了，一面手裡拿著個小刀，崔敬平也不知她究竟要做什麼，她伸手，便將桔子朝她遞了過去。崔薇低頭小心的拿刀尖在桔子上面劃了一個小小的口，沒敢傷著桔子瓣，又拿在手中揉了揉，不多時輕輕一揭，那桔子便跟被揭了個蓋子般，那片小圓形的桔子皮便被她給揭了下來，露出裡頭橙黃色胖胖的桔子肉。崔薇拿刀一挑，一瓣桔子便被她挑了出來，放到了崔敬平手上。

這樣的玩法倒是有些新鮮，連聶秋文都有些後悔起自己之前沒有將桔子留著這樣做了，不過想到桔子的美味，連忙腆著臉湊了過來，一邊攤了一隻手道：「崔妹妹，給我也再吃一些。」

崔薇如法炮製，又挑了一瓣桔子到他手上，剩餘的桔子瓣便好取得多了，一面伸手進去全取了出來，這才將半個裡頭其實空了，但外面看著卻是完好無損的桔子殼放在桌子上頭。剩餘的兩個桔子都用這樣的方法，那三個桔子殼崔薇拿線縫了三個角出來，將線拉長了，拴成一個疙瘩，讓聶秋文出去切了三根竹棍回來叉上，裡頭又切了三段小蠟燭進去，分別滴了些蠟燭油將蠟燭給固定住了，一個簡單的桔子燈便製成了。

崔敬平看著這東西，興奮得直打轉，恨不能現在就拿出去玩玩才好，聶秋文更不用提了，連忙就要去找火摺子將這蠟燭點起來。

崔薇忙將二人止住了，一邊笑道：「現在先別忙著玩，等到天黑之後才看得見呢。」現在大白天的，哪裡有什麼好玩的？晚上時瞧得清楚一些，那才是真正好玩。

崔敬平自然是聽她的，只有聶秋文嘴裡倒是嘀咕了幾句，不過到底不敢大聲說了，也忍不住寶貝的將自己的桔子燈籠放好了，連午飯也不盼了，就一心盼著天黑。

第六十二章

晌午過後毛球還沒回來，崔薇有些擔憂了，而午飯後天氣便陰沈了起來，吃完飯後天空更是開始飄起了細細的毛毛雨來，崔薇心裡也有些擔心那隻胖貓，不知道牠是不是被人捉了去。

如今這個時代，波斯貓可是個稀罕物，是能賣銀子的，而且有錢也不一定能買得到，若不是聶秋染之前使了方法，也不一定能弄得過來一隻。她一面拿了個籮筐坐在屋門口做著活兒，一面就朝院外看，平日裡毛球若是回來，一般都是從圍牆處跳進來，她坐在門口，一眼便可以瞧見。

崔薇手上是給聶秋染做的一雙棉襖手套，今日早上摸到他的指尖有些發涼時，她便有了這個心思，將布料剪成一個簡單的手掌形狀，除了大拇指之外，其餘四根手指頭並沒有分出來，而是用一整片空間代替了，裡面塞了厚厚的棉花，既暖和又舒服，而且戴著還不會覺得緊，這樣冷的天，她坐在門口，手裡做著這東西都覺得暖和得很。這東西簡單，只是縫好上棉花，中間再用針線將棉花固定，花費不了多少時間，吃完飯沒多久，她手裡的手套便已經做了大半，只剩一點收尾的工作了。

聶秋染不時看她一眼，見風拂在她身上吹得她髮絲跟著晃動，睫毛根根分明，臉色有些泛白，也不知道她冷不冷，原是想放了書進屋裡去替她拿個厚襖子出來搭著，可不多時院門外竟然傳來「砰砰砰」的撞門聲音，不像是有人來的樣子，之前也沒聽到腳步聲。崔薇愣了一下，下意識地就回頭看了聶秋染一眼。

崔敬平正跟聶秋文二人說著話，一面手裡還擺弄著那桔子燈籠，聽到聲音也跟著轉過頭來。「什麼東西？」

話音剛落，外頭突然間傳來「咕嗚」的聲音，聽聲音，倒像是平日裡毛球發火時的聲音。

崔薇一下子站起身來，將身上的碎布屑拍了拍，把針往手套上一別，有些驚喜地道：「聶大哥，是毛球回來了吧！」這傢伙平日從來都不走尋常路的，沒想到今兒竟然知道撞門了，這貓已經快要逆天了。從早上時便一直消失到現在，也不知道牠跑哪兒去了！

崔薇現在聽到聲音，頓時氣不打一處來，連忙拎了裙襬就要去開門，聶秋染忙跟了上去，舉了手擋在她頭上，兩個小的自然是要跟上來湊熱鬧的。

門一打開，崔薇便尖叫了一聲，下意識地一下子撲進了聶秋染懷裡，手死死捉著他衣襟，雙腿「嗖」的一下跳了起來夾在他腰上。

這個動作實在是出乎聶秋染意料，頓時驚呆得眼珠子都險些滾落下來，本能的伸手扶在崔薇小腰上，深怕她摔了下來。崔薇腦袋死死埋在他胸膛上，他的下巴抵著她的腦袋尖，鼻孔裡都是小姑娘身上香香甜甜的奶香味，頓時眼神就有些迷濛了起來，直到聶秋文二人擠了過來，崔敬平這才驚呼道——

「蛇啊，蛇啊！」

聶秋染這才勉強分出心來朝門外看了看，毛球正嘴裡發出嗚嗚的警告聲，渾身毛髮有些髒，四足上面沾了不少泥土，毛都立了起來，正滿臉警惕地盯著面前一隻巨大的墨綠色蟒蛇。那蛇身有大碗公粗細，頭是三角形，身形盤在一起，跟崔薇家門口放了一只大腳盆似的，這樣大一條蟒蛇，明顯就是上回他們看到的那條，難怪崔薇一開門就嚇成了這副模樣，竟然主動投懷送抱了，原來是毛球這倒楣小東西將這玩意兒給引來了。

「趕緊進去！」聶秋染臉色一下子凝重了起來，身後聶秋文還在不知死活地想往前頭擠，這樣大一條蟒蛇，又是有毒的，若是給咬上一口，恐怕就算不死也要吃上大苦頭，這傢伙真是不知天高地厚！

崔敬平一聽聶秋染這話，頓時便點了點頭，連忙就要往屋裡退，聶秋文卻不甘心，一邊道：「讓我瞧一眼，我看一眼哪兒有蛇！」

「滾進去！」聶秋染表情一下子冷了下來，見那蛇頭轉了過來，重重一腳就踢在弟弟腿上，直踢得聶秋文眼淚都快流出來了，也不知他一個讀書人哪兒來這樣的大力氣。

看大哥發火，聶秋文也不敢多待，揉著腿，一瘸一拐地跟著崔敬平回屋裡去了，卻仍是有些不甘心。

聶秋染原本也是想往屋裡躲的，誰料崔薇卻是雙手抓著他衣裳，一邊轉過頭來，看著毛球有些捨不得，眼圈都有些發紅了。她養了貓這樣長時間，肯定心裡是有感情的，聶秋染見不得她要哭，認識她這幾年時間了，就算是被楊氏欺負的時候，也從沒看過她這副可憐兮兮的樣子，頓時認命的要找東西過來救這隻倒楣的貓。

誰料毛球哪裡需要他救，嘴裡發出嗚嗚的響聲，趁著那蛇在吐著芯子，竟然一扭肥碩的身子跳了起來，「啪」地一下，一爪子抽在那蛇腦袋上，頓時抓破了皮，沁出鮮血來。那蛇吃疼，打了個滾，腦袋就朝後頭退了幾步。

這個情況看得崔薇跟聶秋染二人都不住地抽眼睛，眼前這貨真的還能稱為貓嗎？這麼勇猛，連比牠大了幾倍的蛇牠都敢抽耳光，這貨還有什麼不敢做的？

屋裡黑背聽到動靜，也忍不住跟了出來，那蛇情況有點兒不大對勁，身上鮮血淋淋的，估計如今正是冬季，大大影響了它的行動力與凶殘性，毛球抽了它一耳光，它調頭就想跑。崔薇一見蛇跑了，鬆了口氣，剛想將毛球喚回來，誰料這該死的臭貓不知道窮寇莫追（注）的道理，竟然一下子又衝上前，抓了人家身體一下，嘴裡發出凶殘的叫聲，一口在它身上重重咬了下去！

那蛇吃疼，頓時原地打滾個不停，黑背也衝了上去，崔薇深怕牠被咬到，連忙大聲喝斥著牠，不過黑背卻是顯得有些猶豫不決的，暴躁不安地在原地打著轉，嘴裡發出嗚嗚的叫聲，一邊就望著門邊。

聶秋染小心地抱著她往後退，兩人進了門死死將門關上了，崔薇也顧不得害羞，一面從聶秋染身上滑下來，一邊趴在門縫裡往外瞧。這蛇正值冬眠時期，不知從哪兒被毛球拖了出來，加上不是在活躍時期，毛球抓了這蛇兩下，趁蛇立起身又再給它幾下子，沒多大會兒工夫，那蛇便被打得趴在地上起不了身來，嘴裡連吐芯子都不像之前有力氣了。

趁它病要它命！毛球又抽了它幾耳光，一口狠狠咬在它七寸上，那蛇早就被牠抓得傷痕累累的，這會兒一被咬住，身體扭了幾個圈，要將毛球纏住。而這傢伙一見得手，便又跳了開來，如此反覆幾回，那蛇被折騰得只有出的氣而沒有進的氣了，要死不活地癱在了地上，半晌沒動彈了。毛球又伸爪子拍了它幾下，那蛇都不動了，它又試探著在蛇身上咬了幾口，那蛇也沒動彈，確定是死透了，頓時牠才一下子朝蛇身上跳了過去。

這場貓蛇之戰看得崔薇眼皮不住亂跳，這貓也實在太慓悍了些，一殺了蛇，撕了兩口蛇肉，不知從蛇七寸裡拖了個什麼東西出來吃了。蛇肉都被吃了不能動彈，證明這蛇應該是死得不能再死了，崔薇這才鬆了口氣，覺得雙腿都有些發軟了。

聶秋染將門打開了，貓才滿身髒污，喵喵叫著跳進來，一邊撒嬌似的湊在了崔薇腳邊，蹭來蹭去，很快將崔薇的裙襬蹭了些血跡與泥土。

上次追二人的蛇一下子被牠弄死了，也算是解決了小灣村村民們的一個隱患，照理來說崔薇是應該覺得高興的，可不知為何，一看到這貓剛剛的緊張情況，以及牠滿身的髒污，頓時心裡一股火氣湧了出來，伸手拎了牠脖子上的軟肉便將牠提了起來，劈頭蓋臉就罵道：

注：窮寇莫追，不追無路可走的敵人，以免敵人情急反撲，造成自己的損失。

「一天到晚的到處亂跑，還敢惹了這麼一個大東西回家，你是不是嫌命太長了！」

毛球哪裡知道她在發火，只衝她叫了一陣，又伸舌頭舔了舔她的手，一股血腥味迎面撲來，令崔薇聞著便想反胃，沈著臉，一邊指揮著聶秋染燒了熱水，給貓洗了個澡，也不管牠掙扎著想逃，最後拿布巾給牠擦乾了，又放在灶邊烤了半天，直到毛球身上的毛乾了，崔薇才將牠放開。

只是這小東西總愛往外跑，這回連蛇都敢招回來打了吃，膽子也太大了些，外頭下著雨，剛給牠洗過澡，崔薇也不想牠身體又被弄髒了，因此拿繩子將牠拴著掛在門口邊，把牠的窩也挪了過來，指揮著牠睡了進去。

外頭的那條大蛇已經被聶秋文跟崔敬平二人拖了進來，這傢伙恐怕足有三米多長了，長得這麼大也不容易，不知從哪兒跑來的，沒料到最後竟然死在了毛球手。不過這蛇有毒，上回又追了自己半天，顯然是要吃人的，能被毛球收拾了這一禍害也好，只是看崔敬平抬著，崔薇心裡磣得慌，一邊就道：「三哥，這蛇你抬進來幹什麼？找個地方挖個坑埋了吧，看著怪嚇人的。」

崔敬平搖了搖頭，一邊有些興奮。「妹妹，這蛇這樣大，不如弄來吃了，我聽人家說，蛇肉可好吃了！」崔敬平說完，一副嘴饞的樣子，一邊就伸手摸了摸那蛇身。

崔薇看得寒毛又立了起來，這蛇肉她可沒有吃過，見崔敬平有些想吃的模樣，猶豫了一下，乾脆道：「我是不敢吃的，三哥你要是喜歡，不如你就切一些嚐嚐？」

聽崔薇說她不敢吃，崔敬平便猶豫了起來。

那頭聶秋文眼珠轉了轉，一邊湊了過來。「崔妹妹，這蛇如此大一條，恐怕能吃上不少時間，妳要是不敢吃，不如送給我吧，我拿回家讓我娘燒了，讓崔三兒過來吃就是了，也免得嚇著了妳。」

這倒是個好辦法，崔敬平猶豫了一下，點了點頭，崔薇自然也沒意見，她如今又不缺銀子，這蛇肉她還真不想嚐。本來這蛇也是毛球打死的，聶秋文要是喜歡，給他也就是了。

聶秋文一看她答應，頓時歡喜得跳了起來，連桔子燈籠都顧不上玩了，一面扛了蛇便出去了。

現在外頭落著雨，崔敬平才不肯出去弄得一身髒兮兮的回來，因此不肯幫聶秋文抬蛇回去。聶秋文也沒有勉強崔敬平，反正這蛇雖然重，不過他自個兒慢慢扛著也不是完全弄不回去的，因此與聶秋染等人打了聲招呼，便喜孜孜地出去了。

崔薇總覺得自己院子裡像也是蒙了一層蛇腥味兒，心裡極不舒服，忙燒了些熱水出來，把壩子裡沖洗了一遍，又將門口也拿了皂角子搓出泡沫水拿掃帚給刷了一遍，把門也洗過了，這才覺得心裡舒服了一些。

聶秋染也跟著忙了半天，快過年了，便當提前大掃除一遍就是。幾人這番折騰下來，渾身都被雨浸濕了，崔薇乾脆拿了早就給聶秋染做好的衣裳出來，燒了水讓他洗了個澡，把新衣服換上了，幾人這才又重新坐到了屋裡頭。

天色漸漸暗下來時，聶秋文沒有再回來，原本給他準備的桔子燈籠，最後只得崔敬平一個人玩而已。那蛇的事情崔薇當然也沒有放在心上，只是後來他答應崔敬平的蛇羹當然也沒了下落，崔薇只當他是年紀小，忘性也大，這事自然便就此算了。

十二月三十日時正好是一年中的最後一天，也是鎮上趕大集的日子，崔薇撐著傘穿了舊衣裳進了鎮上一趟，準備買些麵粉等物回家，難得過年，這段時間又得閒了些，她準備買點麵粉回家揉成麵條給崔敬平做麵吃，家裡麵粉已經不夠了。而晚上團年時聶秋染已經說了他要在自己這兒吃飯，因此得買些菜備著，人一多起來，她反倒多了幾分做飯的興致。

聶秋染跟在她身邊，手裡已經提了好多的東西，光是麵粉崔薇就一下子稱了十來斤，看不出來聶秋染整個人瞧著瘦，可是提著東西卻絲毫不顯得吃力。

崔薇走在前頭，聶秋染後面替她撐著傘，挽著背筬，一手還將她半圈在懷裡。

「聶大哥，咱們去瞧瞧有沒有賣野味的，晚上回去也好燒來吃。」崔薇想到上回買的麅子，自最開始買的那一次嚐過之外，後來再去賣山貨那邊時，就再也沒遇著過這些山珍野味了。

聶秋染自然對此是沒有意見，點了點頭，叮囑她小心一些，便跟在了她身後。

今天就是大年三十了，街上賣鞭炮、紙錢的人都不少，崔薇照例都買了些放進背筬裡。來到賣山貨的地方時，沒瞧見有賣野味的，但崔薇眼睛一閃，卻像是看到一個熟悉的人影，揹了個什麼東西跟著人走了。

她連忙扯了扯聶秋染的衣裳，一邊指著那邊，靠近了他胸膛道：「聶大哥你瞧，那是不是聶二啊？」那背影瞧著跟聶秋文真像，穿著一身藍色襖子，衣襬快到膝下，背上揹了一個捂得嚴嚴實實的背篼，頭髮攏在頭頂。

聶秋染感覺到小姑娘靠得自己近了些，連她頭髮絲上的淡香味也順著輕風飄進自己鼻端，半晌之後才反應過來她在跟自己說話，順著她抬起的手臂，沿著白皙的指尖望過去，只看到一道影子被眾人擠在了洪流中，依稀倒有些像聶秋文。但人太多了，擠來擠去的，不一會兒便沒了身影，瞧得也不太清楚。聶秋染搖了搖頭，一邊將東西換了隻手，一手攬了崔薇的肩膀，將她轉到了自己懷內，目光還盯著遠處看。「倒是有些像，不過他並沒什麼可以賣的東西，手裡也沒多少銅錢，也不像是能來這邊的，回頭我問問他。」

崔薇本來就只是隨口問一下聶秋染而已，並沒有將這事給放在心上，聽他這樣說，自然就點了點頭。今日早上她跟聶秋染與崔敬平幾人一塊兒出發的，崔敬平去喚聶秋文時，孫氏只說他今日不舒坦不趕集了，她心中也沒多想，這會兒看到有些像他的，便覺得奇怪，可問過之後自然也沒當一回事，便拉著聶秋染在街上逛了起來。

雖說今日沒有賣野味的，但賣山貨的倒是不少，其中不少菇類千奇百怪的好幾種都有，崔薇一樣買了一些，又有些驚喜的遇著賣蜂蜜的，而且數量瞧著還不少，她如今不差銀子，自然是將蜂蜜全部給買了下來，回頭瞧著滿滿一大背篼的東西，她這才又買了些肉便準備出鎮子。只是兩人還未踏出鎮子時，便聽到街上有人在議論紛紛，說是哪兒逮著一條大蟒蛇了，是個孩子揹來賣的，賣給了林家準備做蛇羹吃，足足賣了二兩銀子。

崔薇正在那陳家的麵館坐著，聽到麵館裡有人在議論著這話，頓時便吃了一驚，下意識的想到了之前看到的聶秋文的影子，眉頭一下子就皺了起來。

一旁聶秋染臉色陰沈，靜靜坐著沒有開口，崔薇抬頭看了看他臉色，頓時便嚇了一跳。

「聶大哥……」她伸手扯了扯他的袖子。

聶秋染反手將她小手抓住，一面伸出指尖在她掌心裡輕輕點了點，搖了搖頭。「放心，這事我會給妳一個交代。」

他雖然沒有明說，但崔薇卻知道，他這話的意思是在懷疑賣蛇的人是聶秋文了，畢竟剛剛兩人在賣野味那邊好像看到了他背影，而現在賣蟒蛇的事整個鎮子都傳遍了，小灣村這邊離得近的鎮子並不大，趕集的都是附近十里八村的人，雖說街道倒是有幾條，但傳來傳去的，大半個時辰的工夫夠將消息傳得四面八方都知道了。

崔薇見他這模樣，聽出他語氣裡的冷意，雖說若這事真是聶秋文幹的，她心裡肯定是有些不大舒坦，可若不是聶秋文，誤會他也就不好了。因此這會兒她還能冷靜得下來，捉著聶秋染的手便搖了搖。「聶大哥，事情先問清楚再說，指不定不是聶二哥幹的。」

這話說出口，崔薇自個兒心裡都有些不大相信，聶秋文的身影是她親自瞧見的，今日聶秋文又託病不出門，以他的性子，哪裡有熱鬧便該往哪裡湊才是，如今正值過年時期，小鎮上是最熱鬧的，他怎麼也不會錯過才是。再加上自上回毛球弄了蛇回來之後，把蛇屍體送給了聶秋文，到如今他也沒有再露過面，答應了崔敬平讓他去吃蛇肉的事到現在也沒了影兒，加上如今鎮裡的傳言，其實崔薇心裡已經有了底，但她卻不好在聶秋染面前說出來，因此也只當不知道了。

「是不是他幹的，我心裡有分寸，薇兒，妳別生我的氣。」聶秋染抿了抿嘴唇，忍著想伸手替她理頭髮的衝動，一邊站起身來，轉頭便朝鎮子處望了起來。

這事就算真是聶秋文幹的，崔薇心裡也分得清楚，不可能會生聶秋染的氣，因此聽他這樣一說，便搖了搖頭。

不多時，街道處崔敬平跟王寶學二人過來了，兩人過來時臉色都有些不大好看，一到了這邊看到崔薇兩人之後，崔敬平便怒聲道：「妹妹，我瞧見聶二了！」

他這一句話無疑是將聶秋文賣蛇的事更給坐實了！

崔敬平心裡還有些不大痛快，一邊鬱悶道：「早晨時喚他，他娘還說他哪兒不舒坦了，原來都是騙人的，竟然不跟我們一塊兒玩了，以後我也不會睬他了！」

崔敬平不高興地說了一句，一旁王寶學也跟著點頭。他們三人平日裡一向都是一塊兒行動的，還是頭一回聶秋文自個兒躲著他們不肯與他們一塊兒，崔敬平雖然懂事，但到底年紀還小，這會兒自然心裡有些不大痛快。

崔薇心裡不知該如何跟他說才好，她這會兒心裡其實已經有七、八成把握認為那條蛇應該是毛球弄死的蟒蛇了，賣蛇的人大家都說是個孩子，而崔敬平也說在鎮上看到了聶秋文，他平白無故的，不可能躲著崔敬平跟王寶學二人來到鎮上。而當日聶秋文以崔薇怕蛇不敢煮的理由將蟒蛇弄了回去之後，便打著的是請崔敬平過去吃蛇羹的話，而這幾天過去了，蛇羹到現在還沒見著蹤影，崔薇之前沒有注意到，其實現在才想起來，自那日聶秋文扛了東西回去之後，便是再也沒有出現過了。

從這些跡象上顯示，恐怕那賣蛇的人已經有八成的可能性是聶秋文了。崔敬平一向與這兩個小夥伴交好，崔薇也不知道該不該將這事說給他聽，若是他知道了聶秋文因為要悄悄賣蛇才躲了他不跟他一塊兒，不知他心裡該是多難受了。

崔薇沈默著沒有開口，只是她不說，卻不代表別人也不提，外頭下著毛毛細雨，有兩個披著蓑衣的人往麵館裡進來了。

曹氏懶洋洋地瞧了一眼，竟然也懶得起身趕人了，快過年了，她也不願意平白無故就得罪客人，好在那兩人也不是不懂事的，一進來便各人都喊了一碗麵，直到坐下之後才嘴裡興奮道：「你們聽說那賣蟒蛇的孩子沒有？那蛇足有好幾十斤重呢，聽說那蛇身有大碗公粗細了，恐怕最少是修煉幾十年了，說不得已經有了靈性，造孽啊，那林家居然買了去。」

「你知道什麼，那蛇修煉得久了，說不得身上肉也是有了靈氣，萬一吃了長生不老也是有可能的。」另一人聽到他這樣說，便反駁了一句。

曹氏一邊燒水煮麵，一邊就偏了頭聽這二人說笑。

崔敬平臉色登時就變了，轉頭看著崔薇，嘴唇動了動，說不出話來。

而那人一邊拿了筷子在手上，一邊又搖頭嘆息道：「可惜了沒有蛇膽，若是有蛇膽，這樣大一條蛇，那東西恐怕是大補的好物件，要是完整的，恐怕價錢還得翻一翻，要是咱們能捉到那條蛇就好了。」

「就是你有那個命能碰著那邪門東西，恐怕你也沒命逃得掉！」

這兩人還在說笑著，但崔薇幾人卻是沒閒心聽了，反倒是心情都有些沈重了起來。一條大蟒蛇，而且還是被掏了膽的，這應該便是毛球拖回來的那條蟒蛇了，因為當時毛球捉了蛇不知道掏了它一個什麼東西吃，但在那蛇身上確實是破了一個洞的，這樣大的蛇尤其是在這個時節，可是不易找到的，再加上剛剛看到聶秋文的行為，崔薇心裡幾乎都可以確定是聶秋文拿了毛球弄死的蛇出來賣了。

「我要去找他！」崔敬平拳頭握得「咯咯」作響，一面咬牙切齒的站起身來要往外跑，王寶學臉上閃過不知所措之色。

崔薇見到這情景，又看了一邊沈默不語的聶秋染一眼，連忙將崔敬平給拉住了，搖了搖頭道：「三哥，算了。」

崔敬平抿著嘴唇，一臉倔強之色，頭一回沒有聽崔薇的話，一邊拉開崔薇的手，臉色有些發冷。「妹妹妳等我，我要去問問他。若是真的，往後……」崔敬平一邊說著，一邊拳頭又捏得更響了一些，轉身頭也不回地跑了，王寶學見到這情景，忙也跟了上去。

崔薇本來想喚住他，可是話到嘴邊，卻是搖了搖頭，嘆息了兩聲，也不再說話了。

聶秋染拔弄著剛買來的雞冠子玩，一邊揪人家身上的毛，直將一隻雞弄得「咯咯咯」的叫個不停，他神色卻是沒有變化。

見到這樣的情景，崔薇也不知該說什麼了，乾脆也坐了下來。可只是坐著不吃東西，那曹氏可是不幹的，大過年的還來開上半天的門，為的就是掙錢，若是這兩人坐著不吃東西占位子，她是要趕人的，雖說崔薇跟陳家之間也算沾親帶故的有著一點兒關係，但這曹氏哪裡管得了這些。因此崔薇想了想，點了一碟子炒花生米，可惜她沒動嘴，聶秋染也沒動，倒是喜得曹氏臉上的笑意都沒落過，這兩人付了錢卻不吃東西，等下這些花生米再賣給別人，又是一樁好生意了。

崔敬平二人出去自然是沒有找到聶秋文的，失落地回來了。

崔薇臨走時找了一個油紙包將花生米倒了進去遞到王寶學手上，身後曹氏看著恨得直咬牙，卻是拿她沒什麼辦法，心裡將這幾人詛咒了個半死，卻只能眼睜睜的看著他們出去了。

第六十三章

一路上眾人都默默無語的，王寶學經過自己家門口時是繞著房子後跑的，他許久難得跟崔敬平玩兒到一塊兒，今兒是除夕，自然往外頭跑了，劉氏不見得真會揍他。

眾人路過王家，剛轉了個角，還沒到聶家門前，便看到一個穿著杏子色衣裳的人影正從對面過來。

聶晴手裡端著個盆子，一身衣裳洗得都有些泛白了，頭髮綰成兩個小包，幾根劉海垂在額邊，踱著雙腳，嘴裡呵著氣過來了，她見到崔薇幾人時，頓時吃了一驚，接著又愣了下，眼裡極快的閃過一道懊悔之色，卻在看到聶秋染時硬著頭皮走上前來。

「大哥。」她聲音輕輕細細的，說話時嘴裡都像帶了些寒氣，她身上那身襖子顯得有些大，穿在身上空蕩蕩的，這樣的天氣，光是瞧著就很冷。手裡端著的盆子裡放著一隻殺了已經收拾好的雞，她手掌用力抱著盆緣，骨節都凸了出來，顯得極其惹眼。

崔薇看到她時倒是頓了頓，自上回聶晴將聶秋染喚回去之後她便再也沒有過來，崔薇平日裡也忙，倒是也忘了她當時過來的情景。現在一看到她，自然就想起了她當時拿去的那雙鞋面，還說是幾天之後給自己改了換回來，這幾天卻都沒見著她身影，沒料到在這會兒碰上了。

估計聶晴也感受到了崔薇的目光，硬著頭皮轉過頭來，衝崔薇笑了笑。「崔妹妹也在，我還想說哪日去找妳呢。」她說話時目光有些躲閃，臉色微白，不像是之前凍白的模樣，反倒是顯得有些慘白，像是極為慌亂的樣子。「上回崔妹妹託我做的鞋面兒，我還差一些便做好了，前幾日忙得很，也沒什麼時間去做，原想過幾天給妳送過去呢，沒料到今兒就碰到了崔妹妹。」

聶晴說這話時語速極快，雖然盡力露出笑容來，但依舊是不由自主的露出一些驚慌來，崔薇看了她一眼，半天之後才溫和笑道：「聶二姊若是忙，就慢慢來吧，反正我一時間也不著急，也不用耽擱了聶二姊的時間。」

她這樣一說完，聶晴才微不可察地鬆了一口氣，這樣一放鬆下來，她手裡的盆子都險些落了地。

聶秋染目光落在這個妹妹身上，看到她額頭都沁出了滿滿的大汗，頓時心裡生疑，卻不動聲色轉頭問崔薇。「什麼鞋面？妳要早跟我說，我也好瞧瞧。」

他這話一問出口，崔薇還沒來得及回答，那頭聶晴便已經極快道：「大哥，今兒晚上吃雞肉哩，今兒爹買了十斤肉，大哥，晚上您回家吃吧？」

她這樣一說，自然是將剛剛聶秋染的問話給打斷了，崔薇也沒有再回答的意思，聶秋染看了她一眼，只衝聶晴搖了搖頭，也沒說話了。他臉上雖然帶著笑意，但態度有些冷淡，不過聶晴這會兒卻是根本不在意，反倒是鬆了一大口氣，衝崔薇笑了笑，一邊端起那木盆，便跟逃也似的，飛快的大步朝聶家行去了。

崔敬平因為聶秋文的事心情還有些低落，反倒是王寶學扭頭朝聶晴方向看了一眼，一邊有些好奇。「聶二姊這是怎麼了，好像有些驚慌的樣子？」

一句話說得崔薇嘴角邊露出笑意來，聶秋染卻是目光微沈看了遠處一眼，接著才轉過頭來，冷聲道：「走吧！」

既然聶秋染都開口說了話，王寶學自然不可能再繼續問下去，這兒離崔薇家已經不遠了，崔家門大開著，楊氏等人坐在院子中，裡頭看樣子人不少，看起來極其熱鬧的模樣。

看到眾人回來時，楊氏連忙跑出來，一邊慌忙道：「三郎，你姨母過來了，下午娘請人來殺豬，晚上吃好的，你過來吧。」

崔敬平這會兒心情不好，吃龍肉都沒什麼胃口，對於楊氏的挽留自然是拒絕了，楊氏待還要再勸說幾句，可是屋裡頭崔敬忠已經在喚她了，她也只有無奈地看了崔敬平一眼，又轉頭回院裡去了。

幾人回到家門口時，竟然意料之外地發現聶秋文笑嘻嘻的，穿著一身青色襖子搓著雙手蹺著腳站在屋門外，背上揹了個背篼，裝了滿滿的東西。

崔敬平一看這傢伙，頓時氣不打一處來，恨恨地跺了跺腳，一邊跑上前，重重地就推了他一把，惡聲道：「聶二，你這傢伙還敢過來？」

聶秋文被推得撞到了門上，一邊唉唉叫著，一邊忙央求著道：「崔三兒，你慌什麼，你推我幹麼呀？我是給崔妹妹說好消息來了。」他一邊說著，一邊也像是知道自己今兒賣蛇的舉動已經被眾人知道了一般，連忙討好地湊了過來，從懷裡掏出了一大把銅錢。「崔妹妹，妳瞧，我今兒把蛇拿去賣了，我怕妳不同意，所以開始沒跟妳說，妳瞧瞧，好多錢！」

聶秋文將手裡的銅錢數得噼哩啪啦的作響，他賣了蛇如今卻是將錢送過來，崔薇表情動了動，回頭就看到一旁崔敬平鬆了口氣的神色，見到她的目光時，崔敬平眼裡露出一分央求之色來。

崔薇知道他跟聶秋文從小一塊兒長大，幾人當初又是共同闖過禍、挨過打的交情，自然不同於一般的友情，既然聶秋文現在將錢都捧過來了，看在聶秋染跟崔敬平的分上，也不可能真將他給趕走，她冷哼了一聲，開了門進去沒理他。

崔薇沒有直接趕人，聶秋文已經很高興了，連忙屁顛顛的也跟了進去。看到聶秋染望著他意味深長的目光時，頓時渾身打了個哆嗦，心裡顫抖了一下，雙腿不由自主的開始抖了起來。

「崔妹妹，這錢是妳的，是妳的，我怕妳搬不動，所以替妳去賣呢，那樣大一條蛇，妳自個兒是扛不動的，嘿嘿嘿！」他說完，乾笑了幾聲，一邊討好的將錢放到了崔薇面前，一邊不由自主地就夾緊了雙腿，緊張地盯著崔薇看。

「聶二，那蛇是毛球抓到的，你也知道，所以這其中的三分之一，我決定給毛球買吃的了！」崔薇見他這副模樣，忍不住也想笑，原本對聶秋文她一向是喚聶二哥的，可是這傢伙行事實在是太不靠譜，讓人尊敬不起來，自然不用再對他用尊稱，只是慢慢地將那錢分了一堆出來，大約有四、五百錢的樣子。

這樣多銅錢湊一塊兒，瞧著一大堆，跟小山似的，聶秋文不由自主的喉嚨便滑動了兩下，臉上露出不捨之色，但在崔敬平與聶秋染威脅的目光下，卻並不敢多說什麼，只是腦袋如小雞啄米般點了點頭，連連道：「應該的、應該的，毛球大哥應該多吃！」他話音一落，被拴在角落裡好幾天不准出去的毛球聽到自己名字，懶洋洋地抬起頭來，喵的叫了一聲。

他這個態度倒也算是良好，崔薇點了點頭，又將剩餘的銅錢分了兩份出來，一份就朝聶秋文幾人推了過去。「剩的這一份，我也不要，給聶大哥。另一份你們自個兒拿去花吧，反正快要過年了。」

毛球是聶秋染買的，當初兩人又遇著過一回蛇，這些錢便算是給自己壓驚的，不過她如今手裡有銀子，不缺這一點，自然便不要了。聶秋文這性格跟個小孩子一般，只是看到了好東西忍不住心裡生出貪念了，這都是正常的，只怪孫氏平日沒好好教他，只知一味寵著才這樣，他現在年紀大了，若不好好壓著，恐怕往後性子要長歪。

聽鎮上的人說這蛇賣了二兩銀子，林府出手一向不會小器，這蛇能賣二兩銀子崔薇是相信的，如今沒拿出來的大約只有一兩半銀子左右，那些應該是被他自個兒花了，不過崔薇也不跟他計較了。只是她不計較，不代表聶秋染那邊就算了。

王寶學沒料到自己今日過來一趟最後還有零花錢分，頓時驚喜莫名，歡喜地跟著崔敬平將那錢分成好幾份，最後一大堆銅錢被他掃進兜兒裡了，幸福得不知該說什麼才好，只知傻笑著。

而聶秋文的那一份最後卻被聶秋染手一掃，全併入他的那堆銅錢裡頭，聶秋文眼皮頓時一跳。

聶秋染慢吞吞地道：「你自作主張，又買了不少的東西，這些錢不要想了，你之前買的，往後便在薇兒這邊幹活抵債，挑一缸水給一銅錢，砍一挑柴當三錢，另外尋得好東西再算，直到將那幾百錢抵完再說！」

聶秋文雖然早知道他大哥不是省油的燈，但在聽到這麼艱鉅無比的條件時，依舊忍不住淚流滿面。「大哥，挑一缸水才給一枚銅錢，一挑柴送鎮上怎麼著也抵得過二十銅錢了……」

他話還沒說完，聶秋染便冷冷淡淡看了他一眼，溫和笑道：「秋文，這錢不是給你的，而是在你之前花用的錢裡面扣的，什麼時候將這些債抵完，你之前賣蛇的事才算完！」

一聽到自己做事還沒有錢拿，聶秋文頓時欲哭無淚，但一看到聶秋染的眼神，他就知道這個大哥說的話並不是假的，而是認真的，得罪了聶夫子，最多只是被打一頓就完事，而得罪了這個陰險又心狠手辣的大哥，恐怕最後結果慘不忍睹。聶秋文心裡一向怕他慣了，現在聽到他的話，就算明知這個條件不對等，卻也不敢反駁，只能忍著鬱悶，要死不活地答應了一聲。

這會兒聶秋文是真有些後悔起自己之前扛蛇去賣的舉動了，早知道這樣他還不如將崔敬平幾人喚上，現在他倒是賣了些錢了，一拿到錢時又痛快地花了不少出去，還給那些耍猴戲的打賞了幾十文，如今卻要用廉價的勞力來抵償，一想到這些，聶秋文想死的心都有了，也有一種衝動，恨不能立即便衝出去將那些打賞出去的錢又給拿回來。他背簍裡買了不少的泥人兒以及糖人兒等，畫糖時也花了不少的錢，不知不覺地就用了出去，如今吃進了他肚子裡，當時倒是痛快，如今卻不知多久才能還得清，聶秋文一想到這兒，頓時又垂下頭來。

聶秋染辦事，崔薇一向放心，他拿了張紙給聶秋文記下來，並算清他花了多少錢，讓聶秋文自個兒按了手印，並當即就趕著他出去挑水，不到吃午飯時，聶秋文眼睜睜地瞧著崔敬平跟王寶學二人拿了桔子燈籠歡天喜地的在院子裡跟狗玩著，而他則是挑了水又得給羊擠奶刷洗身子，侍候完這些小東西們，又要去殺雞洗菜，忙得團團轉，半天下來竟然只抵了三個銅板的債，一看到那銅板最後的零頭都還沒還清，聶秋文頓時險些哭了出來。

午飯只是簡單的吃了，而崔薇買了這樣多米麵，當即就將麵揉了，撒了前世時類似蘇打粉一樣能發麵的東西進去，揉了放在了桶裡頭。晚上時崔薇是準備燒雞的，而她今日買了不少的小芋頭，晚上準備將這些芋頭燒進雞裡面。這些小芋頭洗起來費力，而且芋頭漿弄到手上又癢，這樣的差事自然是被扔到了現在最大欠債人的聶秋文頭上。

眾人坐在屋裡玩耍著，外頭冷得呵氣都要成冰了，聶秋文卻是挽了袖子，正坐在院子裡費力的搓著小芋頭。這些東西個頭小，又難洗，只有先將它們放進大布口袋中一陣搓洗之後，把泥洗去了，再慢慢一個個的刮乾淨，過程麻煩得很。可偏偏芋頭又好吃，崔薇本來想下午時自己跟崔敬平幾人慢慢弄的，誰料聶秋染給自己找了這樣一個便宜小弟，不用白不用，這傢伙實在太過膽大包天又調皮了，磨磨他也好。

「咱們這樣是不是有些太過分了？」崔敬平一邊坐在屋裡頭，一邊看著崔薇取了個菜板出來，洗了一塊半肥瘦的肉正在那兒宰著，旁邊還放了一個盆子，裡面有四、五塊約莫一斤重的肉，不知道她為什麼要將這麼多肉切碎，崔敬平雖然有些不理解，但說完一句話仍是伸手將她手中的刀接了過來，一邊道：「妹妹，讓我來切，免得等下切了手。」他一邊說著，一邊手便護著菜板邊，小心地用力切了起來，也不多理聶秋文的事了。

今日是年三十的晚上，崔薇買了這樣多菜，眾人都不免開始期待起晚上的飯菜來，做活都極為細心。王寶學也沒閒著，拿了花生在一旁剝著，崔薇手上也剝著花菜，就連聶秋染都在一邊幫著忙。四處都一派過年的氣息，崔家的歡聲笑語不住傳來，日頭漸漸西斜時，王家劉氏過來了一趟，是來喚王寶學回去的，可是這小子做了半天事，早對晚飯期待無比了，哪裡肯回去，頓時死扒著門檻不肯走。劉氏又尷尬又是生氣，只能跟崔薇笑著說了幾句抱歉，這才自個兒回去了。

而聶家那邊屋裡則是冷冷清清的，孫氏一個人在家裡，聶夫子今兒又去了一個學生家裡，當初他沒去縣裡時，便也是在小灣村中教學的，如今便有他學生中成了氣候的，趁著過年時他在家中的時間將他喚了過去，聶家裡反倒是沒什麼人了。孫氏原本是想今日聶夫子買了雞，顯然也是有與她和好之意，沒料到他下午被人喚走，晚上兩個兒子卻不回來，家裡冷冷清清的，聶明、聶晴二人戰戰兢兢的大氣也不敢出，孫氏陰沈著臉坐在屋裡頭。

聶明想到那隻雞，饞得直流口水，一邊小心翼翼的湊到了孫氏面前，低聲道：「娘，天色晚了，我現在就煮飯了？那雞，還吃不吃了？」

屋裡一個男人都沒有，盡都走得乾淨了，只剩了母女三人在家中，孫氏頓時氣不打一處來，心裡跟有貓抓似的難受，她兩個兒子淨都被崔薇勾了過去，難怪她就瞧那小丫頭不順眼。如今大兒子這樣鬼迷心竅便罷了，沒料到聶秋文那小東西也是這樣，果然娶個貼心的媳婦兒就是重要，否則都跟聶秋染兩兄弟似的，她還不得活活氣死？

那天去孫家提退婚的事情，話還沒說出口，孫氏就險些跟大嫂趙氏打了一場，退婚的事人家說不行了，若是孫氏一心要提退婚，他們孫家也不是好欺負的，到時便打上門來，人家還言明非要將女兒嫁到聶家，這是孫氏當時自個兒誇下的海口，若是不行，可不得依。

這事令孫氏頭疼無比，回來還不敢跟聶夫子說，大兒子不聽她使喚，她根本管不著，若是強逼了，最後吃苦頭的就是自己。娘家那頭也不是善茬，她哪裡還敢再回去，若是真鬧僵了，往後可怎麼了得？但孫梅若真要嫁過來，自己也只得聶秋文一個還能擺布的兒子，可是她比自己的秋文大了快三歲啊！孫氏一想到這些，心裡就難受，過個年心裡都堵著氣窩著火，一聽到聶明還上來問吃雞的事，頓時氣不打一處來，「啪」的一聲，一耳光便抽了過去。

孫氏厲聲道：「吃吃吃！一天到晚的妳就只知道吃，餓死鬼投的胎啊妳，吃這麼多，也沒見妳給長出些什麼好處來！」

孫氏罵完這話，聶明捂著耳朵低垂著頭不開口，孫氏心裡氣又更盛了些，想著今天是大年三十，也勉強忍了氣，一邊罵道：「怎麼，家裡沒個男人落屋，咱們幾個女人便吃不得雞了？那雞本來也是妳爹買了今兒吃的，去收拾了，好好煮一鍋，他們不回來，我就不信我嘴缺了一塊吃不得！」

聶明答應了一聲，死死咬著嘴唇含著眼淚出去了。

屋裡就剩了一個聶晴，緊張得雙腿都打哆嗦了，孫氏目光落在女兒身上，這兩個女兒沒一個長得像聶夫子的，都像她。孫氏生了四個孩子，也就只有聶秋染最像聶夫子一些，甚至長得比聶夫子還好，其實孫氏也為自己那個大兒子得意，可惜她心裡隔閡深了，兩母子實在親近不起來。這兩個女兒雖然樣貌像她，可惜脾氣卻沒一點兒與她相似的，大的時常悶著話不出聲，跟鋸了嘴的葫蘆似的；而這老二則是膽小怕事，跟軟麵團似的，讓人瞧著便心裡煩。

孫氏心裡不舒坦，看女兒也不順眼，挑了挑眉頭便道：「妳今兒不是說妳遇著妳大哥，跟他說了，要讓他回來吃飯的？」

聶晴連忙就點了點頭。

孫氏便冷笑了一聲。「既然如此，怎麼現在還沒回來，妳去給我瞧瞧，今兒崔家那賤丫頭買的東西恐怕不少，妳便留在那邊吃晚飯吧！」她這話不是開玩笑的，而是真心實意這樣說的。

聶晴自己還差著崔薇一雙鞋面，哪裡敢在崔薇家中吃飯，頓時便跪了下來，哭道：

「娘，我跟崔、薇不熟的……」

「妳這沒用的東西！還不快去瞧瞧！」孫氏聽她這樣說，頓時又氣結，揮了揮手，也懶得再搭理她了。

聶晴這才如獲大赦，連忙起身出去了。

崔薇家裡如今已經點上了燈，冬季裡天色黑得快，早在酉時中天色便已經黑了下來，那時家家戶戶都已經開始放起了鞭炮，崔薇自然也不例外，按照此時的習俗來說，放鞭炮是為了去舊迎新，且驅魔避邪，代表舊的一年過去，新的一年到來，身上除去噩運只得好運的。這是一個好兆頭，她當然也要跟隨習俗。

崔敬平與王寶學二人搭了凳子，在外頭貼著聶秋染下午時寫的對聯，聶秋文則是提了一串曬乾的紅辣椒掛在院子裡的牆壁上，廚房裡崔薇忙得熱火朝天，這樣冷的天氣，屋裡卻是喜氣洋洋一片。

過年時她也難得奢侈了一回，買了好些蠟燭點著，將整個客廳照得燈火通明的，廚房裡頭點了四盞油燈，一波波提前切好的菜擺得整整齊齊放在一旁，配料都是準備好了的，只消直接下油炒就是。雞燒小芋頭，一旦炒香了崔薇便倒進鍋裡，放在一旁的灶上，只等著火候到就是。

今兒是大年三十，不會早睡的，因此晚飯自然吃得也晚，也不用趕時間。下午時宰好的肉末弄了一小半出來，混了些細碎的薑末以及碧綠的小蔥段進去混好了，又調了蝦醬以及鹽等，混著冬瓜煮了些肉圓子湯，晌午後便燉著的豬蹄到這會兒散發出陣陣香味來。聶秋染坐在灶臺前，只塞了一些粗壯的樹桿進去，便能燒上許久，他幾乎是坐在灶前烤火而已，不知為何，崔薇看到這樣的情景，卻是忍不住想笑了起來。

這煮菜的時間也不能相隔太長了，免得一道菜端上桌，第二道菜便涼了。現在天氣冷得很，坐屋裡不關門都能將人凍成個冰棍一般。崔薇剛將肉圓子湯放到鍋裡溫著，外頭便聽到崔敬平的聲音響了起來——

「聶大哥，聶二姊找您嘞！」

這聲音大得恐怕隔壁都要能聽到了，崔薇忍不住彎了彎嘴角，外頭聶晴卻是將頭垂得更低了一些，屋裡聶秋文還好意思站到門口邊去瞧熱鬧，絲毫沒有要給姊姊解圍的意思。

「二郎，你幫我將大哥叫出來吧，娘說讓我來喚你們回去哩，今日是大年三十，一家人總要在一起團聚才是。」她聲音輕輕細細的，一句話沒說完頭便低了下去。

聶秋文哪裡會管她這麼多，什麼大年三十不三十團聚的，他根本不在意，反正哪兒有好吃的他就在哪兒，才不管聶晴的話。再說今天的菜有大半是他辛苦勞動的成果，聶秋文自個兒還沒等著嚐過，卻聞到廚房裡一波傳來一波的香味，口水都快流出來了，不知比家裡的飯菜好吃了多少倍。家裡一祭完祖宗，那些肉啊油的都膩了，年年都要吃豬頭肉，一想到過年便沒了胃口，哪裡肯回去，因此他理也沒有理聶晴，只是哼了一聲，揚高了頭。

「妳來幹什麼？」聶秋染拍了拍身上的柴灰，一邊走了出來。

看到他身後沒有跟著崔薇時，聶晴不由自主地鬆了口氣，她站在門口邊許久了，但卻沒人請她進屋裡去，外頭細雨飄著，打在人身上跟落了個細針般刺疼，風呼呼的颳著，讓人恨不能將頭和四肢都縮進衣裳裡頭。地上的石塊像是含了冰一般，凍得直讓人打哆嗦，那股冷意從腳底一直竄到心裡，讓聶晴不由自主的跺著腳，一邊看著聶秋染哆嗦道：「大、大哥，娘說大年三十年呢，讓您和二郎都、都回去。」

聶秋染本來也不會給孫氏多少臉面，現在又經過了她想將孫家那姑娘指給自己的事，兩母子間只差沒有明著撕破臉而已，哪裡肯給孫氏留面子，一聽到這話，便笑了一聲，一邊搖了搖頭。「我就在這邊吃了，妳要叫人回去，問問秋文吧。」

他出來本來就是想瞧瞧孫氏除了來喚自己之外還有沒有其他事，如今一旦聽到了孫氏果然只是這樣而已，也不想多留，外頭冷得很，他倒不如躲進廚房裡烤著火，才暖和一些。

等聶秋染一走，聶晴目光便落到了聶秋文頭上，那頭聶秋文可不像聶秋染一般好脾氣，一邊揚了揚拳頭，他今兒幹了半天事，早累得要死了，就等著一口吃的，若是現在聶晴要叫自己回去，他哪裡甘心，因此威脅道：「二姊，妳要是再讓我回去，我可揍妳了！」

這傢伙完全沒有風度，不過他的性格聶晴也瞭解，知道他是說到做到的，也不敢真與他倔著，萬一被打一頓，又喚不回去人，以孫氏的性情，說不得不只不會怪她兒子，反倒只會怪她辦事不力，如此不如就這樣回去的好，反正到時將事情推到別人頭上也就是了。

這樣一想，聶晴也不敢停留了，在聶秋文威脅的目光中，連忙退了出去。

晚飯前有了這樣一個小插曲，幾乎沒有給眾人心裡留下什麼波瀾，晚飯豐盛異常，但聶秋文等人做了半天事，早就餓了，如今美味當前，崔薇家裡又不用祭祖先燒紙錢那一套，吃起飯來特別的快，端著碗時飯菜都是熱呼呼的，挾進口中還燙嘴，那味道自然更鮮了些。崔薇將屋門半掩著，幾人歡喜地搶來搶去，倒也熱鬧非凡，吃完飯聶秋文幾人也沒回去，他們也不怕冷，又跑院子外去點火炮，以及跑崔家門口撿那些沒炸開的鞭炮出來放著，一時間到處都是歡聲笑語。

直到劉氏忍耐不住過來接了王寶學回去，孫氏也沒能忍得了，親自過來押了聶秋文回去，孫氏窩著一肚子的火，難得對兒子硬起心腸來罵了幾句，卻是看也沒看崔薇與聶秋染一眼，自個兒便拉著不情願的聶秋文走了。雖然不知道這兩母子怎麼鬧得這樣僵，但崔薇卻也並沒有去勸，她自個兒跟楊氏的關係還不冷不熱的，又哪裡會去管聶秋染的閒事。

等兩個真正的調皮孩子一走，屋裡頓時冷清下來，聶秋染坐了半天與崔薇說了些話，最後才回去了。

第六十四章

一夜無眠，第二日天色大亮時，外頭便傳來歡樂的笑聲，崔薇起床穿了衣裳，去廚房裡看了看昨日中午發好的麵粉，昨日下午半天的時間加昨晚一整晚的時間，那麵已經發得差不多了。她燒了熱水洗了臉和手，給灶裡添了柴，又將手給擦乾淨了，這才揉起麵團來。

昨日的肉餡都是現成切好的，只消放些調料便是。這樣冷的天，肉放一晚又不會壞，從廚櫃裡拿出來，裡面都結冰了，硬硬的一團，她好不容易拿到灶邊，半天才化了開。

這麵團混得不少，崔薇先扯了一大段下來，分別切成約有嬰兒拳頭大小的一塊，捏成包子的形狀，拿筷子撥了調好的肉餡進去，一邊捏好了放進一旁早就洗過的蒸籠裡頭。一直做了約有三、四十來個，灶臺上剛剛扯下來的麵團才用光了，蒸籠裡已經擱滿了大半，崔薇將蒸籠放上去，蓋上竹蓋子，又淘了米下鍋，這才開始生起火來。

崔敬平起床時便吃到了肉包子，頓時驚喜莫名，鎮上也有賣包子的，但肉餡的得要兩文錢一個，這個價格可不便宜，他平日也只是想想罷了，捨不得吃，雖說後來崔薇有了錢之後沒虧著過他，那肉包子是嚐過了，但味道也不過如此而已，誰料現在崔薇做出來的肉包子，竟然這樣美味。

崔敬平一口氣吃了七、八個，這才放下筷子，又喝了一碗稀飯，這才摸著肚子道：「妹妹，這包子好吃，等下聶大哥過來也給他嚐嚐。」

他現在倒是吃著好東西也會想著別人了，崔薇忍不住笑了笑，一邊就道：「還有呢，三哥你吃就是，我那兒還放著發好的麵團，材料都是現成的，不夠吃再做就是，我晚上再蒸點兒甜包子吃。」

兩兄妹正剛說著話，那頭聶秋染果然一提他便到了。

崔薇是早有準備的，連忙將肉包子挾在盤子中端了出來，還盛了一碗雜米粥。

一大早的就能吃到包子，聶秋染也有些驚喜，現在聶秋文正被孫氏逮在屋裡吃飯呢，要是知道這邊有包子，恐怕他早就過來了。

這些肉包子每個約有嬰兒拳頭大小，剛好夠他一口一個，皮薄餡兒多，崔薇在做吃食上有一種異樣的天賦，就算是沒做過的東西，只消多做幾回出來，味道做得就要比別人家的好一些。聶秋染現在除了每日歇在家裡，幾乎只要在家，一日三餐都往崔薇這邊過來了。如果不是因為兩人沒成婚，不好在這邊留宿，恐怕他早就不回去了。

早晨時蒸的肉包子幾人一吃之後只剩了十來個，聶秋文中午過來時吃著肉包子，便一直後悔不已。

中午時崔佑祖過來拜了年，將人給送走後，一整個春節，崔薇幾乎也都待在家裡，便這麼過去了。

孫氏每日在家裡守著清冷的桌子，只恨得心裡咬牙。若是崔薇這會兒在她面前，恐怕她巴不得給崔薇幾巴掌抽死才好。一整個過年別人家裡越熱鬧，便顯得他們家中越發冷清。聶夫子有意給她沒臉，今年本該陪她回娘家的，竟然也沒有回去，孫氏只得一個人，又怕自己大嫂趙氏提起孫梅的事，因此也沒敢過去，就連本該在家裡團年的，可聶夫子不在家，她也沒讓人過來，一個人守著家，兩個兒子都往別人家跑，她險些沒活活氣死過去。

裡子面子的都被丟了個乾淨，聶夫子那頭孫氏不敢去找他麻煩，大兒子她惹不起，小兒子她又捨不得多罵，唯有兩個女兒，便被她當成了出氣筒一般，這個年大家過得都不安生，連親戚都沒走。一大早的兩個兒子又跑了個乾淨之後，孫氏終於忍不住了，陰沈著臉出來，站在院子裡扠著腰罵道：「一個個的，見天的就往外跑，老的也跑，小的也跑，也不知那外頭有什麼好玩的，將個個的魂兒都勾去了！」

她一邊說著，一邊嘴裡便開始污言穢語地罵，聶明躲在廚房裡不敢出來，聶晴端著洗臉水，剛好就被孫氏逮住，指了她道：「妳跟我一塊兒去那崔家瞧瞧，那楊氏不會教女兒，教出這麼個鬼東西，老娘今兒便要去瞧瞧她到底有什麼能耐，也不知哪兒勾人，直將我兩個兒子勾得都回不過魂來了。」

聶晴因為鞋的事躲崔薇還來不及，又被孫氏點名喚到，無奈之下只得硬著頭皮跟在她身後，孫氏氣沖沖地跑到崔家，想到自己在崔薇那兒簽過的一紙契約，也不敢真格的跑到她門口去鬧，不過一口氣嚥不下去，她乾脆跑到了崔家大門前，扠著腰便開始罵了起來——

「楊淑妳這個賣皮肉的遭瘟婆娘，不得好死的狗東西，生了兒女不會教，妳這個殺千刀該砍腦袋的，老娘咒妳今年不得好死，全家斷子絕孫！」

崔家裡今日正是孔家母子倆過來團年的時候，楊氏雖然對這個親家母沒了好感，但該有的過場還是要走，孔氏雖然仍是顧娘家，但為人孝順，做事也勤快，除了一個愛偷東西貼補娘家，她幾乎挑不出什麼孔氏的缺點來。不過也正因為她愛偷東西，楊氏打是打過了，罵也罵過了，偏偏教不轉來，這個兒媳娶回來休又不能休，打罵又沒法子，楊氏就是再氣，也只能捏著鼻子認了，最多平日裡自己多盯著她一些，不讓她再偷什麼值錢的物件出去賣就是了。也正因為孔氏這德行，讓她對紹氏這個親家母兒很不耐煩，心裡不高興，便一直冷著臉，正有些不大痛快，便聽到了孫氏在外頭的怒罵聲。

年初幾日，便有人站在自己門口觸自己的霉頭，楊氏頓時大怒，她早就憋了一股火氣，這會兒忍耐不住了，孫氏正好衝上門來發瘋，她哪裡會放過孫氏，頓時臉色一沈，嘴裡嗷的叫了一聲，一下子便衝出了門口，出門時順手撈了個板凳，看到聶家母女二人，楊氏頓時將手裡的板凳一下子便朝孫氏砸了過去！

孫氏雖然躲了，但仍沒躲得開，一下子被砸中面門，只聽到「砰」的一聲，也許是太痛了，孫氏一時間只覺得鼻子發酸，一股熱流止不住便流了下來，她伸手一抹，只看到一手殷紅，哪裡還忍得住，一下子嚎叫著便也衝楊氏抓了過去。

兩個婦人頓時扭打成一團，崔世福出來時便看到楊氏騎在孫氏身上，一面扯她頭髮，一面抽她耳光的情景，頓時氣得說不出話來。親家母還在呢，楊氏竟然就這樣丟人現眼的跟人打了起來，孫氏也是不分青紅皂白的便過來亂罵一通，大過年的便這樣鬧，他氣得要命，不過兩個婦人打架，他卻不好過去插手，那孫氏最是刁鑽不過，若是他一靠過去，這婆娘便又不知吼出什麼來，因此崔世福回頭便衝兒媳王氏道：「老大家的，妳趕緊去將妳娘跟聶大嫂分開！大過年的，鬧成這樣，成什麼話？」

神仙打架，凡人遭殃。這兩人打得興起，若是誰靠過去勸架，誰便一準兒是倒楣的那一個，王氏腦門又沒被雷劈，如何肯去，想了想眼珠一轉道：「爹，弟妹是個孝順的，讓她去將娘拉開吧！」

一旁孔氏見到這樣凶殘的打架法，早嚇得面無人色了，聽到王氏這話，她下意識地便搖了搖頭。

可王氏早恨他們夫妻倆已久，又瞧孔氏不順眼，哪裡管她願不願意，一把便將她推了過去，孔氏一個踉蹌，頓時倒在楊氏身上，將楊氏壓得朝孫氏面門倒去，頓時兩人砸在一起，下意識地都慘呼了一聲，孫氏伸手便往楊氏臉上抓了過來，她剛剛吃疼不小，現在含怒出手，一下子就將楊氏的臉抓出幾道血痕來。

楊氏回頭瞧見這個沒用的兒媳婦害了自己，頓時氣不打一處來，恨不能立即收拾了孫氏便去收拾孔氏，一邊也在孫氏臉上抓了幾把，嘴裡不乾不淨的罵道：「老東西，竟然跑來我們門前撒野，老娘今兒便要將妳捆了送回聶家，瞧瞧聶夫子怎麼管教媳婦兒的，妳這老模樣的，捆不住男人了便自個兒去偷就是，跑來我們門前，莫不是飢渴瘋了，瞧著我家裡男人多？還要帶妳女兒過來一道享用？」

楊氏這會兒也打出真火來了，孫氏一聽她這話，正好就被她戳中了傷口，更加氣得要發瘋，拚命掙扎了幾下，可她被楊氏坐在身上，如同一隻被人轉過身仰面朝天便翻不過去的烏龜一般，四肢不住抖動，嘴裡也跟著怒罵。「老賤人，老的下賤不要臉，小的也跟著一樣是做皮肉生意的料！妳們老的不正經，小的也沒個好東西，崔家裡公公扒兒媳灰（注），妳這老東西專爬親家床！」

一句話說得不只是楊氏火大，連崔世福也跟著火冒三丈，再也顧不得其他，一把扯著楊氏便起了身，重重抓了孫氏肩膀將她拉起身來，厲聲道：「聶大嫂，我看在聶大哥的分上，今天不跟妳計較，妳要再嘴裡胡言亂語的，老子先把妳打了再送妳去羅里正那兒！」

崔世福平日裡雖然是個老好人，但一發起脾氣來瞧著也有些嚇人，孫氏平日裡橫慣了，在聶夫子面前雖然收斂了不少，不過聶夫子對她可只是冷暴力而並非是真正有拳頭落到她身上的。因此她看到崔世福怒瞪著她，拳頭握得死緊，與聶夫子不同的身板，頓時將她給嚇住了，要是今兒真被打一頓再送回家，也實在太丟臉了些，說不得聶夫子不會饒了她。

孫氏一想到這兒，心裡更生出了幾分退意，畢竟是她自個兒先跑來罵的，於情於理都站不住腳，現在聶夫子對她已經如此冷淡了，要是真繼續再鬧下去，自個兒要是被送回娘家，才真正是苦了。

孫氏一念及此，頓時理了理頭髮，一邊怏怏道：「我不跟你們說，我去找我兒子……」

說完，便要跑。

楊氏剛剛被她罵得火大，這會兒聽到孫氏要找兒子，哪裡還不明白問題出在了哪兒，一邊先扠了腰衝孫氏背影罵道：「聶家才果然是一個窩裡鑽出來的，老的愛往外找漢子，生的兒女也是成天的往人家屋裡跑，不要臉的東西也只能生得出小不要臉的！」

她這話罵得孫氏心裡火起，可想到剛剛崔世福的表情，孫氏心裡犯了怵，不敢再上前，但心裡卻將崔薇恨得更深了些。

那頭崔世福看孫氏走了，一邊扯了楊氏便厲聲道：「好了，人都走了，大過年的，妳是不是還要與她在親家面前打上一架妳才高興？」

楊氏剛剛打架雖然占了便宜，可到底也負了傷，這會兒一聽到崔世福的話，她頓時也跟著火大起來，一邊理著頭髮，一邊回頭就對崔世福大聲吼道：「這就是你生的好女兒！見天的只知照顧著別人家，連自個兒的親哥哥都不知道幫襯一把，自己活該，否則人家今兒能找到我們門口來罵？你不將那拉屎的管著，反倒將吃屎的人給怨上了，我瞧著你就天天護著吧，哪天給你丟大臉！」楊氏一句話喝完，回頭便看到崔世福捏著拳頭要揍她的模樣，頓時就算有滿腔怨氣也不敢再接著往下說了。

兩個女人本來就有積怨，之前就已經打得厲害了，好不容易消停幾天，現在一碰上自然又打了起來。崔世福雖然將人給拉開了，但兩人心裡氣都不順，自然二人都將怨氣算到崔薇

注：扒灰，又稱爬灰，指公公與兒媳通姦。

頭上去了。

楊氏不理睬崔世福了，那頭孔氏才敢湊過來，可楊氏剛剛想到她沒用的行為，撞到自己身上害得自己挨了那孫氏一爪子，便心裡無名火直冒。孔氏上前來扶她時，楊氏一耳刮子便朝她抽了過去，厲聲罵道：「老娘還沒死呢，用妳來扶，現在知道好心了，剛剛妳咋幫孫氏？可惜妳沒那福氣，認她做妳婆婆了！」

冷不防被打了一耳光，孔氏捂著臉便哭，卻不敢哭出聲音來，一邊含著眼淚認錯。「我錯了。」

只是就算這樣，楊氏也沒有饒過她，新仇舊恨一併湧上心頭，指著孔氏便冷笑。「妳錯了？我瞧著妳是沒錯的，豬教幾遍都知道在哪兒拉屎拉尿，也就妳這教不轉的，比豬還蠢，一天到晚的吃裡扒外，成婚幾年蛋也沒下一個，反倒成天的偷東西，老娘不妨與妳說了，妳要再教不轉頭，又肚皮還沒動靜，老娘明兒便讓二郎寫了休書休了妳！」

楊氏這話純粹是在出氣了，崔世福在一旁陰沈著臉沒有開口，孔氏時常撈了家裡的東西回去貼補娘家，連他都有些不高興了，這會兒見孔氏挨打，自然不想上前去救她。

這孔氏瞧著可憐，為人也勤快，可惜就是手腳不乾淨這一點實在令人不喜，這動不動就哭的性格也是既讓人可憐又讓人覺得她可恨。孔鵬壽是個身體不好的，她娘家也確實沒有幫襯，但不代表這樣崔家就有義務時常養著他們，若不自己想辦法，難不成自己還得養了這母子倆一輩子？又不是長輩時常要孝順著些，自己可跟紹氏是同輩的，那孔鵬壽還是個晚輩，卻偏偏要來靠自家抬著，這事換誰身上都不舒坦，因此崔世福望了一眼這邊，看孔氏哭哭啼啼的，也覺得心裡煩悶，進屋中去了。

紹氏母子在一旁嚇得抱緊了，也不敢出聲，更不敢替孔氏求情，只看她挨了楊氏一耳光之後，楊氏像是找到了一個出氣筒般，又連著打了她好幾下，直打得孔氏不敢出聲，一旁崔敬忠冷眼望著，這才轉頭進了屋裡。只是他在聽到楊氏那句休妻時，目光中卻是閃過了一道精光。

崔家那邊鬧劇剛起，崔薇這頭還沒準備午飯呢，孫氏便過來喚兒子了。聶秋染對付他娘法子多得是，孫氏氣沖沖地過來，一邊拍了門拉了聶秋文就要走，她看也沒看崔薇一眼，崔薇也懶得理她。可惜聶秋文知道今兒崔薇弄麵皮，準備包肉餃子呢，他哪裡肯回去，死活不肯離開。孫氏剛剛才跟楊氏打了一架，一見兒子不肯走，頓時心裡火起，一巴掌就拍到了他肩背上。

聶秋文被打得愣了一下，接著有些不敢置信地看著孫氏，一邊重重推了孫氏一把。「我不回去！」說完，轉身便將門給關上了。

一打完兒子，孫氏自個兒也有些後悔，那可是她捧在手心裡的，平日哪裡捨得下手，今兒是被崔家人氣得狠了，如今聶秋文對她又這個態度，她心裡氣得要死，又重重拍了幾下門。

崔薇聽到那門被踢得「咚咚」的響聲，心裡也不舒坦，大過年的孫氏便過來鬧，她陰沈著臉將門打開，孫氏那腳便踢了進來，險些踢到崔薇腿上。崔薇火大，看到門上的幾個濕泥腳印子，頓時重重地將門又一關，孫氏腳還在門框裡呢，被這樣一夾，頓時便慘叫了一聲。

「啊！妳這小賤人，夾到我的腳了！」

到現在這孫氏嘴裡還不乾不淨的，崔薇重重踢了一下她的腳，孫氏又慘叫了一聲，崔薇這才將門一下子又重新打開，那外頭傳來「砰」的一聲響，她往外看時，孫氏正坐在聶晴身上，兩母女頓時倒在一起，聶晴被孫氏壓在身下，幸虧孫氏並不是長得多麼魁梧，這一下壓下去並沒有將聶晴壓出什麼問題來，只是也並不如何好受就是了。

孫氏指著崔薇還沒開始罵，崔薇就已經先看著她冷笑。「聶大嬸，妳將我的門踢成這模樣，若是往後關不了，我只有去找聶夫子賠錢了事了！」

孫氏窒了窒，現在一聽人提起聶夫子心裡就犯怵，這崔家父女個個都是只會告狀的，她好險還記著自己差崔薇的幾百銅錢，因此這會兒受了疼之後縱然心裡火大得很，但卻也不敢朝崔薇吼出來，只冷聲道：「我是來找我們家二郎的！」

「妳找兒子，就自個兒去找唄，我家裡可沒有將誰給強拘在這兒。」崔薇比她聲音更大。

幸虧崔薇家偏僻，背面就是大山，隔壁則是崔家，四周都沒人的，因此孫氏摔了一跤，後頭也沒人能看得見。她自個兒乾脆爬了起來，雖然裙子邊有些濕，不過因為下頭有聶晴墊著底，她也並沒有打濕到多少。孫氏站起身來時也沒回頭拉自己女兒一把，只是冷著臉又朝屋裡喚了幾聲，聶晴垂著眼皮爬起身來，一邊安靜的站在孫氏後頭。

崔薇聽著孫氏像叫魂一樣的聲音，心裡也不痛快了，將聶秋文喚出來讓他自個兒回去，聶秋文哪裡願意，可孫氏卻不管這些，一見兒子被崔薇喚了出來，連忙拉著他便要拖走。崔薇卻是喚了孫氏，指著門板上的幾個泥腳印道：「聶大嬸也不要急著走了，這門板被妳踢成這模樣，大過年的瞧著也不好看，妳要給我擦完才准走！」

這孫氏就是一個欺軟怕硬的，一看到崔薇態度強勢起來，頓時心裡猶豫了一番，冷哼了一聲，回頭就衝女兒吩咐道：「妳去將門給擦乾淨了再回來！」說完，像深怕崔薇又要將自己兒子留下來一般，拉著聶秋文飛也似的跑了。

聶晴低垂著頭，看了崔薇一眼，一邊低聲開口。「崔妹妹，煩勞妳打點兒水給我吧。」她話音剛落，屋裡崔敬平便給端了盆水過來，聶晴咬了咬嘴唇，一邊潑了些水在門上，伸手過去蹭了幾下，那泥本來就是濕的，這樣抹過了再拿水潑潑門板就乾淨了，那些水珠順著門外的石頭縫裡便往地底鑽，現在本來就下著雨，屋門打濕了也沒什麼。

崔薇看到聶晴這樣子，本來還想與她說幾句，可見她洗乾淨門之後放下盆子，轉身便跑了，剩餘的話自然也就沒有再說出口。

下午後雨下得越發大了些，幾人吃完飯都窩在屋裡不願意動彈，外頭黑背也縮在崔薇之前讓人幫牠做的狗屋裡不肯出來。雨嘩啦啦地往下掉，落在地上時如同碎開的珠子般，將外頭的視線擋得模模糊糊的。

晌午後也無所事事，崔敬平自個兒鑽進了廚房做著糕點，過年時崔薇剛買了不少的麵粉，如今自然由得他折騰，他現在正學著做蛋糕，前幾天玩耍夠了，現在自然開始忙碌了起來。

聶秋染拿了一盤圍棋正教崔薇玩著，兩人剛走了一半，外頭便傳來敲門的聲音。不過雨聲太大了，開始時崔薇還有些沒聽清楚，若不是後來黑背站在牠自個兒的狗屋裡大叫，恐怕崔薇也沒留意到。下了這樣大的雨，外頭竟然還有人過來，也不知道是誰，崔薇忙起身將棋子又放在一旁，自個兒取了外頭的蓑衣和草帽搭在頭上，一邊就去開了門。

門外站著跟個落湯雞似的聶晴，頭髮已經打濕了黏在臉上，身上連蓑衣都沒穿一件，棉裙子貼在她身上，雙腿正打著哆嗦。

「聶二姊，妳怎麼過來了？」崔薇有些吃驚，連忙開了門讓她進來。

聶晴道了一聲謝，手裡捂著胸口，一面就朝裡頭跑，狗屋裡黑背一下子竄了出來，衝她凶狠地大叫，嚇得聶晴險些一屁股坐在地上。

黑背現在已經是小灣村裡出了名的大狗，讓人一瞧著就害怕，大人看見牠這樣凶心裡都犯怵，更別提聶晴這樣一個女孩子了，只差沒嚇得哭出聲來而已。

崔薇忙轉身衝狗喝斥了一句，這才拉著渾身都濕透了的聶晴進了屋。崔薇將蓑衣和草帽掛在了屋簷下，進屋來時就看到聶晴身上跟小溪似的正往下流著水，屋裡好幾個濕泥印子以及一灘灘的水跡，聶晴凍得臉色發白，崔薇也不好說什麼，只忍著想立即拿帕子將地上擦乾淨的衝動，一邊讓聶晴坐下來。

「崔妹妹，我是來給妳送鞋的，上回妳說讓我幫妳做鞋，我這段時間太忙了，今兒才空出了時間來。」她一邊說著，一邊哆嗦著將手探進懷中，不多時拉了一個布包出來。

崔薇看她凍得連說話都有些不利索了，連忙讓她稍等一下，回頭便站在門口衝崔敬平喊道：「三哥，拿烤火的挾些炭火過來。」

崔敬平正在廚房裡頭做著東西，灶裡火都是現成的，她一喊，不多時那頭崔敬平便果然拿了個竹籠子，裡面放了一個陶盆，裝了些紅彤彤的火炭過來了。

崔薇接過來朝聶晴先遞了過去，一邊道：「聶二姊，妳先烤了再說吧，這樣冷的天，別凍著了。」

聶晴點了點頭，衝她小聲的道了句謝，這才伸手把那竹籠子接過去，烤了一陣之後，果然臉色就好看許多，雖然身體仍打著擺子，但卻不像之前凍得面青嘴白的模樣了。她將竹籠子放在自己的大腿下，一邊將那布包攤開來，露出裡頭一雙繡鞋，那鞋上面繡了兩朵嬌豔的迎春花，光是瞧著便給陰沈的天氣裡帶來了幾絲顏色。

崔薇並沒有伸手去接，反倒目光在那一雙鞋子上面溜了一圈，原本的鞋面這會兒已經被人鑲了底子上去，瞧著倒是厚厚實實的，不過很明顯這並不是她穿過的尺寸，聶晴說將她的鞋面要過去幫她改小一些，如今看來這鞋子不只是沒有改小，反倒看樣子像是大了幾分，她現在年紀還小，根本穿不得，就是能穿也要過上幾年。而且崔薇很明顯的看到鞋底上有穿過的痕跡，鞋面雖然洗得乾淨，不過那迎春花上到底還是沾了些洗過的痕跡。就是洗得再乾淨，可一旦上腳穿過走了路，那樣子是怎麼也掩不住的，崔薇頓時心裡便有了計較。

崔薇看了聶晴一眼，搖了搖頭說道：「聶二姊若是喜歡這鞋，便留著自個兒穿吧，以後我再做就是。」

聶晴說替她改鞋面，可最後竟然連鞋底子都給上好了，崔薇心裡多少有些不舒服，但她也知道小灣村大部分的姑娘平日裡連件新衣裳都沒有，許多人一般都是出嫁當天才能穿上一身新衣裳，看到這樣一雙鞋面，聶晴心動也是情理之中的事情。崔薇雖然有些不高興，但也並不怪她，那鞋面在當日聶晴拿出去時她便沒有準備拿回來了，如今聶晴都穿過了，她自然更不會要。

「崔妹妹妳是不是不高興我自己將鞋底給妳納上了？」聶晴表情有些不自在，下意識地就回頭看了一眼聶秋染，自她進屋之後，聶秋染還沒跟她說過一句話，她心中也有些忐忑不安。這會兒回頭看他，卻見他目光就放在桌上擺的棋盤子上頭，頓時便將目光收了回來，一邊有些尷尬道：「我是想著崔妹妹現在年紀還小，不過像妳這樣年紀的，一般又長得快，所以、所以才照著我的腳，做了一雙底子，替妳縫上了，往後妳也好直接穿就是。」她一邊說著，一邊就看崔薇目光在她腳上溜了一圈，頓時忍不住縮了縮腳，一邊越說越是不好意思了起來。

「我沒怪妳，聶二姊如果喜歡這雙鞋，妳自個兒留著穿就是，反正我現在也穿不得這樣大的，等過幾年長大了再重新做就是。」崔薇搖了搖頭，看到聶晴眼睛裡閃過的歡喜之色，並沒有伸手去接那雙鞋子。

農家裡的生活本來就清苦，再加上孫氏對兩個女兒根本就不太喜歡，因此平日對她們很是苛刻，聶晴身上穿的衣裳一看就是大人的改小的，也不知打了多少的補丁，這還是過年，都穿成這副模樣，可見平日裡的生活如何，她對這雙鞋子心動也是可以理解的。

只不過理解歸理解，崔薇卻並不見得會喜歡，聶晴如果喜歡這雙鞋，可以直接和她說，但她沒說，卻用了這樣的方式，崔薇自然不太願意再繼續和她打交道。

因此聶晴坐了一陣子，身上衣裳烤得半乾了，玩耍了一會兒，崔薇與她仍無話可說，坐到了快準備晚飯時，崔薇也沒有留她在這邊吃晚飯的意思，聶晴最後自個兒尷尬不已地又抱著鞋子回去了。

她一走，崔薇就鬆了口氣。

她跟聶晴本來年紀相仿，但是因為生活環境的不同，以及觀念看法的不一樣，本來就沒什麼可能成為多親密的朋友，就算是崔薇願意跟她試著關係好一些，可兩人處到一塊兒便無話可說，明顯性格就合不太來，勉強湊一塊兒說話兩人都累。

「妳要是不喜歡和她說話，下回讓她不要再過來就是了。」聶秋染把玩了棋子一陣，又將棋子分別收進了一旁的棋缽裡。如今天色晚了，快到吃飯的時間，耽擱了一會兒工夫，崔薇要做飯了，不會再繼續玩耍下去。

聽到聶秋染這話，崔薇倒真是有些詫異了，回頭便看了聶秋染一眼，卻見他表情溫和，目光冷淡，也不知道他心裡是怎麼想的，嘴上答應了一聲，才自個兒進了廚房。

幾人吃完晚飯，瞧著天色不早了，聶秋染才穿了蓑衣戴了草帽自個兒回去了。

第六十五章

他剛走不久，那頭崔家便有一大群人過來了。

崔敬平一開門時，便看到楊氏等人將門口擠得滿滿的，剛剛王氏想邁步進來，那頭黑背便抖了抖身體，凶神惡煞地衝了出來，衝王氏凶狠地叫了一陣。

王氏嚇得一屁股坐在地上，半天爬不起來，嘴裡呼天搶地：「四丫頭，妳養的狗還不趕緊拴好了，等下咬著人可怎麼得了？」

崔薇對誰都會和氣，可對王氏這樣的人卻怎麼也不會客氣到哪兒去，一聽她這樣說，便站在客廳門口的屋簷下衝王氏冷笑。「咬了活該，我自個兒的家裡面，誰要是過來了，被狗咬了便是應該的，我可管不著！我沒請你們過來。」

一句話說得王氏氣悶無比，卻是不敢反駁崔薇的話，回頭便看了楊氏一眼。「娘，您瞧瞧……」

楊氏被崔薇一句話說得面上無光，她自個兒心裡不自在，就總覺得崔薇這話像是在指她一般，因此聽到王氏喚她，便恨恨地瞪了王氏一眼，厲聲道：「還不趕緊起來，坐在地上丟人現眼的，成什麼話！」

楊氏都開了口，沒個人撐腰的，崔佑祖那小東西之前又嫌落大雨，平日裡崔薇對他又不是有求必應的，因此不肯過來。王氏沒了倚仗，頓時乖乖的站起身來，這下子看到黑背凶神惡煞的樣子，不敢隨意進來了，一群人就站在門口往屋裡瞧。

楊氏隔著大雨，衝這邊勉強笑道：「四丫頭，妳姻伯母今日過來吃飯，妳瞧瞧，現在天黑都晚了，雨又下得這樣大，哪裡回得去？家裡地方小，妳也不是不知道，不如讓她在妳這邊住一晚吧。」早晨時紹氏母子過來之後那雨瞧著便越下越大，到這會兒工夫了還沒停下來，沒有辦法，紹氏母子也只好跟著留下來住一宿。

崔家那邊地方確實不大，家裡人口又多，若是來了一個客人，確實住不下。不過在去年過年之前楊氏便已經折騰著建過了房子，如今哪裡有住不下的？只是崔敬忠不肯與人擠一擠，非要自個兒單獨住上一間，他一占了一間房屋，剩餘以前他跟崔敬平的房間如今又被三歲多的崔佑祖給占了，就算孔鵬壽與他同住一個屋，可還剩了一個紹氏沒地方可去。

若是以前，自然楊氏能將這個親家母帶到崔世財那邊住一宿，可兩家自從因為建房的事便鬧得不可開交，如今就算是住一塊兒，可平日裡都不往來了，楊氏哪裡好意思將紹氏往崔世財那邊帶。想來想去，也唯有將紹氏往崔薇這邊帶了過來。

崔薇這邊房子大，又寬敞，紹氏母子住一晚不成問題，楊氏本來是想著覺得這事是天經地義的，不過是借住一宿，又不是圖謀著想要借此占崔薇的房子，她本來覺得沒什麼問題，可誰料將人一帶過來，就見到崔薇連屋門都不讓她進。

兩母女也不知如何變成現在這般模樣，楊氏既是覺得下不了臺，又是覺得心中有些不大痛快，陰沈著臉將事情說了一遍。

那頭崔薇自然是不肯答應的。孔氏自個兒就是個手腳不乾淨的，她家裡東西不少，還真怕招來一個賊。而最關鍵的是，她怕這事有一趟就有第二趟，雖說鄉下地方的人大多都熱情好客，但她還真怕楊氏往後將她這地方當成免費的旅館，盡給扒拉些人過來，天長日久了，好不容易將家給分開了，往後還得湊在一塊兒，崔薇自然是不肯的。因此楊氏這話一說出口，她便搖了搖頭。「對不住了娘，我這邊地方小，只有三哥還有房間，恐怕住不下的。」

楊氏滿心以為自己一說了又不是什麼大事，崔薇不應該拒絕的，誰料她想也沒想便將這事給回絕了，頓時愣了一下，還沒反應過來，孔氏便「撲通」一聲跪了下去，一邊顫聲道：「四妹，我娘好不容易過來一趟，求求妳收留她老人家住一晚吧，就一晚。」

好久沒跟孔氏打過交道了，可她一來就這樣跪下求情，崔薇自然更不可能同意。

楊氏心裡不滿，脫口而出道：「如何住不下去了，妳一個人睡，只讓妳姻伯母跟妳睡一間不就行了？」

崔薇聽她這樣一說，頓時氣不打一處來，她睡覺一向不喜歡跟陌生人躺一塊兒，因為她睡不著，就是當初跟楊氏夫妻一間房都是忍了好久才勉強習慣的。這紹氏她只見過一回，上次聽崔敬平說她還想過要打自己主意，崔薇哪裡願意跟她一起睡，崔家又不是真住不下去了，她當然不肯同意。因此楊氏話音一落，崔薇便笑道：「既然這樣，娘怎麼不讓二哥擠一擠，讓他與崔佑祖睡一間，二嫂跟姻伯母睡一處不就行了？」

好說歹說的她就是不肯同意讓紹氏歇在這兒。楊氏哪裡捨得來委屈自己的兒子，一聽崔薇這話，頓時氣道：「好，妳這死丫頭如此狠心，我不求妳，往後妳也別求著我！」

孔氏待還要再求情，崔薇也懶得跟她說，轉身進屋裡去了，崔敬平看她這模樣，分明就是不想再跟這些人說話的樣子，乾脆嘻皮笑臉地也哄了楊氏等人出去，這才將門給關上了。

後來崔薇洗衣裳時遇著王寶學的娘劉氏。聽她說楊氏將人往她那邊領去了，結果紹氏一走，屋裡她給王寶學買的紙便少了一小疊，最後從紹氏身上拉了些出來，家裡王寶學寫的墨條也不見了幾根，為著這事，原本關係還算好的王家與崔家鬧得不可開交。劉氏忍不住與楊氏罵了一回，兩家算是徹底地結了怨。

聽了劉氏的話，崔薇便慶幸起自己果然有先見之明來。劉氏這個人還算挺好相處的，性格也爽朗，當日她留紹氏住在屋裡本來就是好意，又不收崔家一枚銅錢的，可就這樣最後還能跟楊氏反目，可見那紹氏果然手腳有些不乾淨。孔家是窮，可是窮成這樣未免也太沒骨氣了些，幸虧她沒留紹氏住在自己家，否則恐怕像劉氏一般。事情過了好久，劉氏說起來還都是氣，若不是現在崔薇跟崔敬平搬出了崔家，恐怕她都不准王寶學跟崔敬平來往了，足以見她心裡頭的怒火了。

楊氏因為一個兒媳，跟鄰居劉氏吵了一架不說，連帶著還得了崔世福的埋怨，心裡自然不大痛快，更將劉氏給怨上了。

崔薇土地這邊，聶秋染不知從哪兒找了個替她打掃侍候的人回來，平日裡便幫著澆水除草，以及製些肥給淋上去，使得土地長得更好一些。時間一晃便到了七月時，崔敬平的生日一轉眼就過了，他如今十四歲了，跟著崔薇學做的糕點也漸漸有模有樣了，雖然味道比不得崔薇做的好吃，不過他做出來的糕點不知比外頭做出來的好吃了多少。

這一年時間聶秋染平日閒著沒事時，手裡一旦有了些銀子便讓人給崔薇在臨安城買的宅子給修整幾下，一年時間下來，內宅倒也整理得似模似樣的，平日請了人過去打掃，外頭的鋪子也跟著修了起來。崔薇手裡如今存了不少的銀子，家裡的羊現在漸漸養得多了，足有二十多頭了，屋裡羊圈一擴再擴，顯得連院子都小了不少，羊倒也不是放不下，不過養這樣多，家裡味兒難免就重了些，冬天還好，一到夏天這天氣一熱，家裡的味道自然是不好聞的。

崔薇便打了主意想將周圍後山的地再買一塊下來，她如今手裡不缺銀子，後山那塊地又是屬於官府的，只消出些錢便能再買一大塊下來，到時乾脆建成羊舍，專門請個人來養。家裡的事情現在不少了，光是一天放羊的事，便能讓人筋疲力竭，再加上還要顧著果園那邊，一整日下來累得不行。果園雖然請了專人照看，但崔薇自個兒是要時常掛著一些心，現在若是能花些錢便解決些麻煩，那自然是最好不過了。

可是聶秋染卻是在七月中時便要進京，參與此次八月中的秋闈，他讓崔薇等他九月回來時再說此事。小灣村離京城約有大半個月的路程，這還是乘坐馬車走得快的算法，若是靠自己步行，最少得提前兩個月啟程恐怕才趕得及。如今崔敬忠也開始進城，準備參加秀才考試，一時間村裡倒是議論紛紛，聶家又風光了一回，孫氏成日被人恭維著，倒是沒工夫來找崔薇麻煩。趁著這段時間，崔薇則是進城了，她手裡有了些銀子，便準備先將城中的宅子改修過再說，因楊氏等人的注意力都放在了崔敬忠身上，小灣村人又談論著聶秋染的事情，崔薇消失了幾天的事情，倒也沒人注意得到。

臨安城中聶秋染雖然進了京，但卻將崔薇的事情託給那名叫秦淮的年輕人幫忙，也不知此人究竟是何來歷，有他幫忙，找人也快，而且買材料更是快，等崔薇在城中待了約有四、五日再雇了馬車回小灣村時，城中的宅子已經開始修改了起來，一切都交給了那秦淮手下的一個管事幫忙。崔薇自個兒又不放心家裡，只能給了那管事二兩銀子做好處，煩勞他幫忙照看著，自個兒這才離開。

崔薇田地裡一些桔子樹苗已經發了出來，而去年種下的鳳梨現在已經長大，那照看著果園的人在月底便會離去，這是聶秋染從外鄉找來的一個守園子的，一開始便與人家說好只守到七月末即可，人家到此時還急著要回去收割稻穀，做到這會兒便不肯再待下去，崔薇正好回來接手，便存了想讓崔世福接著幫自己守田的心。

雖說一路是雇的馬車回來，但其實仍是那秦家的管事幫忙找的人，否則聶秋染恐怕不會放心由她一個人單獨回來。到了小灣村時天色已經大黑了，崔薇給那車夫付了錢，那車夫連下來喝口水也不肯，深恐耽擱得遲了明兒回城時晚了些。

崔敬平看到崔薇回來時，滿臉興奮地圍了上來。這並不是崔薇頭一回進城，可卻是她第一次單獨進城，崔敬平在她一走便心裡擔憂，此時看到她安全回來，不由就鬆了一口氣。

也沒料到崔薇今日就會回來，廚房裡也沒準備什麼吃的，好在平日裡崔敬平學著做的糕點倒是不少，端了一碟子蛋糕出來，又給崔薇沖了一杯羊奶粉，崔敬平這才跟著坐了下來。

「妹妹，這一趟進城可是順利了？聶大哥不在，可有人敢找妳的麻煩？這會兒餓了沒有，我先去給妳做點兒糕點吃。」

崔薇這會兒倒真是餓了，不過吃些糕點墊墊肚子也並不像剛開始時餓得心裡發慌了，她忙將崔敬平拉住，吃了幾塊蛋糕，有些噎住了，連忙又端起杯子喝羊奶，幾口下去，嘴中的蛋糕吞下了肚裡，才覺得自己稍微有了幾分力氣。

「三哥，你先別忙。」崔薇拿帕子擦了擦嘴，一邊細聲跟崔敬平說道：「我等下去瞧瞧果園，如今那些鳳梨也是成熟了，臨安城中的鋪子想來最多一個月後就能開張，我再找曹木匠幫著做些貨架子，家中竹籃也夠了，我準備下個月便想將鋪子開起來。」

一聽到這兒，崔敬平像是察覺到了什麼，臉上不由自主地露出一絲欣喜之色，一邊搓了搓手，果然就聽崔薇接著道——

「三哥如今做蛋糕的手藝不錯，一些小餅乾你也會，雖說奶油你不會調，但我會，到時每隔幾日便調了拿些進城中去就是，還有零嘴、糖果等三哥你都會了，我想讓你到臨安城幫我管著鋪子，不知道三哥你肯不肯？」

崔薇現在年紀還小了些，還差幾個月才到十二歲，而崔敬平現在已經滿了十四，在他這個年紀不是下田幹活便是學做手藝的已經多不勝數了，由他去盯著鋪子，學著管事也好。

崔敬平當然希望能學到一門手藝，往後不用靠崔薇養活也能過得下去，若是能再幫妹妹的忙，那自然更是再好不過的。只是崔敬平又有些猶豫，他學糕點也有一段時間了，可心裡總還是多少有些忐忑，以前總是渴望著有這麼一天，但真正聽到崔薇跟他說讓他去臨安城時，多少又有些不安了起來。

他連忙道：「要不我再試試？」這間鋪子開起來不容易，崔薇前前後後總共花了不少時間去準備，崔敬平真怕自己不能擔任這個職責，也怕自己辜負了崔薇的信任。

「三哥，你別擔心，反正不論好壞鋪子都是自己的，你就當自己做著糕點玩，平日在家時不也是這樣的嗎？你就當那些前來買吃的是聶二就是了，反正人家若是喜歡，自然會再回來，若是不喜歡，反正鋪子是我自己的，又虧不了什麼，最多只是一些麵粉、羊乳等，我多得是。」

現在崔薇家裡每日產奶的羊最少就有十來隻左右，若是一旦開店，崔薇還想再買些羊呢，材料家裡有得是，她自然不怕崔敬平來浪費。

以現在崔薇手裡的銀子來說，就算比不得小灣村裡的潘老爺現銀多，但比起像楊氏這樣的，卻是不知多了多少銀子。聶秋染趕考之前崔薇拿了五十兩銀子出來給他，自個兒留了三十來兩，如今建鋪子總共又花出去約二十來兩左右，現在她手裡剩的銀子看似不多，但小灣村裡賣的麵粉等物本來就便宜，雞蛋都是農家裡自己生產的，幾百銅錢便能買到不少了。唯一貴些的便是蜂蜜，可是蜂蜜就算再貴，也沒有蛋糕貴，畢竟那東西雖然難尋，可總也是有，但蛋糕這東西現在卻只有崔薇能做。

她的蛋糕送到林府，想來林家的人也不是沒有想過要自己做出這東西來的，畢竟每回要買花的銀子還不少。不過崔薇相信，若是沒有自己親自教著，他們絕對做不出一模一樣的東西出來，不只是有調麵粉比例與火候的問題等，還有製奶油等活兒，崔敬平現在學這麼久，做出來的也依舊沒有崔薇做出來的漂亮。崔薇的蛋糕是獨一份的，這才是林家幾年來都一直找她買這些零嘴的原因。

崔敬平聽她這樣說，果然心裡就添了幾分信心，家中光景如何，楊氏等人都猜著瞧不出來，村裡人都只當崔薇有些羊以及有房子而已。但崔薇到底有多少銀子與家底，現在的崔敬平是最清楚的，別說其他的，光是那一片地，便已經值不少的銀子了。如今若是自己真能做出糕點賣，以後也算是幫了崔薇的忙。

崔敬平心中不願意這樣總是靠妹妹養著，因此猶豫了一下，咬了咬牙便道：「我聽妹妹的，只是妹妹，若是我一走，這些羊誰來照顧？就算聶二現在能幫著妳割些草，可若是我不在家，我怕有人說閒話。」

崔敬平說到後來時，又猶豫了起來，一面是能出人頭地的做一番事業，一面則是又有些放心不下崔薇，他也怕自己一走，楊氏與孫氏等人過來找崔薇麻煩，話一說出口，表情又變得糾結起來。

「三哥你放心就是！再過一年我便能立戶，你瞧瞧如今還差多少時間便過年了？還差幾個月，連半年都不到，等我一旦滿了十三歲立了戶，到時誰也打不了我主意。」崔薇笑咪咪地安慰了崔敬平一句，事實上崔敬平若是要去城裡，她也捨不得，兩兄妹相處了這樣長時間，搬出崔家之後幾乎可稱得上相依為命了，她親眼看著崔敬平長大到如今漸漸懂事，她也不想讓崔敬平去城裡，可是她又不忍心讓崔敬平這樣一輩子下去。

若是沒個手藝在身，那她便是害了他，崔敬平堂堂正正的男子，恐怕也不希望永遠只讓她出錢將他養著而已，若是變得像崔敬忠一般，恐怕他自個兒心裡也不會痛快，更何況崔敬平若是能靠自己養活自己，那才是真正對他有益的。

兩兄妹說了一陣話，其實現在開店還早著，但說著說著，二人都有些傷感了起來。崔薇坐了一陣又去廚房裡給自己煮了些麵疙瘩吃了，洗過碗之後外頭便已經一片漆黑了。

小灣村四處都已經熄了燈，村民們皆已經進入了夢鄉，崔薇想著要割幾個鳳梨回來給崔敬平做蛋糕瞧瞧。而她也想把這些水果熬製成果醬，到時就算崔敬平還不能做奶油等物，可若是能用果醬或是果汁加入到糖果裡，吃時也不那麼膩，而且加了果汁味，也可以使得糖果種類多一些。

兩兄妹鎖了門，一路提著一個並沒有點著的燈籠朝果園那邊走，兩人背上都揹著一個背篼，路過崔家時，能清楚地聽到崔家裡傳來眾人打呼的聲音。果園的圍牆高約有一丈多，圍牆裡外都鋪滿了尖銳的碗碎片以及石塊等，唯一有條小路是直通大門的，可是大門現在緊鎖著，守園子的人早在兩天前便已經留了鑰匙離開了，而因守園子的人平日輕易不肯外出，小灣村不少的人都不知道這回事。崔薇取了鑰匙來將果園厚重的門鎖打開了，又使了吃奶的勁兒將大門推開來。

裡面四處都是已經長到約有一尺長左右整整齊齊的樹苗，每株樹苗間隔著約有兩步的距離，偌大的果園在月光下一覽無遺，四周大得像是看不到邊際一般，中間空出來約有五十平方公尺左右的地方，那兒有座小屋以及水井等工具。鳳梨正種在靠右側的位置，偌大的一塊田地裡密密實實的全種著鳳梨，之前那請來照顧果園的人性子也是老實憨厚，將這一片果園照顧得極好。那人在時崔薇為了避嫌，幾乎沒有往這邊來瞧過，只是偶爾從聶秋染口中聽到隻言片語，如今一旦來到果園裡，四處看到連雜草都少有，頓時心中也感滿意。

崔敬平取了火摺子在手中將燈籠給點著了，又從背簍裡取了一把菜刀出來，崔薇跑了幾步，蹲在鳳梨田邊，一邊伸手摸了摸上面略硬的刺兒，頓時心中也有些欣喜。

打著燈籠湊近了些看，這些鳳梨其中大部分都已經成熟了，黃澄澄的，就算間或有一些帶了綠色的，但都只是少數而已。

崔敬平長這樣大，還沒有見過這樣的稀罕物，因此覺得極其的新鮮，一邊有些不知該如何下手。

崔薇乾脆捉著這些鳳梨葉子，一邊拿刀便往鳳梨根部割了起來，與崔敬平道：「三哥，你瞧瞧這樣割，免得割破了！」

她一邊說著，一邊崔敬平目光就有些緊張地盯在她手掌上。雖然崔薇說得容易，但崔敬平本來就緊張，頭一下一刀割下去，便切進了鳳梨肉裡頭，那鳳梨的香味一下子便冒了出來，頓時沁得崔敬平滿手都是。他下意識地伸出舌頭舔了舔手掌，眼睛一下子就亮了起來。

「好甜！」

看他舔得高興的樣子，崔薇忍不住也伸手去鳳梨切口處摸了些鳳梨汁，跟著一舔，果然也是有些驚喜地點了點頭。

潘老爺賣的這幾畝地果然是上好的良田，也不知道是不是因為這專門高價自番邦買來的鳳梨種子特別的好，還是小灣村這方水土特別的養人，抑或是這根本不是崔薇所知的任何一個古代世界與前世的常識不同的原因，這些鳳梨一個個長得誘人不說，而且味道也甜，只切破了一個，可鳳梨特有的香味卻飄得二人滿口都是，連酸味都沒有。

崔敬平乾脆將這個切碎的鳳梨一併割了出來，自個兒掰開了，一邊遞了一半給崔薇道：「妹妹也嚐嚐。」一邊說著，他自個兒已經一邊大口的吃了起來。

崔薇接過這一小半鳳梨咬了一口，汁多果肉很飽滿，一口咬下去連酸澀感都沒有，崔薇一邊有些驚喜的吃著，一邊卻是在暗自盤算，若是這一地的水果都是這樣品質的話，用這鳳梨來熬製果醬，恐怕不用再加蜂蜜便已經夠甜了。

兩兄妹也顧不得再收割鳳梨，乾脆一人一半先吃了再說，那鳳梨汁流得滿手心都是，二人吃完手裡的鳳梨，只剩了外頭的皮放到一旁，抹了抹嘴，崔敬平自個兒去打了水過來給崔薇洗了手，二人這才開始割了起來。

有了一個被割破的經歷，崔敬平再割鳳梨時便顯得小心許多，這滿地的鳳梨看樣子恐怕不少於上千個了。兩人各自割了滿滿的一背，這才揹著出了果園子，崔薇一邊鎖了門，一邊四處打量著沒有人，才拉著崔敬平二人回了家。

兩人剛剛吃過一顆鳳梨，這會兒也興奮得很，崔薇看崔敬平喜歡這東西，乾脆讓他自個兒拿了一個削了吃。只是這鳳梨沒有專用的器具削著卻是有些不大好弄，崔敬平削得滿手都是鳳梨汁，有些不大耐煩了，乾脆又像剛剛一般，將鳳梨切成了兩半，自個兒啃了，只把皮扔到一旁。一連吃了這樣多水果，崔敬平打起飽嗝來了。

崔薇望著這滿地的鳳梨有些頭疼，東西是弄回來了，但總也要將這些東西削了皮才好製成果醬，可若光用刀來削皮，這鳳梨表面本來就是凹凸不平的，要一個個挑去皮也有些麻煩。崔薇想到前世自己吃鳳梨時人家用來專門削鳳梨皮的器具，可惜這會兒一時間沒法讓人打造個那樣的東西出來，崔薇皺了皺眉頭，有些犯愁。

「妹妹，要不將皮全部削了，剩中間的就行了，哪裡來那麼麻煩！」崔敬平跟著坐了半晌，終於有些忍不住了，拿起一個鳳梨，又比劃了一下，做了個切的姿勢。

崔薇知道他這會兒有些著急，畢竟這些東西往後他是要用的，崔敬平多少還是受了一些自己要開店的影響，不過她對於崔敬平的話，卻是搖了搖頭。

這些鳳梨看似不少，其實並不算多，折騰幾下便沒了。這東西可不像是麵粉、雞蛋等物，在小灣村想買就能買得到的，總得要等到時間季節到了，成熟了才能收割，她做果醬不知還要多少，哪裡能隨意浪費了？若是每個鳳梨在沒有專門削皮的工具時便都像崔敬平說的那樣去削皮，不知得浪費多少的果肉。

崔薇想了想，突然間靈光一動，眼睛亮了亮。「三哥，你出去砍一截竹子回來，要細的，大概拇指粗細這樣。」

雖然不知道半夜三更的崔薇為什麼又想要竹子了，但崔敬平卻是點了點頭，一面拿了刀便出去，崔薇家門口前便有一叢這樣的細竹子，大約每根都只能長到手指粗細。這種竹子極其堅硬，不易折斷，以前楊氏打崔薇時，就愛折了這樣的東西打人，幾竹子下去，那肉便能腫出一條紅痕來，若是用力大一些，連血珠都能抽出來，端是厲害無比。

崔敬平出去不多時便砍了兩根回來，崔薇深恐竹葉上面有蟲，指揮著他在外頭便將竹葉給剔掉了，只拿了光禿禿的一枝竹棍進來。她照著鳳梨形體最大的地方，挑了中下段的竹棍，拿刀給砍成約有巴掌長短左右，切口處弄成斜的，又拿刀尖將這斜口處給削得薄了些，洗過幾次，又拿粗布將竹葉上頭的細竹絲給磨了，拿手指摸了摸，這竹子的斜切口處倒是挺鋒利，跟小刀似的，不留意便能割到人，不過上頭的毛刺感卻是沒有了，崔薇滿意地點了點頭。

接著她拿了刀取了個鳳梨，將鳳梨皮給薄薄的削了一層，露出了一些果肉，但仍有不少皮留在果肉上頭，崔敬平剛想說話，卻見她不慌不忙地拿了那竹棍便朝鳳梨上戳去，順著那些跟指印似的皮轉了過去，那鳳梨在她掌心間跟跳舞似的。一圈轉下來，一串圓形的果肉連著皮便掉落在了地上。那果肉頓時空了一小段，但卻乾淨了不少。

如此一來就跟現代削鳳梨皮一般，只切除了少量的果肉，而且這樣一來鳳梨卻是被保存了大半果肉下來，瞧著也漂亮好看。不多時，崔薇便很快的削了一個鳳梨出來，放在一旁。

崔敬平瞧見她這一手，頓時眼珠子都險些落了出來，一邊衝崔薇驚嘆了一聲。「妹妹，妳好厲害啊，這樣也能想得出來！」他一邊說著，一邊也動手照著崔薇的模樣做了根竹棍，兩兄妹找到了削鳳梨皮的方法，一個拿刀削皮，一個專門拿竹棍挑鳳梨皮，這樣一來速度頓時快了不少，兩大背簍的鳳梨只是兩刻鐘左右工夫，便已經收拾得乾乾淨淨了。

崔薇將這些收拾好的果肉洗過了，又拿刀切成小方塊扔進一旁洗好的木盆子裡，一邊端著便朝廚房走。

崔敬平自個兒坐到了廚房邊生起了火，灶上的鍋早就已經是洗乾淨了，崔薇先是放了些蔗糖下去，看著那些糖化開了，變成了淡黃色透明的，這才將鳳梨肉扔下去。花了大半宿的時間，浪費了小半罐蔗糖，又費了不少的鳳梨肉，到快天亮時，崔薇總算是找出了一些做果醬的方法來。

她將這一批看起來漂亮不少的果醬盛了起來，裡面黏稠異常，她拿筷子挑了一小塊鳳梨肉嚐了嚐，不知為什麼，明明吃著時還覺得不如何酸的鳳梨，這會兒放了糖煮之後，光是瞧著賣相挺漂亮的，可是吃進嘴中卻是有些發酸。崔薇一面皺著眉頭，一邊嚼了幾下，將果肉嚥了下去。

這果肉味道倒是不錯，嚼起來有些軟嫩，但又有些嚼勁，若不管其中的酸味，其實果醬味道是很好的，裡面濃郁異常的鳳梨味聞著香得讓人直流口水，但那酸味卻實在是讓人有些忍不住。

崔薇想了想，乾脆將這鍋鳳梨肉倒了出來，倒了一些蜂蜜進去，又拿筷子攪了攪，這下子味道倒是更香了些。不過崔薇想到剛剛鳳梨肉的酸味，也不敢再嚐了，等果醬冷了些便裝進罐子中，看到罐子裡濃稠了不少的果醬，她乾脆拿東西將罐子封起來，準備等過幾天醃製一下再來嚐嚐味道，若是不成，她便再想法子做就是。

兄妹二人忙了半宿，結果卻是這樣，兩人乾脆燒了水洗澡也不管這鳳梨了，各自便去睡了。

第六十六章

有了這一次不太完美的嘗試，一連著兩、三天，崔薇都沒敢去割那鳳梨，深怕割出來沒嘗試好方法又給爛了，那多可惜。

幸虧今年老天有眼，到了這個時節雨水也少，也不怕地裡的鳳梨爛得快，崔薇一直忍了三天，終於還是沒能忍住，將那罐子搬了出來。開始時她還怕這罐子裡頭的鳳梨給壞了，兩兄妹將罐子搬到了院子中，接著崔薇就打開上頭緊纏著的布條，又取下裡頭壓著的罐子蓋，剛一揭開，一股鳳梨特有的香味夾雜著蜂蜜的香甜，便飄了出來。

狗屋裡頭的黑背也一邊抖了抖身，悄無聲息地踱了過來，崔薇探頭往罐子裡一看，頓時便有些驚喜了起來。罐子裡面黃澄澄的果肉浸在一片透明的淡黃色蜜中，果肉晶瑩飽滿，讓人一瞧著便來了胃口，裡頭清清亮亮的，也不顯渾濁，崔薇瞧著吞了吞口水，一邊衝崔敬平招呼道：「三哥，你取個碗過來，再拿個勺子。」

崔敬平答應了一聲，連忙就朝屋裡跑，不多時拿了個洗得乾淨的青花小碗出來，裡面還放了一個同色的勺子。

崔薇拿了勺子便往罐子中舀了過去，感覺並不像碰到水一般，反倒是如同碰到了蜜汁似的，帶了淡淡的阻力，光是憑這感覺，崔薇就知道自己這一趟做的果肉十有八九恐怕應該是成功了。她盛了一小勺子果肉出來，那勺子底下的蜜汁不住往罐子裡滴，幾乎與罐子中的果醬連成了一線般，滴落下去時連聲音也沒有。

她將這一勺果醬遞給了崔敬平嚐嚐，看他頓時瞪大的眼睛，嘴裡不住嚼著，眼睛還盯著罐子中，崔薇衝他笑了笑，瞇了瞇眼睛道：「三哥，好吃不？」

崔敬平不說話，只是不住地點頭，光是瞧他表情，便知道這果醬的美味了。

崔薇自個兒也進屋裡洗了碗和勺子，舀了些出來嚐了嚐，果醬之中幾乎酸甜味比例占得恰到好處，果肉也極為耐嚼，光是吃這個恐怕吃久了有些膩，但裡面含了這樣的果肉，就是多吃兩勺恐怕也不會覺得膩味，最關鍵的是，若是用這酸甜得剛好的果醬放到蛋糕上，崔薇幾乎可以想像得到那種味道到底是有多吸引人了。

沒料到這樣輕易便將果醬弄了出來，崔薇相信若是再多做幾次，她做出來的果醬絕對會比這一次的味道還要好，但就是這一次做得已經不錯了。她下午時乾脆做了塊蛋糕，奶油上面再加了兩勺果醬，崔敬平幾乎自己一個人吃完了蛋糕不說，還一副極為想再吃的樣子，崔薇也嚐了幾口，那種滋味像是留在了舌尖，揮之不去。

一旦試出了果醬的做法，崔薇也算是摸到了一些做這東西的邊，前幾天沒敢去地裡割的鳳梨，兄妹二人自然趁著這段時間天天都去割了不少回來，每日都打著燈光做事，幸虧崔薇房子這邊偏僻，四周除了大山便緊鄰崔家，平日裡崔世福等人一旦熄燈睡覺，便沒人能瞧得到她這邊。

兩兄妹這段時間打著夜色做事，倒也弄了好幾罈子果醬出來，這東西因為煮過，再加上又有蜂蜜浸著，放的時間越久，那味道只會越香越濃郁，根本不怕壞。而果肉在地裡種久了，崔薇是怕會壞的，因此倒是趁著這段時間收割了不少，十來日時間，那偌大的一片鳳梨地，兩人竟然也收割了一半出來。

家裡罐子已經不夠用了，雖然本來因為做糕點之故，崔薇家裡的這些罐子等物就已經很多了，但裝了幾個果醬之後，便用了四、五個罈子，而家裡的蜂蜜和蔗糖也不多了，第二日便要趕大集，崔薇乾脆決定休息一晚上，沒有再去割鳳梨，兄妹二人反倒是早早的睡了。

第二日天不亮時崔薇就起身現做了幾個奶油蛋糕，一面在上頭又淋了一些果醬，這才將籃子蓋上了，又拿布條將每個蛋糕捆上放背簍裡，兩兄妹這才一人揹了一個背簍，先去了鎮上。

照例揹著東西先去了林家，這幾年崔薇兄妹也算得上是林家的大紅人，自然那守門的人並不會將崔薇攔著，反倒是極客氣地將人放了進來。

崔薇進屋之時又分別遞了幾塊奶糖到這幾個守門的小廝身上，引得人家對她笑得更討好了，甚至有人便親自領著崔薇去見了林管事。

那林管事此時正與人說著話，看到有人領了崔薇進來時，他臉上不由自主地露出一絲笑容來，衝屋裡的眾人揮了揮手，將眾人遣退出去之後，這才示意崔薇他們進來。

「崔丫頭，妳又送了什麼東西過來？」林管事問道。

崔薇送吃的過來林家久了，雖然與林管事也算熟悉，但林管事平日裡是個大忙人，並不是每回她都一定能見得著的，也唯有她帶了新鮮吃食過來時，林管事才會親自見她一面，並將這東西給林家的主子們送過去，由他再帶賞銀過來。如今他這樣一問話，那帶崔薇進來的小廝這才想到自己收了糖，為了討好崔薇便衝動了，根本還不知道崔薇送了什麼東西過來，一聽林管事問話，頓時忍不住低垂了頭，吐了吐舌頭，一邊悄悄地就溜了出去。

崔薇這一趟過來本來就是早做了準備的，自然不會像那小廝心裡所想的一般心虛，一面從背篼裡取了蛋糕出來，朝林管事遞了過去，一邊道：「林大叔，我新做了個東西，專門送來給您嚐嚐的呢，除了送給夫人的之外，另有一份是給林大叔您的！」她一邊說著，一邊又將裝了大約有巴掌大罐子的果醬取了出來，放在林管事面前。

這罐子外表瞧著並不起眼，但林管事也算是跟崔薇認識好幾年了，知道這小丫頭用來裝東西的物件不見得有多精緻，不過能被她帶來的吃食是好的，就是連夫人小姐平日裡也讚不絕口，他自己也是真心喜歡，因此並沒有跟崔薇客氣，反倒是一面打開了蛋糕上捆著的布條，一面就笑了起來。

「我瞧瞧什麼好東西，可是要嚐嚐。」他話音剛落，便看到了蛋糕上面黏著的淺黃色透明晶瑩的果醬，以及一粒粒切得方正的果肉，頓時愣了一下。

「林大叔您嚐嚐！」崔薇看他深呼了一口氣，眼睛便亮了起來，頓時將自己早已經準備好的勺子遞了過去。

林管事接過她遞來的東西，毫不猶豫地便舀了些蛋糕送進嘴中，奶油包裹著軟綿的蛋糕，上面又鋪了一層細細的果醬，三種不同的滋味同時送進人嘴中，那林管事不由自主的便拍了桌子叫了聲好，一面又吃了一口蛋糕，這才點了點頭。

崔薇看他喜歡，心下鬆了口氣。這林管事平日裡也是極挑剔的一個人，現在連他都這樣喜歡，證明自己的果醬往後不愁古人不喜歡的。

她一邊笑著遞了帕子過去，一邊道：「林大叔，我送您的這一小罐子，放的便是果醬，您先吃著，若是吃完了，往後再跟我說就是，我再給您送過來。」

那林管事不住地點著頭，三兩下將小籃子中的蛋糕吃了個乾淨，這才拿了帕子抹著嘴，一邊又恢復了之前淡然冷靜的形象，一邊道：「崔丫頭，我也不跟妳客氣，這東西不知妳怎麼弄出來的，好吃。咱們家裡這點心廚子還做不出妳這點心味道，不如妳來咱們林家專門給夫人做糕點怎麼樣？」

他說這話聽起來像是開玩笑的樣子，但其實林管事跟崔薇已經不止說了一、兩回而已，崔薇每回聽到他這樣一說，便只是笑了笑並不回答。林管事也知道不能勉強她，認識這樣多年，他對於崔薇也多少有些瞭解，這丫頭表面看似只是一個普通鄉下丫頭，其實有些心高氣傲，再說她現在送點心過來便已經能掙不少銀子，如何還會再投到自家來做下人，因此這話他也只是提了提，見崔薇不講話，便也作罷了。

不出所料的這些添加了果醬的蛋糕確實極得林家夫人的喜歡，崔薇再出林府時，身上便已經揣了林管事帶來的十兩銀子，這是接下來她要再送十次同樣蛋糕的價錢，相對來說，林家出的銀子在外人看來確實不少了，但跟聶秋染的那些同窗相較，其實並不算多。光是那秦淮處，每回給的蛋糕便是五兩到十兩銀子，不知比林家給的多了多少，只是崔薇一開始是靠著林家才漸漸過上了些好日子，她又不是那等不知好歹的，因此每次仍是做了蛋糕送過去，不圖在林家這邊掙多少銀子，不過是為了全當初林管事幫她一場的恩情罷了。

兩兄妹自林家出來，那些原本圍在林府之外的乞兒們便都手裡敲著竹竿，一擁而上，衝崔薇舉起了碗，一面嘴裡大聲道：「姑娘大爺，隨意打發一點兒吧！」

崔薇每次趕大集時都要進林府一回，這些人心中也是有數的，不過崔薇平日裡到鎮上來因為要買東西以及賣東西，穿的衣裳都是舊的、耐髒的，這些乞兒只當她手裡沒多少銀子，再加上崔薇跟林家人關係不錯，因此一般很少有人過來找她麻煩。這一趟出來崔薇並沒有給這些人銅錢，只是拿了一包林管事給的糕點出來分別拿了些遞給這些乞兒，眾人也並不失望，反倒是有些驚喜地連連道謝了，這才心滿意足地又退回了原處。

這是每次出林府時的慣例了，這些人個個守在林府外面，若是給了一回銅錢，人家便要一擁而上圍著你要銀子，這些人時常討要飯，不見得手裡就是一個銅板也沒有的，不過就是想圍在林家這邊只等吃混喝罷了。

崔薇給些糕點他們也高興，林府的糕點又不是時常都能吃得到的，也唯有崔薇來時，才能給這些人分上一些。她沒拿錢，眾人也只當她是沒有錢的，又吃了她給的糕點，再加上林家守門的小廝這幾年跟崔薇兄妹關係又不錯，多少會幫著他們一些。種種情況下，造成崔薇在這群乞兒中間名聲倒也挺好，比起許多一出林府便被一擁而上逮著要錢的人來說，崔薇兩兄妹能平平安安的出來，且有好名聲，已經是極為不易了。

拿了糕點打發了這些人，崔敬平這才拉著妹妹便往賣山貨處走，這次運氣倒也不錯，買到了蜂蜜，而這個賣蜂蜜的人還說了下回再找些蜂蜜來賣。

旁邊不少賣乾菇等物的漢子將這話聽進耳朵裡頭，不少人都認得崔薇這個時常過來買蜂蜜的小姑娘，有個賣不知名藥草的人乾脆將自己面前的東西一捲，挾在了腋下，一邊就衝崔薇走了過來，等那賣蜂蜜的人小心翼翼地將蜂蜜搬進她背篼之後，這才有些憨厚的笑道：「小姑娘，不知道這蜂子的蜜妳還要不要？如果妳還要，下次趕集，我給妳捎些過來。」

崔薇回頭看了這人一眼，這人看起來大概約三十歲左右，臉色被太陽曬得黝黑。被她這樣一打量，便有些不好意思了起來，連忙伸手撓了撓頭，憨厚地笑了幾聲。崔薇心裡一喜，她如今缺的就是蜂蜜，若是有人能給送過來，她自然高興，因此聽這人一說，連忙就點了點頭。「若是大叔有蜂蜜，下次再帶來就是，多少我都要，我照同樣的價格給你。」

她話一說出口，頓時不少人都心裡活泛（注）了起來，那人連忙點了點頭，連草藥也不賣了，歡喜地便先轉身離開了。

注：活泛，意指靈活敏捷。

這一次賺了些銀子，包裡算是有了些錢，彌補了一些剛花出去的，崔薇心裡多少踏實了些。她現在看似有錢，可實則身上並沒多少銀子，有的不是換成房子便換成了土地，如今手頭上剩的並不多，那鳳梨最多還能再割一季，這果醬雖然說能賣，蛋糕店的未來生意應該是不錯，但到底如何她心中其實也有些緊張。就算是蛋糕店最後賺了銀子，可她現在手中沒有銀兩，總歸是覺得有些不安，今日收了十兩，好歹總算鬆了口氣。

有了崔薇買蜂蜜的承諾，再一次趕集時賣蜂蜜的人竟然多了好幾個，幸虧崔薇跟崔敬平往常去鎮裡要買東西，都是一人揹個背篼的，這才將蜂蜜裝了回來。

如今蜂蜜不缺了，那鳳梨又有得是，崔薇去鎮上鐵鋪處取了提前訂好的削鳳梨皮的鐵具，接著花了半個月時間，趁著夜黑，將地裡的鳳梨一下子便割了個乾淨！

屋裡裝得滿滿的一溜兒罐子了，而這會兒也到了九月初了。聶秋染等人考試早就考完了，可他到這會兒還沒回來，應該是要等著放榜的。小灣村中聶夫子已經辭去了縣裡教學的活兒，專心地守在了小灣村中等著聶秋染帶消息回來。

九月初八時，還差一天便是重陽節了，崔薇趁著最近天氣還沒有徹底地冷下來，取了被單與床罩等拿到河溝裡去洗，揹著背篼回來時，正巧遠遠地就遇上楊氏等一群人浩浩蕩蕩地擁著崔敬忠回來了，人人臉上都帶著喜氣洋洋的笑意。

孔氏站在人群中，一臉羞答答的模樣，不過她如今成婚幾年了，平日又有愛摸東西貼補娘家的習慣，楊氏為了收拾她，平日沒少讓她做事，就算她是一朵小白花，幾年折騰下來也成了喇叭花了，以前那瑩白的小臉倒是不見了，取而代之的是皮膚略黃，就算還收拾打扮著，可一身粗布衣裳，表情又有些忐忑不安，站在穿了一身嶄新青色衣裳，滿臉冷傲之色的崔敬忠身邊，看起來頓時就比他大了好幾歲。

一群人看到崔薇時，不由自主地都冷哼了一聲，崔敬忠眼裡不由自主的露出一絲厭惡與嫌棄之色，以及一絲輕視。

瞧他臉色陰鬱，眉宇間結滿了失落之色，一看這模樣就不像是中了秀才的樣子，現在鬧出這樣大陣仗，也不知道給誰瞧呢！崔薇遠遠站著沒過去，準備等他們先走了自個兒才過去，免得又扯一地的雞毛。

楊氏嘴唇動了動，沒有說話，那頭崔敬忠卻是率先仰了頭走在前面，楊氏連忙調頭就跟了上去，孔氏與王氏等人也跟在後頭。

等這些人歡天喜地地離開了，崔薇這才揹著東西朝自個兒家裡面走去。

崔敬忠如今在縣裡讀書，也算得上是小灣村裡響噹噹的人物，除了一個聶秋染風頭最勁之外，便只剩他名聲響亮了。他這一回來，雖然眾人還不知道他有沒有中秀才，不過瞧著楊氏等人臉上的神色，不少人仍是跟了過來，一邊圍在崔家門口看熱鬧。

崔薇揹著東西走過時，村頭李屠夫家的還拉著崔薇想與她說幾句閒話，崔薇看她眼中帶著的探究之色，分明就是想打探消息的樣子，自然三兩句應付了，自個兒揹著東西便回去了。

隔壁崔家熱鬧了半天，下午時便聽說了崔家要擺流水席的事，四處正借著桌子呢。崔敬懷晌午過後便去了李屠夫那兒，請他過來殺豬。如今可剛到九月而已，離過年還有三個月的時間呢，這樣快崔家就把豬殺了，過年時吃什麼？莫不是崔敬忠當真中了秀才，崔家這才開始大肆顯擺了？崔薇心裡正暗自猜測著，在做晚飯之前，崔世福便過來了一趟。

崔家裡豬叫的聲音刺耳得讓人忍不住想捂了耳朵，崔世福過來時崔薇剛燒了火，崔敬平還在替羊擠著奶呢，崔薇添了柴進灶裡，一開門就看到崔世福手裡摘了些茄子以及青椒等給她提過來了。

崔薇一見到他，忙將崔世福招呼進來，一邊就道：「爹，您過來坐會兒就坐會兒，哪裡用得著提這些東西，我要吃自己知道買呢，您用錢的地方還多得是，又何必總給我送過來，不如全拿去賣了，貼補家裡一下也好。」

現在崔世福父子相當於兩個人養著家裡七個人之外，還額外得養了孔家母子兩個，就算是孔氏自個兒心中有分寸，不敢撈米多了，但總也是兩人份的吃食，再加上崔敬忠可不是個省油的燈，他一個月花去的錢便等同小灣村裡一戶五口之家好幾個月的花費了，自然崔世福壓力更大。

現在聽到女兒體貼他，崔世福臉上不由自主的露出一絲微笑來，只是這一、兩年的時間而已，他看起來像是老了一大截，連背也有些彎了，看得崔薇心裡有些酸酸的。

他也沒跟崔薇客氣，一邊進了屋就道：「都是些小東西，哪裡賣得了多少錢，我知道妳有，不缺這點，不過到底是我的一點兒心意，爹沒本事，只能給妳這些東西了。」他說完，伸手摸了摸崔薇的頭，手掌心的繭子厚得隔了頭髮都能清楚的感受到。他一邊溫和的衝崔薇笑了笑，一邊就滿意道：「薇兒長高了，上回看時才剛到我胸口哩，我老啦！」

一天到晚地熬著，人哪裡有不老的？崔薇心裡一酸，卻是擠出一個笑容來，一邊衝崔世福搖了搖頭，一邊衝外頭的崔敬平招呼著讓他送杯羊奶過來。

「爹，您不老，如今二哥不是有了出息，您乾脆也別種地了，等他養著您吧，反正二哥這些年也是讓您操了不少的心，如今正該是他回報的時候。」

崔世福原本聽著崔薇讓兒子送羊奶過來的話臉色還有些發僵，剛想搖頭說自己不喝了，誰料崔薇轉頭就換了個話題，他哪裡還記得剛剛羊奶的事，頓時便皺了眉頭甩了甩腦袋，嘆了口氣。

「享什麼福？妳二哥這趟說是秀才沒考中，而他那夫子卻給他寫了封書信，說是可以讓他在縣衙裡找個勞什子典史的，如今正需要銀子打點，回來張口便讓我籌借五兩銀子出來，我從哪兒去找這五兩銀子？唉！」

這事崔薇倒真是不知道了，她原本以為崔敬忠這一趟是中了秀才回來，才如此風光的，誰料聽崔世福話中的意思，竟是如此。崔薇頓時愣了一下，卻看崔世福愁眉苦臉的樣子，又不知道該怎麼去安慰他，也只能跟著沈默了下來。

「我跟妳說這些幹啥，只讓妳跟著操心而已！」崔世福說完這話，抹了把臉，神色中的疲憊掩都掩飾不住。

他這是有苦無處訴去了，這才跟女兒擺談（注）了起來，家裡楊氏一聽說崔敬忠可能要做官了，便跟著昏了頭，歡天喜地地回來就跟自己已經做了老夫人一般，非要操持著大辦一場，讓鄉親們都沾沾她的喜氣。其實也就是楊氏瞧不得孫氏風光，這才故意鬧出這麼一副模樣，好故意氣人家罷了。

而村裡眾人一旦聽說有吃的，個個都來幫忙了，他們也是一片好意，崔世福不好意思阻止，只好眼睜睜地瞧著人家半逼半笑地招呼著崔敬懷去李屠夫處喚了人過來殺豬，楊氏臉上的笑意看得崔世福心裡鬧騰得厲害。崔敬忠說的比唱的好聽，什麼當官的，他不懂這些，他只知道，現在要讓他掏出五兩銀子，他就是拆了自己這把老骨頭賣，也是沒法子湊得上的，而楊氏只想著好的，卻沒人想個壞的，那銀子他要從哪兒給？

崔世福心裡煩悶得厲害，家中人又多，他這才乾脆躲到了崔薇這邊來，瞧瞧女兒，跟她說上幾句話，把心裡的事說出來，果然便要舒坦得多了，連悶痛的胸口也不像剛剛那般難受了。

「爹，二哥這樣是不準備走科舉了？更何況若是給他湊齊了銀子，他當了那個什麼典史，往後這些欠的銀子，是他自個兒還，還是讓您幫著他一起還？」崔薇看到崔世福這模樣，冷靜地將其中的利害關係跟他分析了一遍。

崔世福之前顯然沒有想過這些問題，被崔薇這樣一問，頓時便愣了一下。「難不成還能讓他來幫著還？」

聽他話裡的意思，竟然是已經準備幫崔敬忠借銀子買官了。崔薇頓時忍不住苦笑，那官哪有那麼好當的，這典史也不知道是個什麼官，但她當初買地時可是記得聽那潘家的宋氏說過，說潘老爺賣地，本來就是想給自己的兒子捐個官身出來，而他賣了如此多地，換得了一百多兩銀子，最後買的官不過也是個九品的芝麻小官而已。崔敬忠五兩銀子便想買官，可見那官不知是個什麼樣的了。

崔薇心裡也嘆息不止，她知道崔世福性情憨厚，雖然表面他話並不多，但其實在他心裡對幾個孩子是最心疼不過，從自己和崔敬平身上便看得出來，此時雖然聽他總是罵崔敬忠，可一旦有事時卻又是百般扶持幫忙，只是不知道他這一片慈父心，最後崔敬忠能不能理解得了。

五兩銀子倒也不多，若是能讓崔世福最後看清崔敬忠的心並不值得他這樣幫襯，崔薇倒也能借他；若是最後崔世福實在沒有法子了，她也不是不能幫崔世福一回的。只是現在他自個兒都沒往這邊提，這事又不是關係到崔世福自己，崔薇自然不可能主動去提起錢的事情，她就怕到時一旦知道自己有錢了，跟楊氏夾纏不清實在煩人，因此心裡雖然有了主意，但表面卻是不動聲色。

她順著剛剛崔世福的話勸他道：「爹，橋歸橋，路歸路。您幫二哥借了銀子買官，往後

注：擺談，交談之意。

他有了出息，銀子掙得多了，自然該他來想法子才是。做官可是不比讀書，那俸祿可不少呢。您沒聽說那潘老爺賣了地也要給兒子捐官嗎？不就是因為當官幾年比那土地的價值還要划算得多？」

崔薇這樣一說，崔世福倒是有些動了心，他原本其實心裡便打了主意的，這會兒不過是聽女兒這樣一說了，心中更是偏向了崔敬忠那一頭而已，因此聽她說得有理，便不由自主地點了點頭。

崔薇看了他一眼，又接著往下說道：「爹，您一年種地才能掙多少錢？就是全家人不吃不喝的，一年也不過一、二兩銀子，而這如何可能還？二哥若是做了官，一個月俸祿便不在少數，若由他自己還，這錢便不過是借他周轉一下，若您信得過他，讓他立了條子，自然可以考慮一下。」雖然崔世福已經下了決心，但崔薇說到這兒時，仍是提醒了他一句，不過看他若有所思的表情，崔薇估計他是並沒有聽進耳朵裡去，也就嘆息了一聲，不再勸說了。

那頭崔世福像是已經想好主意一般，頓時便坐不住了，連忙起身道：「那我先回頭與妳娘商議一下……」

「唯有一點，爹，您可不能借那印子錢，那個錢若是借來做官，不如不要去做，被人追著債，掙的還不夠還的利息呢。」崔薇雖然心裡百分之百的肯定崔敬忠最後不可能會還崔世福銀子，但見崔世福一心想達成兒子心願，也不勸他了，不過卻是讓他自己留了個心眼兒。

崔世福猶豫了一下，點了點頭便回去了。

第六十七章

當天晚上崔世福便跟楊氏去了崔世財那邊一趟。

第二天一大早便聽說崔世福夫妻去林氏那邊借了銀子，崔敬忠連楊氏要替他擺的慶功宴都沒有留下來吃，便急匆匆地揣了銀子走了。

這些聽說，崔薇自然是聽崔敬平說的，這幾天崔家裡天天吃肉，熱鬧得跟過年一般，楊氏拉著崔敬平過去了好幾回，像是深恐兒子平日裡在這邊吃少了肉一般，這些消息楊氏可能瞞著別人，但對於自己的兒子當然是不會瞞著的。

崔敬忠那頭拿了銀子走，便好幾日都沒有消息傳回來，崔家裡豬也殺了，人也請了，熱鬧了沒幾天，除了村裡還有人在談論著這事之外，楊氏想著自己那五兩銀子的外債，到底是有些忐忑了起來。

她是找婆母林氏借的銀子，如今林氏是住在大嫂劉氏那邊，而現在劉氏跟她是撕破了臉，若往後有個什麼好歹的，恐怕雙方還要為這銀子的事鬧翻。楊氏一開始被崔敬忠三言兩語的哄得心動了，又一心想為著兒子好，便去借了一回。可到現在還沒個消息傳回來，也不知道究竟事情辦成了沒有，若是沒有辦事，那銀子總歸要還回來的，否則劉氏往後鬧將起來，家裡可怎麼辦才好？

重陽節剛過了幾日，還不到九月中旬時，崔敬忠倒是回來了一趟。這一趟回來他立時便不一樣了，聽說連穿的衣裳都換成了幾十文一丈的緞子，眾人稀罕得跟個什麼似的，村裡人都說崔敬忠有了出息。

晚上崔薇剛做了飯，正準備炒菜時，外頭便傳來了敲門的聲音，黑背在院子裡頭大聲地吠叫著，崔薇一邊招呼著牠住嘴，一邊去開了門，就看到楊氏端了兩個碗，站在門口邊，臉上帶著高傲的笑意，滿臉的顯擺之色。

「妳二哥回來了，這不，如今做了官。妳是個沒良心的，可妳二哥不像妳那樣心黑，現在還惦記著妳呢，如今一旦有了出息回來，買了肉還知道惦記著你們兄妹，讓我給炒了肉送過來了！妳少吃一些，妳三哥如今正是長身體的時候，給他留一些，男孩兒家若是長得不結實，往後可不好說親的！」楊氏一邊說完，一邊將碗往崔薇這邊遞了遞，露出裡頭小半碗的肥肉來。

這會兒天色還沒有黑透，崔薇探頭過去便瞧了一眼，頓時就膩了胃口，碗裡頭是炒得肥膩的肉，個個切得約有筷子那般厚，且肉塊又大，此時因為並不像現代有各種油，所以在這個時候肥肉的價格遠勝過瘦肉，這樣一碗端過來，若照楊氏的性格，確實是覺得挺可惜的，恐怕她要不是為了顯擺，今兒早就喚了崔敬平回去吃飯了。前幾天崔家裡殺了豬時她便是這樣，從沒想過端菜過來的，現在聽她嘴裡說的話，像是深怕自己吃得多了一般，而且什麼叫自己心黑沒良心的，吃了她的東西豈不是就是認同了楊氏這句話嗎！

崔薇忍不住抿了抿嘴笑，一邊就搖了搖頭。「娘，不用了，您全給三哥吃吧，或是讓三哥過去吃，我自個兒已經炒了菜了。」崔薇現在又不是沒銀子買不了肉，她自然不會吃楊氏這一碗，落了她的口實。

楊氏聽到她這樣一說，愣了一下，頓時臉色就難看了起來。「給妳好吃的還不知道領情，山豬吃不來細糠(注)，妳不吃正好，家裡現在客人多，妳去將三郎喚出來！」楊氏這一趟過來確實是心存顯擺的，她原以為自己這肉一端出來，崔薇應該感動得求她才是，誰料眼前的情景跟自己的想法完全不同，頓時便有些惱羞成怒，將碗收了回來，面色不好看地罵了崔薇一句。

崔薇沒理睬楊氏這句怒罵，回頭便喊了崔敬平一聲，誰料崔敬平也不過去崔家吃飯，楊氏頓時尷尬無比，既捨不得罵兒子，又不知道該如何將氣發洩到崔薇身上，霎時便氣沖沖地回去了。

而這廂崔家卻是一片熱鬧無比的情景，崔敬忠這回買了個官職，在崔家頓時也算是一件了不得的事情了，林氏下午時便領了大兒子一家人過來崔家這邊，上回因為建房的事兩家鬧得很僵，正好趁著這個機會使他們和好如初了。幾人正剛商議著等到明兒便去鎮上買些紙錢給崔家祖宗們上香燒紙錢，那頭楊氏便進屋裡來了。

她手裡還端著那碗肉，林氏看了她一眼，頓時眼皮就抬了抬。「薇兒不在家裡頭？」

注：山豬吃不來細糠，意即吃粗糧慣了，吃了細糧反而不習慣，比喻一個人不會享受好的生活。

「哪裡是不在家裡頭！」楊氏一聽到婆婆這話，頓時氣不打一處來，將碗重重地擱在了案桌上，一邊就大聲道：「人家是不領情，如今能耐了，翅膀長硬了，這些肉我巴巴地送去，人家還不要呢！」

楊氏氣沖沖的話一說完，那頭崔世福便冷哼了一聲。「是妳說話不中聽吧！」

原本心裡就還有火氣未消，一聽到崔世福這樣偏心的話，楊氏頓時心中一股火氣騰地一下便升了上來。今日崔敬忠買了個官職，不論大小，可總歸是個有身分的人了，因此家裡請了崔世財一家來吃飯，而孔氏那頭自然也希望自己娘家人過來吃飯，下午時便過去喚了紹氏母子過來。現在屋裡還有外人在呢，崔世福便當面給楊氏沒臉，楊氏這會兒哪裡受得了！

楊氏頓時便氣道：「你就這樣偏心著她，你瞧瞧你得到什麼好處，如今不是還要靠著二郎才有你的肉吃？你那女兒如此孝順，現在可是給了你多少銀子買肉吃、打酒喝？」

楊氏說得尖酸刻薄，崔世福頓時便氣得站起身來。崔薇給錢的時候不在少數，別說之前那四百文錢，光是之前請他幫忙編竹籃子給的銅錢恐怕便有好幾百大錢了，加起來怕是一兩多銀子也有了，楊氏收錢時倒是痛快，如今倒是忘了個乾淨，那些竹籃子賣給誰家裡有這樣多銀子的？

眾人一見不好，林氏連忙便出來打圓場，沈了臉道：「你們兩個也不是孩子了，都這樣一把年紀，孫子都能滿地跑了，現在還跟個孩子般來吵這些嘴做什麼？」

林氏輩分最高，崔世福又一向孝順，她一開口說話，就算崔世福還有些不服氣，但也住了嘴。而楊氏就是再橫，當然也不敢跟婆婆頂嘴的，因此也不得已閉了下嘴巴。

一旁劉氏瞧見這樣的情景，不由便撇了撇嘴角冷笑了一聲。

林氏沒有理睬她，只是見老二兩夫妻住了嘴，這才嘆了口氣道：「薇兒現在年紀也大了，正該要到了說親的年紀，老二，你也該將她召回來啦，一個女孩兒家成天住在外頭像什麼話，往後說婆家時，要是沒有爹娘操持，那成什麼樣子了？」她這話一說出口，旁邊紹氏眼珠便動了動。

上回楊氏領她去崔薇那邊時，她就看到了崔薇那邊住的房子，後來聽女兒說那可是她自己一個人的，而且當日崔世福說了那房子是給她做嫁妝的，要是誰娶了她，可真是有福氣了。

而自己家裡頭沒個男人，她只是個婦道人家，不好出去拋頭露面的做事，自然撐不起一個家來，全靠著女兒孔氏一個人在崔家拿些糧食回來，也只勉強夠活命而已，吃不飽，餓不死。

家裡兒子雖然能讀書，孔秀才早年也留了些書本竹冊下來，但如今家裡窮，到底沒個筆墨紙硯的練習，又讀不起私塾，自己兒子就算是天上文曲星下凡，也成不了什麼氣候。孔鵬壽現在都已經十五、六歲了，可現在還沒哪個願意嫁給他的，若是能娶到崔薇就好了，她有房子，若是能住到她那邊去，家裡吃喝不用愁了，兒子也有了人照顧，向鄰門租借的地也有人種，那不知該有多好！

雖說上回崔世福已經明顯拒絕了紹氏說親的事，但紹氏哪裡肯這樣就放棄了，自己兒子現在年紀越大了，身體又不好，往後若是出了個什麼意外，孔家斷了根可怎麼了得？她眼珠轉了轉，心裡便有了盤算。

崔世福、楊氏這夫妻吵了一回架，林氏又勸了一回，可她說的將崔薇喚回來的話，直說得崔世福有些猶豫了起來。他當然也知道女兒單獨一個人住不好，但崔薇早就說了不願意回家來，她一回來楊氏便惦記著她那房子，自然崔世福便不肯又鬧出那樣的事。

林氏瞧他臉色，哪裡還不明白他心中想的什麼，頓時便板了臉道：「我是你娘，是她奶奶，難不成還會害了她？如今薇兒一個人單門獨戶的住著，家中又沒個長輩，那聶家的大郎見天的往那邊跑，雖說當日他說要娶薇兒，但他只是個孩子，哪裡知道什麼，若那聶家真有心，現在早就來下聘了，哪裡還會再等下去？幸虧她年紀還小，村裡人不會多說什麼，可若是她年紀再大一些，你瞧看看村裡人會不會拿這事說嘴！」

林氏喝了崔世福一句，一旁王氏聽到崔薇名聲會壞時，臉上不由自主地露出得意之色來。

「更何況你將她召回來了，老二家的，妳也好生對她，姑娘家年紀大了總歸要嫁人的，她是妳身上落下來的一塊肉，妳真跟她好好說了，難道她還會跟妳計較？姑娘家嫁了出去，往後還能不惦記著娘家？妳就跟她賭這口氣幹什麼，沒得讓村裡人瞧了笑話！」

林氏這話說得崔世福夫妻都跟著將頭垂了下去。

崔世福心裡還有些不情願，沒有張嘴，可林氏哪裡還有不明白他的，只是看著楊氏道：「老二家的，薇兒回屋裡來了，妳也別惦記著她手裡的東西，那房子的事，妳也不要再提了，一家人和和美美的過日子，她哪裡還能在屋裡留得到幾年？我瞧著薇兒那孩子能幹，將自己收拾得齊齊整整的，妳瞧瞧，如今搬出去幾年了，也不是沒回屋裡要過一次東西嗎？生了這樣一個女兒，往後嫁出去了，人家還不是說妳這丈母娘教得好？」

「可是娘，那房子到底是當初祖宗留下來的，還是咱們崔家的，那可是咱們花了一百銅錢買下來的，怎麼能就給了她？她往後是要出嫁的，姓了別人家的姓，崔家的地，如何能落到她手上？」楊氏雖然被林氏一句話說得心裡舒坦，可到底還是覺得有些不舒服，連忙就開口道，一旁王氏聽她這樣說，不由自主的點了點頭。

崔世福本來都要被他娘說動了，這會兒一聽到楊氏的話，忍不住便冷笑。「還好意思提崔家的地呢，那一百錢薇兒可是給妳了，往後那地可不是妳的，別還想去惦記著，我瞧薇兒搬出去就是沒錯的，這事誰也別提了！」崔世福說完，站起身來，氣沖沖地便出了堂屋。

林氏心裡嘆了口氣，瞪了這個二兒媳婦一眼，這才衝大兒子使了個眼色，崔世財忙就追著兄弟出去了，顯然是要勸說他的。崔敬懷幾個堂兄弟俱都出去了，只留了楊氏等婦人下來，林氏這才拉了張凳子在楊氏面前坐下了。

「以往瞧著妳是個聰明的，如今看來倒是高看妳了。」林氏一邊嘆了口氣，見楊氏有些不服的樣子，又接著道：「薇兒到底是個姑娘家，姑娘家就是要出嫁的，還沒聽說哪個姑娘家嫁了人還留在娘家住著不走的，她往後一旦出嫁，這房子妳讓她把鑰匙給出來讓妳用用。時間長了，妳好好哄著她一些，不要像以前一般做事讓她心寒了，薇兒的心也不是石頭疙瘩，她那房子又不能時常住著，不給崔家還能給誰？」

這一句話說得楊氏頓時面色便是一動，心裡倒跟著軟化下來。

幾人這邊商議著，那頭紹氏心裡一動，本能的便覺得自己機會來了，連忙湊上前道：「親家母，若是咱們家壽哥兒有機會能娶到薇兒，這房子，咱們不要的，求親家母可憐可憐咱們壽哥兒吧！」

若是換了平常，楊氏必定要喝斥她一回，自上回因為紹氏手腳不乾淨惹了王寶學的娘劉氏不快之後，楊氏心裡對這個親家便厭煩得很，若不是這回是自己的兒子崔敬忠買了官，崔敬忠又是紹氏的女婿，她恐怕也不會讓紹氏母子進門來。這會兒她一聽到紹氏的話，心裡本能的就覺得有些不舒坦，但那一句「不要房子」卻是令楊氏心中一動，話到嘴邊打了個轉，最後卻淡淡地說道：「這事往後再提，薇兒現在年紀還小呢。」

幾人商議了一陣，那頭崔世福回來時已經被崔世財勸得消了氣，一家人吃完飯，孔鵬壽便安頓著去了崔世財家裡休息，紹氏這個手腳不乾淨的，楊氏現在可不敢將她往別人家裡安排，索性讓她自個兒住到孔氏那邊，由她母女二人折騰。崔敬忠平日不在家裡住，反正孔氏房裡的東西也是她自個兒的，紹氏愛摸便摸，若是孔氏願貼補著娘家，她攔也攔不住，而崔敬忠那兒則讓他回自己原來住的屋子，崔佑祖年紀還小，便跟著王氏等人將就睡上一晚。

原本以為這樣安排崔敬忠一準兒不會同意的，誰料幾人洗完臉和手，楊氏這樣一說時，出乎眾人意料的，崔敬忠竟然答應了下來。

孔氏母女洗了臉和腳回了屋裡，那頭崔敬忠便自個兒收拾著進了屋，楊氏深恐兒子晚上沒吃好，便乾脆去廚房又煮了幾個雞蛋剝了殼放了些糖，攪勻了給崔敬忠端去。

這會兒天色已經黑了，崔敬忠卻仍還拿著一本書坐在油燈前，楊氏見他這個時辰還在看書，不由有些心疼，連忙上前擱了碗便道：「二郎，天色都這麼晚了，仔細眼睛，你還是吃了東西睡了，明兒再起來看吧，這書哪裡有讀得完的。」

她一邊唸著，崔敬忠眼裡便閃過一道不耐之意，頓時便放了書本在桌上，一邊看了那蛋一眼，眉頭便皺了皺。「娘，這蛋煮了有什麼好吃的，我不吃了，倒是有一件事，我想跟娘妳說一聲。」

聽他嫌棄著這蛋不好吃，楊氏原本是想要端下去再給他重做的，一聽到他有事跟自己說，連忙又停了下來。

崔敬忠臉上不由自主地露出笑意來，一邊起身將椅子搬了搬，扶了楊氏坐下去。

楊氏見他這模樣，頓時便有些受寵若驚，連忙道：「我自己來，自己來，你坐，我再搬張凳子就是了！」一邊說著，楊氏一邊起了身，出去不多時果然搬了張凳子回來坐下了。

崔敬忠也不再勉強她，一邊坐定了，一邊看著楊氏便道：「娘，其實這趟買官，我並沒有買成。」

「什麼？」楊氏原本還當兒子要說什麼讓自己跟他進縣裡享福的話，她捨不得屋裡這一大家子，連如何拒絕他的話都已經想好了，還沒回答，誰料崔敬忠竟然跟她說了這樣的話，頓時嚇得楊氏險些從凳子上滾落下去。

不過是些許小事，而楊氏卻如此失態，崔敬忠頓時有些不耐煩，站起身來便倒背著雙手在原地走了幾步，一邊沈聲道：「娘，那典史雖然無品級，可也是正經享受朝廷俸祿的官，這五兩銀子，如何能打發得了別人？這點兒銀子，連給縣老爺塞牙縫都不夠！我如何能見著縣太爺的面？光是打點縣中各處，恐怕便要十兩銀子以上，更別說還要再謀個典史的職位了！」

一聽說還要十兩銀子，楊氏頓時便傻了眼，半晌看著崔敬忠說不出話來。

那頭崔敬忠也不管楊氏表情如何，一旦開頭的事說出來了，他頓時便覺得後頭的話接著說就要順得多了，他一邊親自拉了楊氏起身，重新坐在自己剛剛的位子上，自己則是一撩衣襬便跪了下去，仰頭道：「娘，家裡的情況，兒子也知道，是拿不出十兩銀子了，而爹年紀又大了，大哥現在有了佑祖，也不能時常總顧著我，我心裡都清楚。」

他這些話說得條理分明而又在情理的，楊氏頓時便感動了，一邊拍了拍他的手，一邊要拉他起身來，感動道：「我就曉得你是個明事的，還好我沒有瞧錯你。你還不趕緊起來，地上涼著哩，你身體又弱，要是被過了寒氣，往後膝蓋可是要疼的。」

楊氏還在嘮嘮叨叨的，崔敬忠頓時眼中閃過不耐之色，連忙又捉了楊氏的手道：「娘，可是兒子讀書多年，不願意輕易失去這個機會，若是沒人引薦，兒子就是捧著銀子都找不到這樣的好門路，往後若是我有了個一官半職的，我便能好好的孝順您跟爹，到時請了小丫頭來侍候著您，讓您像那些縣城裡的老夫人似的，再不讓您做活兒……」

崔敬忠讀書不成，但一張嘴皮子倒也利索，楊氏被他哄得眼中濕潤，只不住拎撩了衣襬便擦眼淚。

崔敬忠看她表情，便知道已經夠了火候，便故作不經意道：「娘，我知道家裡情況，是再拿不出一分銀子，可小妹那邊……」

「你爹可護著那死丫頭，你不要想打她房子的主意了！」楊氏一聽他提起崔薇，頓時便警覺了起來，連忙就擺了擺手。為了一個崔薇，她跟崔世福都不知道掐了幾回的架了，幸虧夫妻二人多年的情分足夠，否則當日她拆崔薇房子時，崔世福說不得便真要將她給休了！

楊氏喝了兒子一句，見他面色有些不好看，也知道自己說話重了些，連忙又哄他道：「二郎，你若真想要她的房子，你慢慢來就是，今兒你祖母與我說了，往後這事有她作主哩，你爹遲早會同意，那房子總歸是你的，你怕什麼！」

「我不要她的房子！」崔敬忠說到這兒時，臉上閃過一道陰冷之色，楊氏還來不及誇讚自己兒子是個有出息的，便聽他接著說道：「如今小妹年紀不小了，模樣長得倒也可愛，我瞧著也不差。縣太爺一向最疼愛模樣乖巧的小女孩兒，我想將她送給縣太爺做妾，這也是她一場天大的福氣與造化！」他話音裡帶了些陰戾之氣。

「你說什麼?」楊氏眼中含著淚珠，聽到崔敬忠這話，她頓時便愣住了，半晌沒有回過神來。

「娘!」崔敬忠伸手搖了搖楊氏的手。

他這樣像兒時撒嬌一般的動作，也不知道多少年沒有做過了，楊氏剛剛心裡還對他生出一絲不滿，被他這樣一搖，頓時又化為了滿腔愛惜之心，不肯再責備他了。

崔敬忠卻是不肯甘休，晃著楊氏的手便道：「娘，小妹如今這年紀本來也該說親了，當時那聶家的大郎拿她開玩笑，將她名聲毀了個乾淨，好些的人家哪個肯娶她為妻?娘您跟聶家那婆子有嫌隙，她如何肯讓小妹做她兒媳?反正她嫁誰不是嫁，若是將她送給縣太爺，往後她便是正經的夫人貴人，穿金戴銀的，不比嫁別人風光?我這也是為了她好!」

楊氏還有些猶豫，她跟崔薇雖然鬧得再凶，不過到底崔薇還是她肚皮裡頭掉出來的一塊肉，若是給人做妾，恐怕崔世福是不會同意的。

崔敬忠看她這樣子，頓時心中不滿，一下子站起身來。「我若是有了好處，往後成為縣太爺的舅子，不還是要孝順爹娘嗎?難道娘果真心疼女兒比疼兒子多?您可是想想，她如今這名聲，聶大郎若是不娶她，她便是個臭名，難道您還想將她嫁給孔家那小子，病病殃殃的，要死不活，過去守寡?要是那樣，倒還不如嫁給縣太爺享福呢!」

崔敬忠這樣一發火，楊氏頓時心裡便慌了，崔敬忠見她神色，知道她心裡頭其實已經有些意動，連忙又打鐵趁熱，大聲道：「娘，這趟要是大好的機會擺在眼前錯過了，那五兩銀子便如打了水漂。若真想要讓兒子做官，恐怕還得再貼五十兩不止！若家裡拿不出來，如何了得，豈不是讓外人看笑話？您想想，那聶大郎的母親，該要如何笑您？」

這話一下子便將楊氏心裡的憂慮擊中了！她就是害怕這一點，若是崔敬忠的事情沒了，銀子還不出來，而且還要遭受別人恥笑，往後崔家人如何在村裡抬得起頭來？要是真那樣，她倒不如去死來得要好！

崔敬忠看她表情，便知道這事十有八九已經成了，頓時心中大喜，連忙又跪了下去衝楊氏叩頭道：「娘，這事您若是替兒子辦成了，往後孩兒一定好好孝順您，必不再讓您吃苦。可若是娘不肯幫我，我不能謀上這個差事，我乾脆回家種地算了！」

「使不得、使不得！」楊氏原本心裡就已經有些意動，如今聽到兒子威脅自己，頓時有些慌了，連忙擺手。「唉，你這孩子，讀了這些年的書，說什麼種地不種地，那樣的事你如何幹得，你先讓我合計兩日，可不能跟你爹說，否則他若是發起火來，我也救你不得。只是那縣老爺，不知是何等歲數了？家中妻室可是凶不凶狠，你也知道，我只得你妹妹這樣一個女兒。」楊氏說完，也忍不住拿帕子便擦了擦眼睛。

崔敬忠一聽到這兒，頓時便心中大喜，連忙道：「縣老爺年輕著呢，還不到五十之數，家中有妻室，那可是跟菩薩似的人兒，我見過一回，和氣得緊呢，那氣派，可不像是會跟一個小丫頭為難的模樣。」

他剛剛才說自己見不到縣太爺的面，如今又說自己見過縣太爺的夫人，這話前後矛盾，幸虧楊氏問這事不過就是求得自己的一個心安而已，哪裡會管其他，得到了令自己滿意的答案，她心裡便鬆了口氣，臉上也跟著露出笑容來，答應道：「那我先想想法子，這事得慢慢來才是。」

崔敬忠聽她答應了，頓時便歡喜地點了點頭，自然就連聲應了。

楊氏心裡存了事，又聽兒子說了這樣一個消息，心中又驚又擔憂，見崔敬忠又不肯吃蛋，乾脆端了起來，回屋便遞給了崔世福。

兩夫妻如今關係僵得很了，連睡覺都各自占了一張床，楊氏送蛋過來時崔世福沒理睬她，本來楊氏還想跟他商量一下兒子的事，見到崔世福這樣子，就算是有話楊氏也說不出口了，只懷著滿腹心事，這才將已經冷了的蛋三兩口的吞了，熄了燈睡覺。

而另一頭孔氏正與紹氏脫了衣裳上床，兩母女一邊熄了燈，孔氏便埋怨母親道：「娘，我公公婆婆已經說了不肯將小姑子嫁到咱們家，您又何必今兒非要提起來，不是讓女兒在婆家難做嗎！」

孔氏就算是再孝順，再顧著娘家，但出嫁幾年，娘家又幾乎是靠她養活，她說話自然也有了些底氣。因為紹氏與孔鵬壽的事，她沒少被楊氏羞辱折騰，這都只是為了讓自己的娘家人過得好一些，可偏偏紹氏現在還給她尋事，孔氏就是再柔順，這會兒也忍不住了。

「娘，我如今日子難過得很，婆婆不是個好相與的，夫君又時常不在家中，每日擠出的糧食都是偷偷拿回去的，小姑子那樣一個人兒，公公瞧得跟眼珠子似的，哪裡會答應嫁給弟弟，您以後不要再提這事了，否則若是公公不准我再往家裡拿糧食，您跟弟弟怎麼過？」

紹氏聽到女兒埋怨，連忙哄她。「我也知道委屈了妳，但家裡的情況，妳也知道。妳弟弟身體不好，時時要喝藥，妳爹是如何沒的，妳心中也清楚，妳弟弟現在時常咳血，若是出了個什麼萬一，家裡窮，又沒錢給他娶媳婦兒，難不成妳眼睜睜的便要瞧著咱們孔家絕了後？」紹氏說完，便忍不住嚶嚶的哭了起來。

孔氏原本還覺得有些不滿的，這會兒聽到母親哭起來，連忙又哄了她一陣，想著想著悲從中來，母女二人乾脆抱頭痛哭了一場。

第六十八章

對於楊氏與崔敬忠等人心裡的盤算，崔薇並不知情，第二日一大早，楊氏破天荒地竟然又提了一大簍子菜過來了。昨日裡自己沒收她那碗肉，楊氏還一副火氣衝天的模樣，今日看來竟然笑意吟吟的，像是根本不在意的樣子，頓時崔薇便生了疑。

楊氏這人可不是一個好相與的，那性子也是極其的火爆，她如今對楊氏不冷不熱的，楊氏到現在竟然沒發脾氣，反倒臉上露出笑意來，這事一看便不簡單，恐怕其中有貓膩。事有反常即為妖，而且對楊氏這樣的人來說，可是真正的無事不登三寶殿，崔薇見到楊氏討好的樣子，頓時心中生出防備與警惕來。

那頭楊氏卻是衝女兒笑道：「薇兒，妳三哥可起來了？我正有話要與他說呢，妳如今年紀不小了，乾脆也一併過來聽聽。」

也不知她葫蘆裡賣的是什麼藥，崔薇這會兒本能的覺得不對勁，雖然並不想聽楊氏在這兒瞎扯，可若是不能知道她心中想的是什麼事，崔薇還真怕她冷不防做了什麼，因此有意想將她的目的套出來。聽到楊氏這話，頓時便點了點頭，一面招呼著狂暴不安的黑背，一面讓開了身子，與楊氏道：「先進來再說吧，三哥正有事也要與您說呢！」

沒料到這樣輕易崔薇便放了自己進去，楊氏不由自主地鬆了一口氣，眼珠閃爍，一邊跨進了屋裡來。

楊氏一進來，黑背便叫得很凶，那白森森的牙齒露了出來，瞧著便極其嚇人，楊氏平日膽子雖然不小，性格也慓悍，但看到這樣一條已經快長到自己腰間的大狗，又如此猙獰凶狠，自然心中也感到有些不安，連忙大踏步便朝屋裡行去。

崔薇本來還趕著黑背朝牠自己的狗窩裡走，便聽到屋裡楊氏傳來一聲淒厲的慘叫，她回頭一看，便見到毛球渾身毛都炸了起來，正衝著楊氏嗚嗚的叫著，楊氏手裡的簸箕落到了地上，一邊捂著胳膊，手裡抓了凳子便朝毛球砸了過去！

崔薇眉頭一下子就皺了起來，原是想先喊住楊氏的，誰料毛球一下子竄到了楊氏腦袋上，四個爪子狠狠朝她臉上抓了過去！楊氏本能的捉了牠便要朝一邊甩開，誰料毛球不待她來抓，一擊得手，便又輕巧地跳開了去。

這下子可就清晰地看到楊氏臉上有幾道深深的血印子，有一道從眉心直接劃到鼻梁了，先是看到皮肉裂開，接著才沁出血絲來，光是瞧著便令崔薇倒吸了一口涼氣，一看就知道很疼。

「妳這死丫頭，還站著幹啥，還不趕緊給我拿張帕子過來！這死貓敢抓我，老娘待會兒再來收拾牠！」

崔薇懶得理她，不過卻怕楊氏等下發瘋真將自己的貓給打死了，連忙拍了拍毛球的腦袋，讓牠離開，一邊就進屋裡取了張乾淨的帕子出來。楊氏畢竟是在自己屋裡受的傷，她的來意是什麼自己還沒摸得清楚呢！

也不知道為什麼，平日裡不管是誰，只要自己沒尋說話，一般人家進了屋裡毛球和黑背都不會再管的，可偏偏楊氏進了屋裡還挨了毛球的抓，也不知究竟是哪兒出了錯。

挨了這幾下，估計楊氏是被抓得疼了，手背上都是血印子，她拿了帕子便朝臉上捂了過去，手還打著哆嗦，一邊嘴裡罵道：「這瘟貓，踩了一下牠尾巴就如此凶悍，妳這屋裡住著人，養這些東西幹什麼？」她越說越是火大，那死貓力氣不小，抓得她手背疼不說，尤其是臉上疼得厲害，楊氏這會兒想活生生掐死毛球的心都有了。

她罵了半晌，屋裡崔敬平估計被她鬧醒了，一邊揉著眼睛便出來了。

崔薇耐著性子聽楊氏污言穢語的罵了半天，有些不耐煩了，連忙道：「娘今日過來到底是幹什麼的？」她一邊說著，一邊看到楊氏將捂著臉的手放了下來，那帕子沾了不少的血跡，臉上的傷口這會兒瞧起來倒是有些嚇人了。

這傷口是貓抓的，崔薇怕她感染，一見崔敬平出來了，忙就進廚房裡給她打了些乾淨的溫水，想到家裡沒有酒精，楊氏的臉要消毒，也只有用鹽水來將就洗洗了，因此又加了兩勺鹽進去，這才給楊氏端了出來。

滿臉的血腥味兒估計楊氏自個兒也覺得有些不大舒坦，見到女兒打水出來，她好久也沒享受到這樣的待遇，連忙就拿了帕子進去擰了一下，摸到是溫水時心中也有些觸動，可誰料到鹽水沾到臉上的傷口時，她頓時如同殺豬一般的大聲嚎叫了起來，一邊就將手裡的帕子朝本來就站得不遠的崔薇臉上砸了過去。

「死丫頭，妳給我弄了什麼東西，怎麼這樣疼！妳是不是故意要害老娘的！」楊氏又痛又火大，原本就疼得厲害的臉一旦沾了鹽水之後更是疼得鑽心，說話時連聲音都有些變了。

崔薇讓了一步，那帕子便直直的落到了地上，她還沒開口，崔敬平便已經睜大了眼睛，一下子擋到了崔薇面前，楊氏高舉起的巴掌在看到站自己面前的是兒子時，頓時便停住了。

崔敬平看了楊氏一眼，一邊慢吞吞地道：「被貓抓了，妹妹是怕娘傷口化膿，這才添了些鹽進去，是給您將傷口洗乾淨呢。」他有時受傷，崔薇便會打些鹽水給他洗傷口，雖然痛是痛，但很快便能感覺得出這鹽水洗傷口的效果來。這會兒看到崔薇一片好意反倒要被挨打，當然毫不猶豫地便站在了崔薇這一邊。

楊氏聽得一愣一愣的，又見兒子臉上的神色，想到自己來這兒的目的，頓時將心裡的怒火忍了下來，一邊又重新拉了凳子坐下去。「誰知道她安的什麼心。」

一句話說得崔敬平跟著崔薇兩人都沈默了下來。

楊氏沒料到自己一句話便引得這兩人都不再開口了，也感到有些尷尬，而臉上的傷口又疼得厲害，心裡焦急無比，恨恨地道：「那死貓呢？給我揪出來，老娘今兒非將牠的皮扒了不可！」

崔薇本來對楊氏便沒什麼耐心，如今聽她鬧了半晌已經有些忍耐不得了，聽她還在咒罵不停，頓時便忍不住開口打斷了她的話，一邊就開口道：「娘過來到底是要幹什麼的？若是沒事，我就不留您了，我還有事做呢！」

楊氏心中還氣得厲害，但想到昨日崔敬忠跟自己說的事情，頓時強行將那口惡氣壓了下來，一邊衝崔敬平招了招手，一邊露出慈愛的模樣來。「三郎今年也不小了，眼見著該吃十五歲的飯了，娘最近想跟你說親事，早早的訂下來，往後年紀一到，便將人娶回來，也免得像你二哥一般，到時慌慌張張的，討個孔氏那樣的。」她說完，語氣有些不善，恨恨地便朝地上呸了一聲，吐了一口痰。

崔薇強忍著反胃的衝動，忍了忍，一邊拿了之前楊氏洗臉的帕子便將地上的濃痰撿了起來，帕子就要往外扔，楊氏忙喚住她。「噯，好好的帕子，妳扔了幹什麼？妳這敗家女，給我留著，洗洗也就能用了。」

她一邊喚著，崔薇也沒有理她，直到將帕子扔到了一旁放垃圾的竹簍裡頭，這才又重新回來。

崔敬平沒料到楊氏說的是自己的婚事，臉上紅得險些能滴出血來，連忙就搖了搖頭道：「娘，我年紀還小，這說親的事，還早著呢。」

剛剛楊氏喚著崔薇將帕子給自己洗了拿過來，誰料崔薇根本不理她，這會兒臉色便難看得厲害，聽到兒子這樣一說，頓時便沒了好氣。「還小？人家十七、八歲當爹的人多得是！你要幾歲才不小，再過陣子，我都該給你妹妹說親了，哪裡還小？」

聽到這兒，崔薇頓時覺得有些不對勁了，她也知道了楊氏過來這一趟的意思，難怪平日裡她對自己都是一副視而不見的模樣，就算看到了也是像自己欠了她不知多少銀子沒還的樣子，今日看到自己卻是一副帶著笑的表情，原來主意是打到了這兒！

崔薇心裡一股火氣騰地一下就湧了出來，當初給楊氏三兩銀子時，當時便說得好好的，從此自己的事自己作主，連戶籍都沒有再落到了崔家上頭。上回楊氏拆了自己的房子，當時自己沒跟她計較便是因為崔世福當時說過，自己的任何事，包括這婚嫁之事也與她無關的，如今事情才過去幾年呢，楊氏便開始鬧出了這樣的么蛾子！

崔薇心裡氣得要死，頓時對楊氏一丁點兒的耐性也沒了，恨不能立即便將她趕出去，只可惜她沒早說出剛剛她的來意，否則那盆水自己也不該打的。

楊氏一邊說著，一邊目光就往崔薇身上溜，見她臉上露出笑意來，心裡一鬆，只當她是姑娘家大了，也知道思春想嫁人了，心裡不免有些得意。

誰料那頭崔薇卻是冷笑了一聲，一邊站了起來，指著大門便道：「出去！」

「妳說啥？」楊氏傻了眼，像是沒聽清楚崔薇的話一般，那頭崔敬平也被嚇了一跳，呆愣愣的望著楊氏說不出話來。

「出去，我這屋裡妳不要再過來了。我嫁不嫁人，那不關妳的事，我的事情一開始便說好跟妳無關，現在麻煩妳出去！」崔薇強忍了怒火，一邊指了指大門口。

楊氏無論如何也沒料到自己竟然會有被崔薇親自趕出門的那一天，以前就算是兩母女鬧得再凶，可崔薇依舊還要喊她一聲娘的，可現在崔薇竟然連娘也不叫了，直接就讓她出去，楊氏心裡頓時一股火便湧了出來，屁股死死的坐在椅子上頭，一邊將腿分了開來，大馬金刀坐得穩穩的，一邊嘴裡就冷笑道：「老娘今兒偏偏不走，妳的婚姻之事就該我作主，妳是我生出來的，老娘要將妳嫁到哪兒就嫁到哪兒，這事就算是天王老子也沒法管，妳再能耐，還沒上戶籍呢！」

一瞧見她這模樣，崔薇頓時氣極反笑，乾脆回頭便站到了門口處，楊氏只當她是怕了，臉上不由自主的露出一絲得意的笑容來，誰料崔薇站到了門口，尖聲叫道：「黑背過來，上！」

楊氏還不明白她這話什麼意思呢，不多時便聽到一陣狗的咆哮聲傳了過來，外頭傳來東西碰撞的聲音，不多時那隻巨大的狼狗便從外頭撲了進來，那猙獰的模樣嚇得楊氏慘叫了一聲，頓時一下子便從椅子上滾落到了地上，連滾帶爬的就要朝屋裡跑。可是她一時之間哪裡跑得過黑背，一口就被黑背咬到了屁股上，這時衣服穿得本來就薄，楊氏這下子慘叫了一聲，身體跟彈簧似的一下子竄了起來，屋裡門鎖著，崔薇明顯是不會救她的模樣，崔敬平擋在另一邊他自個兒的房間入口處，楊氏這會兒已經顧不得自己剛剛還說了不肯離開的話，被狗追著不住慘叫，捂著屁股便朝外頭跑。

不知躲哪兒的毛球也跟著竄了出來，楊氏火燒屁股般，飛快地提了她剛剛才拎過來的簸箕便跑出門去了。

直到她影子都消失不見了，崔薇這才面色鐵青，深呼了幾口氣，拉了椅子坐了下來。

「妹妹……」崔敬平小心翼翼地看了她一眼，有些討好的蹲在她面前，一邊扯了扯她的手道：「妳別生氣了……」

要說不生氣，哪裡可能就真的不氣了，但崔薇並不是因為自己生楊氏的氣便能遷怒到崔敬平身上的人，因此深吸了幾口氣之後，吐出了胸腔裡的鬱悶之氣，這才搖了搖頭，衝崔敬平勉強擠出一絲笑意來。

楊氏被崔薇放狗咬了，心裡氣得厲害，偏偏又找不到理由與藉口去收拾她，出出這口惡氣，而另一頭崔敬忠卻是逼她逼得厲害，楊氏終於有些忍耐不住了。

紹氏趁著這段時間，又聽了那日林氏與楊氏等人說的話，心裡便存了一些心思，孔家裡反正都窮得揭不開鍋了，也沒哪個不長眼的會進孔家裡偷東西，因此乾脆厚著臉皮住了下來，以替崔敬忠祝賀的名義，卻想著必要為兒子討門媳婦兒，以傳孔家香火的決心。

如此一來，崔家便顯得更熱鬧了一些，天天人來人往的，不少人都上門前來祝賀，這些人都是一片好意過來，楊氏自然也不好意思將人趕走。一頭崔敬忠逼著她早日想法子，而另一頭則是小灣村中眾人前來賀喜時臉上帶著的恭維之色、以及羨慕口氣。

這些情況險險把楊氏給逼瘋了，她不能忍受若是眾人在知道崔敬忠根本沒有當官後的詫異神情與嘲笑神色，也不敢去想崔世福借了五兩銀子來給崔敬忠買官，最後卻一無所獲的後果，更不能被孫氏那賤人在自己面前耀武揚威，得意非凡！

既然軟的來不成，楊氏心中便開始想著要來硬的，女兒雖然也是她生下來的，但崔薇這些年來脾氣倔強，根本不得她喜歡，再說就算崔薇柔順，可兒子與女兒之間，楊氏會做選擇的，當然只有自己的兒子而已。如此一來，她自然更下了決心，心中存了那樣的念頭，楊氏自然也顧不得管紹氏母子住下來的事，反倒一心撲在了怎麼將崔薇弄出小山村而不被崔世福發現的事情上。

紹氏母子住了下來，崔家又因為崔敬忠之事，成天幾乎都嚼用好的，每日這兩母子倒當真像是來作客的一般，萬事不管，紹氏最多是在孔氏做事時幫著搭把手，其餘時間便坐在院子裡，那孔鵬壽更是了不得，一天到晚只窩在崔敬忠以前的房間裡拿了他的書看，動不動便咳上幾聲，像是連心肺都要咳出來一般。王氏對這孔家人心裡實在是厭煩得緊，她剛從外邊割了簍豬草回來，便瞧見紹氏坐在院子裡頭，手裡拿了把扇子正在搖著。

如今都已經快九月半了，天氣早就涼快下來，也不知道她這樣搧著是做給誰看的。王氏幹了半天活兒，額頭汗水跟下雨似的不住往眼睛裡流，哪裡看得紹氏這個悠閒模樣。

孔氏如今正在廚房裡頭燒著飯菜，王氏頓時便眉頭一豎，一邊將豬草扔在了地上，衝紹氏道：「姻伯母，您幫我將豬草切了吧，我要去瞧瞧小郎這會兒起了沒有。」

王氏話一說完，那頭紹氏便放了扇子，一邊討好地衝她笑了笑，回頭便衝廚房裡的孔氏吩咐。「芳兒，妳嫂子打了豬草回來，讓妳出來切了呢。」

廚房裡孔氏答應了一聲，王氏頓時氣悶無比，乾脆朝屋裡邁去。只是還沒踏進屋中，堂屋裡捧了一本書的孔鵬壽便咳得臉頰脹紅，伸手拿了帕子捂著嘴，單薄的身子像是骨頭都要戳破衣裳露了出來，臉色消瘦，顯得顴骨極高，更襯得那雙眼睛又大且無神，瞧著便有些嚇人，跟兩個黑洞似的。王氏一進屋門便聞到一股濃郁的藥味，抬眼便看到了桌上的藥湯，險些忍不住便吐了出來。

這下子王氏終於再也忍不住了，扠了腰便罵：「一個兩個的當咱們這崔家是個什麼地方？可以為是打尖的客棧，想住多久便住多久了？一個要死不活的藥罐子，在害瘟啊，咳得這般厲害，莫非是肺癆？要死了便滾出咱們崔家，不要髒了咱們這崔家的地方，以為嫁了個女兒進來，就當死在崔家了還有人給你收屍出棺材錢不成？」

說話時語氣尖酸刻薄，像是在罵人一般。王氏實在是忍不得孔鵬壽這個病秧子了，每日咳得厲害，連隔壁大伯母劉氏都不肯再讓他繼續住在崔世財家，就怕他這病要傳染的。楊氏近日也不知道在忙著什麼事，成天的不肯管管，孔鵬壽一住到崔家來，一晚上都能聽到他的咳聲，吵得人睡都睡不著，王氏還擔驚受怕的深恐他這病傳染到了自己身上，一想起來便煩膩鬱悶。

「大嫂，妳、妳這話，也實在太……」孔氏聽到屋裡的罵聲，連忙拿著火鉗從廚房裡頭出來，正好聽到王氏指著孔鵬壽的鼻子罵，眼圈不由一紅，險些就哭了出來。

那頭紹氏之前還記得王氏打人時的情景，遠遠的縮在一旁，不敢過來。

孔鵬壽聽到王氏咒自己，頓時激動異常，站起身來，可惜他身體弱，越著急想說話，越是咳得厲害，說不清楚一句完整的話出來。咳了半天之後，他的力氣也像是被掏空了一般，身子彎著，一手撐在桌面上，像是不堪重負一般，那手臂抖得如同秋風中的落葉似的，一面看著王氏。

「咳，咳咳咳……」他想說話，可是一張嘴便是一股血絲流了出來。

這情景不只是嚇了孔氏一跳，連王氏都嚇得厲害。

孔氏尖叫了一聲，將手裡的火鉗一扔，便大聲驚呼了起來。「請大夫啊，快請大夫啊，二郎，你一定要撐著啊！」

孔鵬壽只是盯著王氏，說不出一句話來，嘴裡還在咳著，他每咳一次，那嘴角的血沫便跟著湧出來一次，直嚇得紹氏面無人色，軟軟地癱在地上起不來。

楊氏這幾天心情不爽利，身體也不好，一整宿的睡不著，那被貓抓的地方以及被狗咬的屁股現在還疼，睡覺時都不敢平躺著，一晚上都受折磨，這會兒天色大亮了她還歪在床上，孔鵬壽的咳聲吵得她心煩意亂的。剛剛王氏的怒罵她也聽到了，只是不想去管，如今聽到孔氏的尖叫，楊氏頓時撐著身體站了出來，就看到孔鵬壽軟軟癱在孔氏身上，整個人瘦得跟皮包骨似的，那面上泛著一股死金之色，看起來確實像不大好了。

「這是怎麼了？」楊氏怒罵了一句。

孔氏只知道哭，王氏見到這孔鵬壽被自己一句話說得便吐了血，嚇了一跳之後接著心裡又生出一股惱怒來，指著孔家姊弟便道：「娘，這孔家人想賴在咱們家不肯走呢，您瞧瞧這病秧子，咳得一副隨時會斷氣的模樣，如今還住在咱們家裡頭，我估摸著他是想賴在咱們家，好連棺材錢也省下來。孔家斷子絕孫，這婆子又只得一個女兒，說不得往後便要讓娘您給她養老送終了啊！」

王氏這話說得孔氏淚流滿面，嘴裡只是不停地說道：「不是的娘，不是的娘……」

她這模樣看得楊氏也替她著急，恨不能逮著她問清到底是怎麼樣才好。這個兒媳婦軟得跟麵團似的，讓人看著便難受，如今被王氏噼哩啪啦說了一大堆，她嘴裡卻只知道說這樣一句，也難怪人家會不相信她的話。

楊氏就算明知道王氏說的不一定是真的，不過見到孔氏這模樣時，她卻覺得礙眼得很，更何況紹氏母子住在這邊好幾天時間了，楊氏當然也不舒坦，只是因為有崔敬忠的事，沒來得及料理他們而已，現在聽到王氏這樣一說，正好找到了發作的理由。

楊氏冷著臉便道：「孔芳，妳大嫂說的也是，親家母來這邊已經住了好幾天了，恐怕也是該回去了。妳弟弟這樣子一看便是舊疾發作了，本來就該在家裡養著的，如今在外頭成什麼話，妳下午時便將他們送回去吧！」楊氏臉色有些不耐煩。

紹氏看到兒子這不醒人事的樣子，有些慌了，連忙跪著挪了幾步，爬了進來。「親家母，饒命啊，我們家壽哥兒如今成了這般模樣，實在是不能搬動啊，親家母行行好，請個大夫過來幫壽哥兒瞧瞧吧，親家母，我求求妳了。」紹氏說完，便不住地跪在地上叩起頭來，那廂孔氏便抱著弟弟痛哭不止。

楊氏面色頓時就變了，還要花錢給這孔鵬壽請大夫？她連自個兒家裡窮得都快揭不開鍋了，隔壁林氏處她還欠著五兩銀子沒還，劉氏又不是個省油的燈，她如今哪擠得出銅錢給這姓孔的請大夫抓藥？又不是她的兒子，更何況這孔鵬壽就是個無底洞，一旦沾上便沒個好事！

楊氏這會兒悔得腸子都青了，她當初便不該慌亂之下娶了這孔氏回來，如今攤了這麼一家子，自己現在都是泥菩薩過河了，偏偏他們還想著要自己出些銀子，那不是要自己的命嗎！

「親家母，這個忙我沒法兒幫，也幫不上，最多你們吃完晚飯便走吧，我也沒那些錢救你們。」楊氏道。

她話音一落，王氏臉上便露出笑容來，一邊瞧了這孔家人一眼，看到孔氏滿臉惶恐之色，只知道抱著孔鵬壽哭，而另一廂紹氏也是六神無主的模樣，孔鵬壽滿臉都是血，她頓時心生惡意，湊了過去便衝孔氏笑道：「弟妹，別說我這個做嫂子的沒有提醒妳啊，妳這弟弟瞧起來面無人色，恐怕命不久矣，不如早早給他穿了壽衣吧，否則若是閻王爺來索了命去，到時妳們再給他梳洗，便來不及了！」

「不，我弟弟不會死的，不會死的。」孔氏一聽到王氏這樣說，眼淚又湧了出來，一邊抱著氣若游絲的孔鵬壽不肯撒手。

王氏瞧她這模樣，不由就撇了撇嘴。「不會死？瞧他這模樣也是活不得了，恐怕就是找個人過來給他沖喜，也是活不長的，反正我是一片好意，聽不聽就全在妳了。」

「沖喜？」孔氏嘴裡喃喃了一句，半晌之後頓時便眼睛一亮，與紹氏相互看了一眼。母女二人乾脆將孔鵬壽抬了起來，紹氏打了水給孔鵬壽擦臉，而孔氏這會兒連飯也不做了，乾脆起身便出去了。

楊氏剛進屋躺沒多久，便聞到了屋裡一股焦味，頓時大怒，拍了拍床板大聲喝道：「王花！妳這賤人在幹什麼，煮飯都煮焦了，妳讓一家人等下吃什麼？」

王氏一早上起來便出去打了些豬草，這會兒回房便躺下了，隔壁楊氏的怒罵聲傳過來時，她連身也不願意起，只是躺在床上回嘴。「娘，煮飯的事可不歸我管，是弟妹幹的哩，她這會兒不在家嗎？莫不是又偷了屋裡的東西，去給她弟弟請大夫了吧！」

本來王氏這話只是隨便說出口的，但楊氏一聽卻確實是這樣的理，孔氏愛摸東西有前例不是頭一回了，若是她再摸了屋裡的東西去請大夫，難道真要將崔家逼死不成？楊氏一想到這兒，頓時便躺不住了，連忙吩咐了王氏起身去村裡的游大夫處瞧瞧，自個兒則是認命地去了廚房。

第六十九章

崔薇還在為著楊氏到現在竟然還想作主自己的一生感到氣憤無比，明明早在之前給了三兩銀子時雙方便已經算是兩清了，這樣的三兩銀子買她自己當時已經是足夠了，就算是大戶人家挑小丫頭，也就差不多是這個價錢而已。楊氏收了銀子到現在竟然想反悔，當初不死心險些拆了她房子也就算了，後來她看在崔世福的分上也沒有再找楊氏麻煩，沒料到楊氏到現在竟然還打著這樣的主意，不知道她怎麼說得出口的。

一想到這些，崔薇心裡跟堵著一口氣般，連著好幾日都沒有睡踏實。

一早上剛起來將羊奶給擠了，還沒來得及倒進鍋裡煮，院裡黑背便叫了起來，外頭傳來輕輕的敲門聲，若不是狗叫得厲害，恐怕她也是沒聽到的。

崔敬平一大早便出去割草了，眼見著天氣要冷了下來，若不是趁著這段時間多割些草曬著，到了天冷時羊便沒有草吃。因此這些天崔敬平幾乎很少時間落屋的，家裡只得崔薇一個人，聽到這敲門聲時，崔薇頓時便將羊奶提進廚房裡了，又洗過手，也沒招呼黑背，便去將門打開了。

門外孔氏滿臉的惶恐不安之色，正搓著雙手，低垂著頭，雙腿輕輕顫抖著，門「吱嘎」一聲被打開時，孔氏像是受了驚嚇的鹿一般，一下子抬起頭來，眼睛裡還含著淚光，顫巍巍地站在門口外，看到崔薇時，下意識地眼睛就往四處望了望，這才想往門裡擠。

可自楊氏說了想將自己嫁人的事之後，崔薇對隔壁的人便沒了好印象，一看到孔氏動作，她臉色頓時就冷下來，雙手拉著門就要關上，冷聲道：「妳想幹什麼？」

「四妹妹，妳聽我說。」孔氏深怕她一下子真將門給關上了，手便重重地撐在門框上，一邊看著她，一邊哀求道：「四妹妹，求求妳救救我弟弟的命吧，我求求妳了！」孔氏一說完，眼淚便滾落出眼眶來，一邊就跪了下去。

崔薇最不耐與她這樣哭哭啼啼且又跪又拜的模樣多說話了，她也知道孔氏的那個弟弟身體弱得很，那邊咳著，偶爾自己站在院子外都能聽得到，這會兒看孔氏的神色，以及聽她說話，像是孔鵬壽的身體很不好了般。崔薇雙手抓著門框，定定的盯著孔氏，一邊就平靜道：「我不是大夫，我這兒也沒有藥，二嫂，妳求錯人了，不應該在這兒找我，而是應該想辦法籌了銀子去找大夫才是。」

「不是的！」孔氏的頭拚命地搖了起來，那眼淚珠子隨著她搖頭的動作便四處飛濺，孔氏一邊哭得悲切，卻又像深怕被人瞧見一般，伸手捂了嘴強忍著嗚咽聲，這才哽咽道：「四妹妹，我知道妳是個菩薩一樣的人兒，我只得這麼一個弟弟，我們孔家只得他一脈單傳，若他出了事，我娘以後可怎麼辦？四妹妹，我求求妳行行好，救我弟弟一回。」孔氏一邊說著，一邊跪在地上便挪了幾步，手緊緊拽著崔薇的裙襬，一邊又傷心地哭了起來。

「我沒法子救妳弟弟，也不是菩薩，二嫂若真信這些，不如買了紙錢去燒了，求祖宗保佑吧。」崔薇後退了一步，一邊伸手將自己的裙子從孔氏手裡抽了出來，一邊就搖了搖頭，下一刻便想將門關上。而孔氏不知吃錯了什麼藥，也不像她平日一般的膽小了，一伸頭便將腦袋夾進了門框裡，一副死也不肯離開的模樣，臉上哭得悲切，眼裡的哀傷濃得像是要化開來一般，看她這模樣，像是孔鵬壽真出了什麼事了。

崔薇心裡雖然對楊氏不大痛快，但到底人命關天，想了想只當孔氏沒有銀子找大夫，乾脆從懷裡摸了十來文銅錢出來遞到孔氏手上。

「二嫂，我能幫妳的只有這麼多，妳若是錢不夠，再想想法子就是。」這十來文錢也夠請大夫了，但吃藥的事當然還得孔氏自己想辦法，崔薇知道財不露白的道理，她深怕自己一拿的錢多了，又引來楊氏等人的覬覦，再加上孔氏可是崔敬忠的妻子，崔薇哪裡敢在她面前露出多的錢財來，否則崔敬忠恐怕要不死心又出什麼歪主意了。

誰料孔氏一接過銅錢，便伸手死死捏住，那手掌因為用力，指關節都凸了出來，一邊仰著頭看崔薇，一邊道：「妹妹，我弟弟不大好了，請大夫不成，我求求妹妹行行好，我弟弟現在只能聽天由命，妹妹若是能沖喜到我們孔家，我、我、我下輩子願做牛做馬來感謝妳！」她說完，一手捏著銅板，一邊額頭便不住碰在地上，竟然叩起了響頭來。

崔薇開始時還當自己耳朵出了問題，可聽清了孔氏的話之後，她心裡頓時湧出一股怒火來，恨不能將孔氏手裡的銅錢全部搶回來！一個個的竟然現在都將主意打到了她身上，楊氏想著要將她給嫁出去，而現在孔氏竟然還不死心，居然要讓自己去沖喜！

孔鵬壽是誰，孔氏自己都知道孔鵬壽要死了，憑什麼以為自己會嫁到孔家去，而且沖喜的人一般都是被人瞧不起的，沖得好了攤上一個病秧子養他一輩子，沖得不好了便背上一個剋夫的名頭，人人喊打。

而這喜哪裡是這麼好沖的！別說崔薇根本沒想過要嫁到孔家，也根本不喜歡那孔鵬壽，就算她願意嫁人，也絕對不會願意以沖喜這麼卑微的方式嫁過去。崔薇氣得渾身哆嗦，之前對楊氏的怨氣在這會兒孔氏又讓她嫁人時，一併全湧了出來，指著孔氏便怒聲道：「出去！妳給我走開，再在我門口趴著，我可對妳不客氣了！」這會兒她氣憤之下，竟然連二嫂也不肯喊了。

孔氏也知道自己的話有些突兀了，一般沖喜的人最後都沒什麼好下場的，可是她沒法子了，她家裡就只得這麼一個弟弟，父親早早的便沒了，如今孔家只得孔鵬壽這麼一滴血脈，若是他也出了意外，卻沒留下子嗣，那孔家便是絕了後斷了根了，她怎麼能忍心！孔氏一邊撩著衣襬，一邊擦了擦眼睛，又重重的叩在了地上，嘴裡只說著讓崔薇行行好，她叩頭的力氣也不小，每一下都撞得「砰」的一聲，不多時地上便留了一些血跡來。

看她那樣子，倒也可憐，但崔薇如何能因為別人的可憐便將一輩子搭進去了，若她真這麼蠢，到時可憐的就是她。更何況孔氏這樣的做法無疑是在逼她而已，崔薇氣得手腳冰涼，心裡不只沒有同情，反倒更火大了，一邊便要喚著黑背將人趕出去。

孔氏叩頭叩得頭昏眼花的，卻見崔薇根本不為所動，她心裡頓時便慌了起來，一邊嚶嚶的哭著，一邊抬起頭望著崔薇道：「四妹妹當真如此狠心，寧願見死不救嗎？」

崔薇理也懶得理她，一邊忍著心裡的怒火，一邊喚了黑背過來，誰料孔氏今日竟然像是鐵了心一般，看到狗過來了也不動，只是跪在地上，滿眼哀傷之色看著崔薇道：「四妹妹要知道，妳嫁了我弟弟，可是救了妳自己一命呢。」

她這話說得沒頭沒腦的，崔薇頓時便強忍了怒火，不知怎的，就想到了前幾天楊氏莫名其妙地過來說要給自己安排親事的情景來，霎時便將怒氣強行按捺下去，一邊拍著黑背的頭，一邊冷眼望著孔氏，沒有再說讓她立即離開的話。

孔氏見到這情景，頓時鬆了口氣，臉上又露出一絲為難之色來。她眼中掙扎之色明顯，半晌之後才艱難開口道：「妹妹年紀不小了，可那聶大郎又害了妳一回，往後他若不娶妳，妳如何嫁得出去，也唯有我們孔家……」

「我的事，不要你們管，我就是嫁不出去，我一輩子孤老，也自己養自己！」崔薇冷冷地打斷了孔氏的話。

她這一席話聽得孔氏瞠目結舌，嘴裡喃喃道：「那如何使得？女子總歸是要嫁人的……」

聽她一副要開始長篇大論說話的模樣，崔薇頓時伸手便要將門給關上，孔氏心裡一慌，面上現出掙扎之色，半晌之後連忙閉了閉眼睛，一狠心，輕聲說道：「夫君想將妳送給縣太爺做妾，若、若是妳不願意嫁給我弟弟，妳就只有被送給人做妾。縣太爺如今還差兩歲，便是五十之數了，比、比公公年紀還大……」

孔氏說完這話，一抬頭便看到崔薇臉色鐵青，胸膛不住的起伏著，顯然是氣得不輕的樣子，心裡不由一慌，連忙道：「那縣老爺年歲不小了，四妹妹何苦給人做妾糟踐自己？我們家雖然窮，可卻是願意正經聘了四妹妹的，我娘一定會將妳當成她親生女兒一般……」

孔氏竟然開始拿這事來威脅人了。崔薇一聽到崔敬忠說想將自己送給人做妾時，頓時便明白了楊氏當日過來說要將自己嫁人的話是個什麼意思，恐怕她是過來打探自己態度的呢，若是自己再軟上幾分，一開始被她那模樣給哄騙了，恐怕最後怎麼死的都不知道，這就是她的親人！

崔薇這會兒頭腦發昏，強忍著心裡的怒火，指著門外便道：「我不管崔敬忠怎麼想的，但我跟崔家沒有關係了。妳自己出去，今日這話我只當沒聽過，若是再在這兒糾纏，我便去找崔家評理，我倒要瞧瞧，難不成崔家還能有隨意發賣別人的道理，妳當我不願被人賣了，便只有搭上妳家那爛攤子？也不瞧瞧，崔家憑什麼將我送出去！」

崔薇一說完這話，便只覺得渾身發軟，眼前一片片黑影閃過，腦袋又燙又昏，勉強看了孔氏一眼，轉身便將門給關上了。

孔氏在外頭跪了半晌，一想起剛剛崔薇的眼神，心裡既怕又後悔，如今孔鵬壽吐了這樣多血要死不活的在床上躺著，崔薇又不肯嫁到自己家來沖喜，如今她還能到哪兒去找一個能給孔鵬壽沖喜的人來救他性命？

而最令孔氏後怕的，則是她剛剛將崔敬忠這次回來的目的說了出來，若是這些事被崔家知道，被崔敬忠知道自己壞了他好事，自己往後該如何自處？孔氏心裡又怕又悔，心中亂糟糟的，幸虧手裡還有些銅錢，夠給孔鵬壽看回病了，她才覺得心裡稍微安定了一些。

聽了剛剛孔氏的話，崔薇便氣得不輕，鎖了門勉強洗了洗手，便自個兒躺回了屋裡。她想到自己來了古代這些年的情景，好不容易熬過來了些，日子剛過得好一點，眼看著生活即將好了些，可又鬧了這麼一齣來。她現在還沒有十三歲，還不到立戶的時候，那天楊氏態度很強硬，恐怕真幹得出來不要臉的情況。楊氏為了兒子，有什麼不肯做的，連賣女兒都敢了，再賣一次又算什麼！

崔薇心裡跟窩了一團火似的，渾身難受，這會兒也不願意去想那些糟心的事，半眯著眼睛便昏睡了過去。

她已經好些天沒有真正的睡安穩了，現在心情不好的情況下，一閉了眼睛睡過去，便迷迷糊糊的再也睜不開眼睛來。

外頭似乎傳來了有人敲門的聲音，崔薇卻並不想搭理，誰料除了敲門聲外，崔敬平的聲音也跟著傳過來，好像裡頭還聽到了崔世福的叫聲，可崔薇感覺渾身發燙，周身又疼痛，就是聽到了，身上也沒力氣，醒不過來。半天之後，聽到黑背大叫的聲音，有人進了她屋裡來，像是被人看了半天，那個人像是托起了她的身子，頭上冰涼涼的像搭了塊帕子，又有苦藥灌進了她嘴裡，崔薇這才被折騰著漸漸睜開了眼睛。

外頭已經是一片黑暗了，床頭邊的腳踏板上坐了一個人，屋裡點著昏黃的燈光，崔薇剛剛一睜開眼睛，便有人托著她的腰坐了起來，嘴裡溫和道：「好些了沒有？熱倒是退了。」

這聲音熟悉異常，崔薇抬頭看去，背著光就看到聶秋染手裡端了藥碗，將自己靠在他胸前，正拿了勺子在餵她喝藥，她胸前鋪了一塊厚厚的帕子，上頭沾滿了棕色的藥汁，苦味便傳了過來，再加上嘴裡的味道，令她忍不住低頭便乾嘔了幾聲。

聶秋染一邊替她拍著背，一邊聲音放得更軟了些。「怎麼好端端的，竟然自己受了涼都不知道？現在天氣一冷一熱的，最是容易生病，睡覺時，自個兒蓋得厚一些，早晚都添件衣裳。」

聽他嘴裡不住叮囑著，崔薇忍不住眼眶有些發濕，她沒料到自己是生病了，早上時就覺得有些不舒坦，她也只當自己是前些天被楊氏給氣的，現在才知道自己生了病，她搬出來之後身體一向很好，平日裡又沒少喝羊奶等物，吃的東西也都注意調養著自己的身體，倒真沒想過還有病倒的時候。

她掙扎著想要坐起身來，看聶秋染拿了一塊羊乳糖便張開她的嘴讓她含著，奶糖香濃甜蜜的滋味好歹是將嘴裡的苦藥味壓下去了一些。崔薇皺了皺眉頭，一邊將頭頂上的帕子取下來，一邊看著聶秋染道：「聶大哥，你怎麼過來了，什麼時候回來的？」

「上午就回來了，敲妳門沒人應。崔二叔現在也在這邊呢，他擔憂著妳，現在還沒回去，正在廚房跟三郎一塊兒熬著藥。」聶秋染一邊說著，一邊替她理了理汗濕了黏在身上的頭髮。

看她小臉蒼白的樣子，渾身大汗淋漓，剛剛一會兒喊熱一會兒喊冷的，現在瞧著模樣倒真是狼狽，她本來就愛乾淨，聶秋染乾脆伸手替她將圍在胸前的布巾取了下來放到一旁，果然就看她臉色頓時鬆了一頭，不由自主的嘴角邊便露出一絲笑意來。

「妳好好歇著，我去打水過來讓妳洗把臉，三郎剛煮了粥，這會兒涼了，我給妳端過來？」

一整天沒有吃東西了，這會兒崔薇肚子裡也確實餓，聽他這樣說便點了點頭。

聶秋染端著水盆出去了，高大的身影被蠟燭光在牆上映出一個魁梧的影子來，崔薇看著窗外呆了半晌，不多時崔世福跟崔敬平二人都進來了，兩人手上端了盆子，聶秋染還端著稀飯。

崔世福看到她醒了，便鬆了口氣，連忙坐過來，一邊摸了摸崔薇額頭，一迭連聲便問道：「薇兒，妳現在覺得怎麼樣了？還有哪兒不舒坦，我再去將游大夫喚過來。」

崔薇搖了搖頭，這會兒心裡還有些複雜，看到崔世福眼中的擔憂之色，再看他鬆了一口氣的慈愛臉龐，頓時眼眶裡便含了淚水，抿了抿嘴唇看著崔世福道：「爹，您還管我幹什麼，我要是真出了什麼事，不是最稱娘心意的嗎！」

「胡說些什麼！」崔世福難得對她喝了一句，又伸手摸了摸她的頭，臉朝著窗外道：「有怪莫怪，這孩子病糊塗了，小孩子的話當不得真哩。

「妳娘看著對妳雖然凶了些，但到底妳是她生出來的，她如何又希望妳出事，薇兒，妳……」崔世福想到林氏的話，猶豫了一下，又看了一旁端著粥的聶秋染一眼，想到往後崔薇的人生大事，仍是艱難的開了口。「妳年紀漸漸大了，我怕村裡到時有些風言風語的傳出來，對妳不好。妳聶伯娘不是個好相與的，如今聶大郎又中了舉人，要不，妳……」崔世福一句話說得艱難無比，聽得一旁的聶秋染眉頭登時便皺了起來。

崔薇聽到崔世福說聶秋染中了舉人，下意識地便將頭抬了起來看著他，原是想開口說聲恭喜他的，誰料聶秋染卻是將粥碗放了下來，撩了衣襬，動作便瀟灑俐落的跪了下去。

聶秋染看著崔世福道：「崔二叔，我是真心想娶薇兒的，您將她許給我吧！」若不是崔薇現在年紀小了些，恐怕他早就已經回頭讓聶夫子下聘了。今日他一回來便帶來了他中舉的事，聶夫子險些高興得發了瘋，現在正在屋裡請客給他慶賀，當初答應聶夫子的事如今已做到大半，他想娶崔薇，根本用不著再等聶夫子同意，孫氏也根本制不住他，而聶秋染也認為崔薇必定會嫁給自己的，沒料到現在聽崔世福的意思，卻像是根本沒有要將崔薇嫁給自己的模樣。這還是頭一回聶秋染有種事情不在自己掌握中的情況發生，頓時令他眉頭便皺了皺。

聶秋染說話語氣堅定，崔世福聽了心中也有些猶豫，他當然希望女兒能好好過一輩子，但那孫氏不好相處，再加上聶秋染如今又有了出息，他能不能再瞧得上崔薇，崔世福心裡也是沒底的。聶秋染年紀輕輕的便中了舉人，如今十里八村的都轟動了，聶家一時間風頭無兩，崔世福心裡還真有些忐忑不安，可這會兒聽到聶秋染的話，又見他扔下了屋裡一大家子照顧了崔薇一天，崔世福有話便也說不出來，只能沈默著低下了頭去，沒有出聲。

「我的婚事，就不用她來操心了！」崔薇一聽到崔世福說楊氏其實是疼愛自己的，頓時便如同心裡有隻貓爪子在不停的撓著一般，難受得緊。「她養了一個女兒，恐怕便是在這個時候拿來用的，這樣的疼愛我可是消受不起。」

見崔薇神色冷清，以往就是跟楊氏鬧得再凶，可崔薇至少嘴裡還要喚楊氏一聲娘的，沒料到現在她竟然連娘也不肯喚了，崔世福愣了一下，連忙就道：「這是怎麼了？她是不是又過來罵妳了？」不怪崔世福將自己的妻子想得這般壞，實在是楊氏的前科還擺在眼前沒多久。

崔薇一聽到他這樣說，頓時眼淚便流了下來。「今日二嫂過來非要讓我嫁給她弟弟沖喜，還說若是我不答應，二哥本來想準備把我送給縣太爺做妾的，前些天她過來了一趟，我就覺得奇怪，如今爹是想要逼死我嗎？」崔薇哭得厲害。

崔世福一聽這話，臉色頓時大變，身體搖晃了幾下，看著崔薇半天說不出話來，胸膛不住起伏，顯然心裡極為不平靜。

聶秋染目光之中閃過一道幽暗之色，回頭便衝崔世福低了低頭，認真道：「既然有這樣的事，還請崔二叔答應將薇兒許給我！」

現在提出這事倒頗有一種趁火打劫的嫌疑，可又不得不說，若是聶秋染娶了崔薇，確實能解決不少的麻煩，而林氏之前的擔憂也能因為聶秋染的行為將未來的禍端掐斷。崔世福是真有些猶豫起來，心亂如麻，一想到崔薇嘴裡所說的楊氏竟然敢將女兒送去為妾的話，他便拳頭握得「咯咯」作響。片刻之後，崔世福突然開口道：「若是聶家有人來提親，我便將薇兒許給你！」

若真能現在便將崔薇嫁出去，也省得楊氏再來找她麻煩，崔世福這話一說完，便有些坐不住了，忙想回去問問看是什麼情況，叮囑了崔薇好好歇息著，又意味深長地看了聶秋染一眼，他這才強忍著心裡的怒火出去了。

「妹妹，二哥當真說要將妳送給別人？」崔敬平現在年紀不小了，自然知道崔薇嘴裡所說的送給人家是什麼意思，一邊靠坐在了床邊，一邊臉色陰晴不定。

聶秋染表情平靜，又將粥端了起來遞到崔薇面前，一手還擰了一只濕帕子給她。

崔薇接過帕子先將臉擦過了，半晌之後才將帕子放下來。剛剛出乎她意料的是，聶秋染竟然當著崔世福的面求婚了，說要娶她的話不止是一、兩回而已，到現在他也還這樣想。兩人相識這麼多年，他雖然性格陰險了些，但從未做過對不起自己的事情，遇著蛇時還能揹她一起逃，人品她都信得過，嫁給他也總比隨便嫁給誰來得要好，只是時間的早晚而已。

就算是嫁他之後有孫氏這這個麻煩在，可自己又不怕孫氏，且一直以來聶秋染都站在自己這邊，一個孫氏怎麼著也比崔敬忠好對付些。

崔敬忠那人心肝都已經黑透了，這樣的人又讀過幾年書，若是自己不嫁，恐怕他還要打什麼歪主意。

崔薇心裡打定了主意，也覺得現在自己最主要的就是從崔家那灘泥濘裡出來，絕了楊氏想擺布自己的心，不過這樣一來對聶秋染倒是有些不公平。

她想了想，歉疚地看了聶秋染一眼，一邊遞了帕子給他，一邊有些不好意思道：「聶大哥，我的事情都麻煩你了。」

她聲音輕細，臉色蒼白，聶秋染摸了摸她頭，嘴角邊露出一絲笑意來。「什麼麻煩不麻煩的，反正不是遲早的事兒嗎？早些定下來也好。」

他都這樣說了，崔薇也不知道該怎麼再開口。這種事情明明聶秋染看似要吃虧一些，但聶秋染這樣說總令她有一種被人趁火打劫之感。

崔敬平湊了過來，與她說起今日的事情，據說孔鵬壽現在要死不活的放在了崔家，楊氏要將紹氏母子趕出去，而紹氏不肯走，今兒請了大夫過來，還是崔世福幫著掏的錢，現在正鬧得不可開交。紹氏說崔敬忠是自己的女婿，因此非要將兒子放在那邊，現在孔鵬壽據說就差一口氣吊著，紹氏險些急瘋了，孔氏早上時便去了崔世財那邊一趟，說是想讓崔世財將大孫女兒嫁給自己的弟弟沖喜，結果自然是被趕了出來，險些沒被劉氏打一頓，一整天崔家裡都熱鬧得很。

崔薇沒料到孔氏在這邊求不到自己，卻是求到了另一邊，沖喜這樣的事也太不靠譜了些，但孔氏為了她弟弟，也不是不能理解，但換個立場來說，人家好端端的姑娘，又有誰肯嫁到他們家去當寡婦？若是孔家財大勢大便也罷，窮得揭不開鍋都跑到崔家打秋風了，便是有人眼睛瞎了也不可能嫁到這樣的人家去，明顯這紹氏就是想找個免費的傭人養她而已，哪個好姑娘肯賠上自己的一生就為了照顧她？做好事也是有個限度的，更何況崔世財一家可不是好惹的。

說了一陣話，崔薇也有些乏了，雖然吃了一碗稀飯，但她人還是有些軟綿綿的。聶秋染今日過來便在這邊待了大半日，但他剛剛既然跟崔世福說了要娶崔薇的話，這會兒他還想趕緊回家跟聶夫子通個氣，因此也沒留下來，只是叮囑了崔敬平一番，讓他照看著崔薇，便匆忙也跟著回去了。

第七十章

而崔世福心裡窩著一股火氣，回到家時臉色早就已經鐵青了。

楊氏捂著屁股一瘸一拐的走出來，她這幾天被狗咬過之後臀上青紫了一大團，挨著就疼，那傷口雖然結痂了，但那些青紫仍是疼得厲害，讓人坐又坐不得，一旦坐下，便只能側著半面身子而已。

孔氏現在為了她娘家弟弟的事，成天要死不活的，煮飯的事自然就落到了楊氏身上，她剛燒好了飯，還沒去喚崔世福回來，便見他面色不好看地回來了，只當他擔心崔薇而已，一邊拿布擦著桌子準備擺菜，一邊就笑道：「你也別擔憂了，我瞧著那死丫頭精著呢，怕是裝著病故意讓你可憐她而已，估計又有什麼事想求著你做了。」

原本崔世福心裡還窩著火氣，可聽到楊氏這樣一說，他頓時氣極而笑，一邊坐了下來，看著楊氏就道：「妳這回倒是說對了，聶家那大郎是個有出息的，如今中了舉人呢，他今兒跟我提出來了，要娶薇兒為妻呢，可真是一個有情有義的好孩子，又有大出息，往後前途好著呢，薇兒的福氣來了啊！」

聶秋染今日一大早的回來，一大早的便有縣裡的人過來報了喜，如今整個小灣村裡險些都要炸開鍋了，他中舉人的事情瞞也瞞不住，崔世福一提起這事，楊氏倒還沒有開口，可崔敬忠頓時便忍不住了。

他今年去考了秀才，可是卻並沒有考中，這才沒有法子，想走偏門路，欲先謀個官職做著，聶秋染中個秀才便也罷了，自己若能真謀到個官職，也不一定比聶秋染差到哪兒去，可偏偏人比人氣死人，聶秋染竟然現在又中了舉人，而他謀的典史現在卻還沒有下落。

崔敬忠心裡又羞又氣，這幾日原本上門來與他恭賀的村民們今日一旦得到消息之後，又全都湧到聶家去了。崔家這邊冷冷清清的，偏偏楊氏又不中用，讓她想個法子，好幾天也想不出來，否則他若真做了官，又何必還留在家中受這份閒氣！

現在崔世福的話是盯著他說的，那話中意有所指一般，就像是在暗指他考不中秀才，崔敬忠心裡的火氣騰地一下子就湧了出來，乾脆連飯也不吃了，拍了桌子便站起身來。「是不是真中了舉人還不知道呢，就算是真中了，也說不得一輩子就這樣了，人家說天妒英才，保不齊哪天享不了福便沒了！他說娶崔薇便娶了，人家逗您玩呢爹，您倒當真信了！」

崔世福若說一開始還不相信自己的兒子如此無情無義，竟然想著要拿親妹子做筏子（注二）往上爬，可現在聽到崔敬忠這話，頓時心裡便信了大半，突然間心灰意冷。

他望著崔敬忠便笑了起來。「人家說你是個無情無義的，我倒還不相信，沒料到現在養了半天，花了如此多錢，卻養了你這麼一個畜生出來！」

崔世福一旦跟崔敬忠吵起來，屋裡還躺著的王氏一下子便如同打了雞血般，跳起來站在門口瞧熱鬧。

楊氏端著一碗菜進來，看到這父子倆緊張的氣氛頓時焦急道：「怎麼了，好端端的，怎麼又吵起來了?當家的，二郎脾氣倔，你別跟他一般計較。」

「他脾氣倔?我瞧著確實是不得了。老子拿錢竟然養了一條黃眼兒狗（注二）出來，現在敢跟我拍桌子瞪眼睛了，你倒是能耐了，有出息了。」崔世福看著兒子，心裡說不出的失望。

其實在這幾個孩子之中，大兒子崔敬懷人老實，肯做平日卻不多言多語的，老三則是年紀還小，現在雖然懂事了些，但其實在崔世福心裡跟楊氏也差不多，費了最多心血，最為看重的卻是這個二兒子。可他沒料到，這幾年崔敬忠自從沒中到秀才之後，便如同換了一個人般。

崔世福心裡又是失望，又是難受，氣到了極點，反倒不願意跟他再大聲喝斥，只是有些疲憊道：「你現在長大了，翅膀也硬了，我也不求往後能享你的福，改明兒我倒去羅里正那邊，讓他幫幫忙，將咱們這個家分了吧。家裡的稻穀等，便分成兩份，老大跟二郎各自一份。我年紀大了，也不想再管你們的事，二郎以後無論是過得多好，我也不眼饞，也不靠著誰，往後我就跟老大住一塊兒。」

注一：筷子，比喻可供利用的工具。

注二：黃眼兒狗，過去用金銀做貨幣，金子是黃的，銀子是白的，因此錢財又叫「黃白之物」。有些地方據此把那些無情無義，見錢眼開的人叫做「黃眼兒狗」。

楊氏一聽這話，頓時便有些驚慌了，連忙捂著屁股走了幾步，看著這父子二人道：「這是怎麼了？好端端的怎麼說起分家來了，當家的，二郎還小呢，你跟他計較做什麼，有什麼事，讓他給你賠個不是就行了，都是父子，又何必計較這麼多？」

見楊氏到了現在還護著這個兒子，崔世福忍不住就笑了起來。「他年紀還小？他十八歲了，這樣年紀還小，要多久才大？這樣大歲數的人了，自個兒沒本事，就來嫉妒別人家。我瞧著那聶家的孩子就是個好的，有出息，為人也有良心，至少人家靠自己本事，不用成天就惦記著家裡妹子那點兒東西，也不想著要將妹子出賣了去換取榮華富貴，我倒是養了個好兒子，比人家大幾歲，卻是樣樣不如人。」

崔敬忠跟楊氏兩人心裡都是有鬼的，一聽到崔世福這話中像是在指著什麼，兩人頓時臉色一變，神色都有些慌亂起來。

一旁王氏聽到說要分家了，心裡不知道有多歡喜，她男人一天到晚的做事，全貼到崔敬忠身上去了，說是當了大官，可現在卻天天住家裡，哪有做了官的人還成天往家裡跑的，一看便知道是在說假話。這樣的人沒有出息，往後若是跟他分了家，崔敬忠要是真發達，自己便再想法子就是；而他若是沒出息，甩開他這個大包袱，自己一家人不知道該有多輕鬆了。

也不知崔世福今兒受了什麼刺激，竟然提起分家來。王氏高興得險些要發了瘋，可她吃過幾回教訓，就算心裡歡喜，也並不敢在這個節骨眼上開口，反倒是捏了自己兒子一把，看崔佑祖臉色一板便要翻臉，連忙便湊近他耳朵邊說了幾句。

「我哪裡不如人了？爹將那聶大郎誇得跟朵花兒似的，他也不會喚您一聲爹！」崔敬忠臉色鐵青，心裡一股股羞辱感湧上心頭來，看著崔世福便要口不擇言。

那頭楊氏原本想勸他幾句的，崔世福卻反倒笑了起來。「你怎麼知道他往後不會喊我聲爹？還要託你的福呢，為了避免薇兒被送給人家做妾，聶舉人已經跟我回去說了要找他爹娘來提親。」崔世福說到這話時，臉上雖然帶著笑意，但眼神卻是看都沒看兒子一眼了。

崔敬忠一聽到那做妾的話，眼皮便跳了跳，目光跟刀子似的落到了楊氏頭上。

楊氏頓時心裡一慌，這會兒看到崔世福跟崔敬忠的目光都落到了她身上，她雙腿一軟，險些便坐了下去，心裡只得一個念頭，這事被崔世福知道了，完了！

屋裡頓時死一般的寂靜，王氏抱著兒子，臉色都有些扭曲了，她沒料到崔薇這死丫頭竟然當真如此好的福氣，要嫁給聶秋染了，她憑什麼過得這樣好，那死丫頭牙尖嘴利的，有哪兒出色了？王氏心裡又妒又恨。

王氏跟崔薇便像是天生的敵人一般，怎麼也互相看不順眼，當初崔薇還砍了她兩刀，現在王氏想起來心裡還嫉恨無比，哪裡希望崔薇過得如此痛快，心裡一股惡氣湧上來。

王氏回頭便衝楊氏道：「娘，這是好事啊。」一句好事像是從王氏牙縫間擠出來的一般。王氏看著楊氏呆滯的樣子，也顧不上去想剛剛崔世福嘴裡說的什麼做妾的話，只一心不想看著崔薇過得好，忙就道：「四丫頭現在年紀也大了，能出嫁也是好事，那聶舉人可是個有出息的，只是不知道他們家來提親，要給咱們多少聘禮？聶舉人現在有出息了，怕是能出十兩銀子吧？」

一聽這話，原本心裡還有些慌亂的楊氏這才回過神來，頓時心裡就盤算開來。若是崔薇要嫁人，把她送給縣太爺的事自然便黃了，可兒子的前程也重要，如今聶家這樣風光，要是最後崔敬忠沒能做個官，他們在小灣村豈不是天大的笑話了？

楊氏面色微變，想到之前兒子說的再打點起碼也要十兩銀子的話，頓時心裡一狠，咬了咬牙。「老大家的這話說得不錯！若是聶家當真有心，最少得給個二十兩銀子做聘禮，那聶夫子在外頭教學多年，手裡肯定有錢！」楊氏一邊說著，一邊想到剛剛崔敬忠看她的目光，連忙就抬頭衝他擠了擠眼睛。

崔世福沈默了半晌，突然間伸手端了桌上剛剛楊氏才拿上來的一碗菜，狠狠地朝楊氏砸了過去！

楊氏沒料到他竟然會有這樣一個動作，吃了一驚，想要躲閃時到底身體反應不如心思轉得快，眨眼間那碗便砸到了她臉上，青花碗碰著她額頭，楊氏慘叫了一聲，滿頭的湯湯水水便淋了她一身，額頭一陣劇痛傳來，菜湯裡含著鹽和油與辣椒，順著她腦門便流進了眼睛裡。楊氏額頭像是被砸破了，那湯汁浸進傷口裡，疼得她滿地打滾，崔世福還不肯干休，一邊起身便狠狠踢了她好幾腳，嘴裡怒罵個不停。

王氏一見不好，深恐等下崔世福打完楊氏便將火氣發洩到自己頭上，忙轉身去隔壁喚林氏了。

外間孔氏聽著這堂屋裡的聲音，哪裡敢再進來，她想到今日的事情，深怕自己的事曝光了崔敬忠饒不得自己，恨不能將自己鎖進屋裡才好。

這廂崔家鬧得不可開交，那頭聶家也是極不平靜。聶秋染一回屋裡便讓聶秋文將聶夫子喚了過來，今日他中舉消息傳回小灣村，聶夫子等了一輩子，才盼來了這樣一個好消息，自己沒能做到的事情，卻讓兒子做到了，也算他祖上庇佑，今日正是高興之時，設了酒席還與眾人正開懷暢飲著，那頭便聽小兒子過來回報，說聶秋染回來了，有事想與他相商。

雖說是父子，但聶夫子一向對這個大兒子有些捉摸不透，心裡隱隱也是覺得有些拿捏不住他，畢竟聶秋染平日少用他銀子，連在銀錢上都架不住他了，而這個兒子又一向有主見的，用父子之情來壓他，恐怕壓不住幾回。聶夫子並不傻，知道兒子前程好著，當然不願意因一些小事來使他寒了心，到時吃虧的還是自己。幸虧聶秋染為人有出息，平日雖然跟他並不如何親近，可卻也懂事認真，讀書也刻苦，偏偏就是在娶那崔家小姑娘一事上犯了擰（注），若不然，這個兒子在聶夫子心中便是最完美的了。

一進了聶秋染房間，聶夫子便看到他拿了一本書在翻著，昏黃的燈光打在他臉上，襯得他眉若遠山，眼似星辰，那臉龐乾淨得像上好的象牙似的，長得是一表人才，而讀書卻又如此能耐，聶夫子看到兒子時，心裡不由自主的湧出一絲滿意與驕傲來，跨進屋門便誇讚道：「你是個懂事的，如今中了舉人卻不驕不躁，為父以你為傲矣，今日喚我過來，可是有什麼

注：犯了擰，倔強，彆扭，不馴服。

事情？」

聶秋染自小時候與孫氏生疏開始，便跟他也並不如何親近，這些年來還沒什麼地方求到他的，如今沒料到他中了舉人還知道要來求自己，聶夫子心裡不由自主地湧出一些得意與欣喜來，自己搬了張凳子便坐到了聶秋染面前。

等聶夫子坐定了，聶秋染這才起身與他拱了拱手，聞到聶夫子身上的酒氣，聶秋染這才開口道：「爹，我準備娶薇兒為妻，還煩勞爹明日替我去崔家走上一趟！」

沒料到聶秋染叫了自己過來竟然是說這事，聶夫子端著茶杯的手頓時便滯了滯，半晌之後才將手中的茶喝了個乾淨，放下杯子時臉上的陰沈已經收了個乾淨，一邊看著聶秋染語重心長道：「大郎，你現在也懂事了，如今你中了舉人，往後前途無限，崔家的小姑娘有什麼好，鄉村婦人，目不識丁，若是就此過一輩子，難道你還甘心？爹的情況，莫非還不足以給你警惕？你瞧瞧你娘，難道你願意往後就像爹一般，抱憾終生？」

聶夫子看了兒子一眼，見聶秋染欲要開口，忙就伸了手掌，比了個阻止的動作，本來是想要接著往下再說的，誰料聶秋染哪裡可能因為他一個動作便當真受人擺布，反倒是站起身來，溫和的看著聶夫子笑道：「這些事就不勞爹費心，我心裡想要的是什麼，我自己清楚。」

見自己說了一通，而聶秋染卻仍是堅持己見，聶夫子心裡有些煩躁，這個兒子一向聽話，可不知為何，偏偏在崔薇這事上像是犯了擰一般，使他心裡也有些不平靜了起來。

「你如今中了舉人，若是往後不能再更進一步，以你現在的年紀與樣貌，娶個官家閨秀也不是不可能的事情，往後若是你岳家勢大，你也好受他幫襯，就算出仕，對你也是大大有利，你又何必非要認準崔家那丫頭？你若當真喜歡她，往後納了她也就是了，等你功成名就，難不成還弄不到一個小丫頭？」

聶秋染聽他這樣一說，眼睛裡寒光閃過，神色顯得堅毅起來，慢條斯理地又重新坐回到椅子上，一邊看著聶夫子就笑道：「我反正也只是那句話，爹若是想要讓我有出息，便得如了我心意，否則我兒女情長，恐怕要讓爹失望了。」他說完，表情似笑非笑，看了聶夫子一眼。

這目光使得聶夫子心下發寒，不知怎的，就想到了當初這個兒子說要賣身為奴的話。如今聶秋染前途好著呢，他的抱負眼見這個兒子可以給他實現，聶夫子如何能眼睜睜的看著他因此便止步不前。

「你威脅我？」聶夫子神色一下子就陰沈下來，看著這個與自己有些相似，但那氣度卻遠勝於自己的兒子，一時間覺得陌生無比，心裡一股寒意湧了出來，他表情也有些不好看，倒背著雙手，作勢要走的樣子。

聶秋染的目光不閃不避的與聶夫子對上，眼中似蘊含著冰雪，令聶夫子剛與他目光碰上，便不由自主地打了個哆嗦，別開了頭來。

聶秋染嘴角邊露出一絲溫和的笑意，聲音平靜道：「爹想得太多了，我只是在請求您而已。」

雖然他說是在請求，但他的語氣與神態卻絲毫沒有求人的意思，聶夫子狼狽地看了他一眼，頓時便冷哼了一聲，頭也不回地出去了。

他其實這已經是妥協的意思了。聶秋染目光冷淡，突然間忍不住就笑了起來。以前的聶夫子從不會與他低頭認輸，而他做得再好，也終究不能令他滿意，就算是中了舉人，如他所願一般娶了高門貴女，他也永遠只想著能讓自己更進一層，就算順著他的意思又如何，最後結局不見得自己樂意。聶夫子生的孩子，便像是為了替他實現希望一般，自己只不過是他挑中的那個人而已。只是沒料到他現在竟然也有妥協的時候！

聶秋染眼中冷意更甚，想到明日聶夫子會去向崔家提親時，他嘴角邊才露出一絲笑意來。

當天晚上被兒子這樣一威脅，聶夫子心中也不大痛快，並沒有再出去吃酒，反倒回了屋裡便倒頭就睡，直到第二日孫氏端了水過來侍候他起身時，他這才淡淡地道：「妳今兒便跟我去崔家，去替秋染提親。」

雖然聶夫子沒有明說是去向崔家哪個丫頭提親，但崔世福家裡只得一個女兒，自己兒子心裡想的是什麼，瞎子都看得出來。孫氏手一抖，原本端著的盆子便險些落到了地上，就算她緊緊抓著盆子，但盆中的水卻仍是溢了些出來，倒在了床邊的腳踏板上。她臉色頓時一陣扭曲，心裡的氣憤止都止不住。若是這事真給定了下來，自己娘家裡的侄女可怎麼辦才好？

若是不能將孫梅抬過來，到時她娘家人可也不是好惹的。

孫氏雖然力持鎮定，但臉上依舊忍不住露出些憤恨來，顧不上聶夫子對於她弄倒水的不滿，她連忙放了盆子便道：「夫君，當真要去崔家提親？崔家那死丫頭哪兒配得上咱們秋染？現在秋染中了舉人，怎麼還要娶她？」

原本聶夫子對於聶秋染的決定便心中有些不滿，不過他對於自己的兒子還真有一種不好拿捏的感覺，他有預感，若是自己不照聶秋染的話做，說不得他真會做出一些什麼讓自己後悔莫及的事出來，孫氏這話正好戳中他心窩，讓他不滿，可偏偏有火又不能衝兒子發。

聶夫子皺著眉頭，頗為不耐煩地道：「讓妳去就去。妳管她配不配得上，秋染自己喜歡，妳難不成還想將妳娘家那侄女給送過來？」

聶夫子斜了眼睛看孫氏，頓時就將孫氏看得面紅耳赤，說不出話來。

「但是夫君，崔家那丫頭做個妾倒也夠了，她憑什麼要咱們去下聘！」

雖然知道聶夫子下了決心，這事便已經算是定了下來，但孫氏仍有些不甘心，崔薇對她可從沒畢恭畢敬過，之前還拿話頂撞過自己幾回，要她來做兒媳，孫氏哪裡願意，因此侍候著聶夫子穿衣裳時，仍是忍不住又開口說了一回，這次聶夫子再也是忍耐不住，回頭便衝她冷笑了一聲。

「妳要不願意去下聘，便自個兒回妳娘家去，我可以另外找人來代替妳做這事，不要以為就非妳不可了，秋染不能有娘替他下聘，可總還可以有個後娘。」話一說完，聶夫子便看了臉色青白交錯的孫氏一眼，這才邁步出門去了。

他這是什麼意思？孫氏心裡頓時亂糟糟的一片，被那「後娘」兩個字噎得半晌沒有回過神來，她知道聶夫子的性格，最是說得到做得到的，若當真逼得他這樣，自己豈不是生個兒子出來，還沒享到福，便得被送回娘家？孫氏心裡又怕又怨，卻並不敢再開口多說話，吃完飯後便忍了心裡的慌張與怨恨，跟著聶夫子便出了門。

崔家裡崔世福早已經是等著了，因為昨日裡聶秋染說了今日要讓爹娘過來提親的事，不管真假，崔世福總要等著一回，因此說要分家的事自然便是緩了一緩。

昨兒晚上崔世福揍了楊氏一回，最後雖然林氏過來勸了架，沒將楊氏趕回娘家，可楊氏卻是在崔世財那邊跟林氏住了一晚沒敢回來，到現在崔家裡自然只得崔世福一人。

聶夫子夫妻過來時，本來心裡都已經以為自己今日會被敲上一筆了，可誰料最後崔世福卻好說話得很，輕易便將婚事給定了下來。

崔家竟然連聘金也沒要，這讓孫氏心裡既鬆了一口氣，又有些瞧崔薇不上，而另一頭聶夫子心裡卻有些不大舒坦，他原本都已經準備好在這事上多出些銀子，好讓往後兒子永遠記得自己為了他的事出了力的，但誰料崔世福竟然一分銀子都不要，他原本準備的情況自然便派不上用場。

兩家人一旦有了結親的意向，崔世福又巴不得自己女兒早早的便嫁出去，免得往後楊氏找她麻煩，因此這事上他便最為積極，雖說孫氏心中還有些不情願，但她的細胳膊哪裡扭得過聶夫子的粗大腿，很快聶秋染跟崔薇兩人的婚事便找了日子，又過了媒聘定了下來。

消息一傳出來時，小灣村頓時便轟動了！

當日在崔薇家裡時，聶秋染曾說過要娶崔薇的話，但哪個會將他的話當真？當初他自己也不過是個少年而已，就算是年少得志，中了秀才，可眾人都只將他的話當成孩子話，後來孫氏跟楊氏間鬧得那樣的凶，眾人更是只當這門婚事不可能成真，如今聶秋染又有出息，是個舉人老爺了，沒料到當日他的一句戲言，竟然成了真！

崔薇那小丫頭年紀還小著，可誰料到聶秋染就看上她了，許多有女兒的人家心裡暗自羨慕著，又嫉妒無比，可不論如何，這門婚事依舊是定了下來。不少人背地裡議論紛紛，這聶、崔兩家之中，辦婚禮最為高興的，除了聶秋染之外，恐怕就數崔世福了。

楊氏心裡複雜的滋味就不用再提了，她女兒是嫁出去了，可惜自己卻半點兒好處也沒撈到，崔世福那傻東西，竟然連彩禮也不肯收，他這是白養了一個女兒來送人啊！楊氏當日被打得厲害，額頭上的痂好了，留下一個疤來，她心裡對崔世福是真有些怕了，但她再怕，想到女兒一旦嫁了出去，而兒子那頭卻沒有著落時，到底還是心中慌了起來。

崔敬忠沒能謀到官職之事，終究紙包不住火，他自個兒手裡沒有銀子，而縣中卻有人等著他拿了銀子回去謀官職，手中無錢，哪裡好意思過去，因此便一直賴在家中，崔世福心裡是生出了些懷疑，可他現在正忙著跑崔薇的婚事，自然便唯有將這事給放到了一旁。

第七十一章

十一月崔薇十二歲的生辰剛過，便迎來了成婚的日子。

十二歲就嫁人雖然說早了些，但也不是完全沒有過，只是名聲到底有些不大好聽，背地裡猜什麼的都有，不過聶秋染如今風頭正盛，他的名聲實在是太大了，而他跟崔薇之間的事也有人傳來傳去的，那背後懷了惡意的，也挑不出什麼茬兒來。

崔世福一大早便將屋裡收拾乾淨了，小灣村裡趕來幫忙的人倒是不在少數，而家裡親戚也一大早便趕了過來，將崔家的院子擠得滿滿當當的。孫氏對於大兒子要娶崔薇的事還有些不大痛快，也不肯在家裡張羅著，聶夫子估計也有些心結，乾脆最後便說在崔家這邊擺，反正兩家離得並不遠，隔著兩條田埂便能望見了，他一說自家院子裡窄，崔世福自然便將這事給攬了下來。

壩子外早已經有熱心的鄰居村民們借了桌椅出來擺好了，崔家剛養過的豬已經被殺了，這趟女兒辦婚事，崔世福乾脆找崔世財家裡買了兩頭豬，一大早便已經殺了，鄉親們幫著收拾飯菜洗碗等，忙得不可開交。

楊家的人一大早就過來了，圍在楊氏身邊正說著話。雖說今日嫁女兒，但楊氏臉上卻絲毫沒有笑意，使得每一個前來與她說恭喜的人最後都怏怏地走了。吳氏看到女兒拉著一張臉的樣子，頓時忍不住狠狠便擰了她一把。

楊氏打了個哆嗦，險些一下子跳了起來，有些不滿道：「娘，您幹麼掐我？」

「薇兒今天出嫁，妳再不樂意也給我擺出張笑臉來，要是再這樣沈著張臉，惹了世福不快，到時將妳趕回娘家，別說我不收留妳！」吳氏對這個女兒實在是有些氣惱，瞧她現在惹出的這攤事，便沒一件是個小的，嫁到崔家幾十年了，初始幾年都好端端的，崔世福又是個老好的性子，偏偏這幾年她都一把年紀眼看要享福了倒是鬧起了矛盾來，接二連三挨了幾回打，要是一大把年紀楊氏被休回娘家，恐怕楊家的臉也是得丟個乾淨了。

「我心裡就不舒坦。」楊氏這會兒聽到老娘一開口，便向她吐起了苦水。

王寶學他娘劉氏本來想過來跟她打聲招呼的，可沒想到楊氏對她卻愛理不理的樣子，頓時氣不打一處來，被一旁崔世財家的劉氏給拉了過去。兩人說起來也算是有些淵源，當年都是一個村的，多少也沾親帶故的能攀著點兒關係。

看在本家的分上，王寶學他娘跟崔世財家的劉氏關係倒也算是要好，這會兒被她一拉，頓時便撇著嘴皮道：「妳那好妯娌，如今還真當自己是個老夫人了，可會擺架子得很，可惜了她那閨女，托生到她肚皮裡頭，吃不完的苦，受不完的罪！」

「妳管她呢，那四丫頭也不是個好惹的主兒，妳沒瞧見這楊淑與她鬥，可沒落了個好的。」劉氏冷笑了一聲，她還記恨著崔薇不肯拆房子，以致使得楊氏在她那邊建房子，把自個兒家裡光線擋了大半的仇，而且上回崔薇煮個吃的，上前去討要她也不肯給，劉氏如今心裡都一筆筆記著呢，這會兒巴不得楊氏再跟崔薇鬧得更凶一些。

王寶學站在他娘身邊，聽到劉氏的話頓時便扯了扯他娘的手，一邊道：「娘，我要去找崔三兒，您在這兒坐著吧！」他最近兩年被劉氏拘著唸書，看著倒是沈穩了些。

劉氏憐愛的摸了摸兒子的腦袋，看他神色有些呆滯的模樣，心裡不由一陣陣可惜，卻也不知道該說什麼才好，只是嘆了口氣，衝他揮了揮手，也不說話了。

崔薇這邊倒是沒有生火擺桌子，一來她這邊院子雖然大，但羊圈一擴出來，卻是占了不少的地，二來楊氏死活不肯過來她這邊，估計楊氏的盤算沒了，這會兒心裡正火大著。崔世福雖然心裡窩火，但也不想要好端端的一樁喜事最後被人看了笑話，因此強忍著怒火，乾脆在崔家辦婚事，米糧油鹽等出了不少，倒是又將楊氏給氣了一回。

崔薇坐在自個兒屋裡，心中倒是絲毫沒有要成親的嬌羞感，楊氏等跟她關係不好，孔氏的弟弟現在要死不活的，之前孔氏又求她嫁到孔家沖喜而崔薇不肯，現在崔世福嫌這個兒媳不會處事，也沒讓她過來，倒只剩了王氏領著娘家的侄女過來陪著崔薇坐著，孫氏跟聶夫子現在則還是在崔家那邊。

王氏一進屋裡便好奇的四處摸了摸，崔薇身上穿著一身大紅的裙子，一個年約十四、五歲，皮膚微黑的姑娘便坐在一旁，有些侷促不安的模樣。

崔薇就見不得王氏這樣東摸西看的樣子，那目光跟狼見著了吃的一般，眼睛都在放光。上回她還趁著自己不在家時將她的床罩等物都給摸去了，連櫃子都被撬開，原本崔薇對王氏印象就並不好，現在看到她這樣子更是覺得心裡煩悶，臉色一下子就拉了下來。「妳要是沒事，就自個兒回去吧，我這邊可不要妳看著。」

「呵呵，四丫頭，我過來可是教妳好東西的。」王氏滿臉詭異之色，一屁股便朝崔薇這邊坐下來，擠了擠眼睛，笑得一臉猥褻。「四丫頭，妳可不知道，這女人成婚啊，還得經過一道坎兒，你們晚上洞房時……」

她這話說得沒臉沒皮的，臊得一旁的小姑娘滿臉通紅，連忙就低喚了一聲。「大姑！」

「妳害羞啥？」王氏揮了揮手，一副滿不在乎的模樣，索性將這小姑娘也拉了過來。「怕啥，招弟，妳年紀也不小了，總有出嫁的一天，聽聽也無妨的。」那名叫王招弟的小姑娘臉色脹得通紅，卻是敵不過王氏的力氣，一把被她拉了跌坐在床腳踏板上，面皮有些泛紫。

崔薇懶得聽王氏在這兒胡說八道，頓時板了臉道：「我現在年紀還小呢，用不著妳這些經驗！」她現在才剛滿十二歲，王氏就在她面前胡說八道些什麼！崔薇有些厭煩地看了王氏一眼，乾脆也懶得理她，只背靠了床邊閉著眼歇息。

今日一大早的就有人過來折騰她起了床，她年紀還小，容貌都沒有長開，那幾個婦人便給她臉上抹了不少的脂粉，這會兒臉上還厚厚貼著一層，跟戴了個面具似的，幸虧要折騰也只有這一天，崔薇也懶得掙扎，不過精神卻有些不太好。

王氏聽她說話這樣不客氣，頓時面上有些掛不住，一邊快快的站起身來。「我是為妳好，不識好人心呢妳！」

崔薇一聽到她這話，頓時忍不住就露出一絲譏諷的笑意，王氏這樣的人居然也敢說她有好心，當她不知道王氏本性是怎麼樣的呢。

那頭王氏話音剛落，就看到崔薇對她不理不睬的樣子，心裡一把火湧了起來，乾脆站起身來，冷哼了一聲，扭著腰就要出去，臨走時眼睛看到桌上擺著的絹花等物，頓時饞得直流口水，手一抓便要往懷裡揣，一邊笑道：「這些我放著，反正妳今兒過了也用不上，往後我給小郎娶媳婦兒時正好用。」

只要能用些小東西可以將她打發走，崔薇也懶得跟她計較，不過卻怕王氏得寸進尺，忙就故意皺眉道：「大嫂，我如今成婚了，要用的銀子不少，不知道妳欠我的銀子什麼時候還給我？」

一句話未說完，王氏已經跑得比兔子還快，不一會兒工夫便不見蹤影了，只留了那個名叫王招弟的小姑娘下來，兩人也沒什麼話說，乾坐了半天，好不容易挨到吃飯時，那名叫王招弟的小姑娘這才鬆了一口氣，飛也似的跑了。

今日午時崔家那邊熱鬧得很，划拳的聲音與笑鬧聲隔著一座圍牆也吵得人耳根子疼。下午的時候楊氏領著吳氏與林氏等人便過來了，今日崔薇成婚，她院門自然是沒有關緊的，為了怕咬到人，黑背又是被拴到了牠自己的狗窩裡頭。楊氏過來時崔薇自個兒也餓了，正吃著聶秋染之前才讓崔敬平送來的飯菜，見到楊氏等人過來時，崔薇神色還有些冷冷淡淡的。楊氏面色冷淡，倒是吳氏跟林氏二人相互望了一眼，笑呵呵地朝崔薇坐了過來。

「咱們薇兒現在也大了，都到了出嫁的這一天，奶奶還當是作夢呢。」林氏拿袖子擦著眼睛，今兒她穿了一件半新不舊的燈草絨的衣裳，花白的頭髮都梳到了耳朵後頭綰住了，顯得年輕了好幾歲。

這衣裳一看就是壓箱底的東西，崔薇看了她一眼，嘴裡便淡淡的喚了一聲。「奶奶，外婆。」

崔薇看到楊氏時卻並沒有出聲打招呼，吳氏面上不由露出一絲尷尬來，卻不知這母女二人又是鬧的什麼彆扭，楊氏只看得出來心裡有些不大痛快，但她到底為何不痛快，卻哪裡有臉面說得出來，因此吳氏這會兒也不明就裡，只當她們母女關係僵得厲害罷了。只是崔薇到底不是楊家的人，是個外孫女，到底隔了一層，聽到崔薇沒喚楊氏時，雖然心裡覺得有些不舒坦，但也不好意思開口去點出來。

她不好意思說，林氏卻沒這個忌諱，她滿臉笑意的伸手替崔薇理了理頭髮，嘴裡帶了些責備道：「妳這孩子，妳娘也過來了呢，怎麼不喚她一聲？」

崔薇還沒來得及開口，那頭楊氏便陰沈了臉道：「我不要她喚，我只當沒生她這個女兒！」她說完這話，眼睛不由一紅，臉上閃過一絲難受之色，一邊拿袖子按了按眼角，一邊冷聲道：「我這趟過來，是找妳有事的，聶家那小子娶妳，到現在還沒給聘禮呢，妳也不想往後被人家笑話妳是不值錢的吧？」

說來說去，她這還是要錢的意思！崔薇嘴角邊露出一絲冷意來，看著楊氏便道：「既然都當了沒生我這個女兒，我也給了妳銀子補償了，妳也就真當沒生吧，現在來問什麼要聘禮，妳不是沒女兒嗎？」

崔薇這話說得毫不客氣，頓時讓楊氏下不了臺，看著她便大怒。「妳這個不孝的！」

崔薇也不怵她，抬頭盯著楊氏便道：「我這也是上梁不正下梁歪呢！」

這母女二人竟然一時間就爭了起來。林氏跟吳氏兩人相互看了一眼，臉上都露出焦急與無奈之色來。崔薇出嫁，可崔世福竟然不要一分聘禮，這在別人看來像什麼話，就跟崔家上趕著要跟聶家結親似的，人家說起來多不好聽，兩人都認為這趟多少還是要給些聘禮的，楊氏又等著急用錢，因此說服了兩人跟著一塊兒過來了，可沒料到剛說起一句話，崔薇便毫不客氣地將人堵了回去。楊氏這會兒終於忍不住了，一把拍著大腿便坐在地上嚎啕大哭了起來。

「我的命苦啊！生了一個女兒要出嫁竟然不給娘家貼補一些，妳這死丫頭，人還沒嫁過去胳膊肘就往外拐，妳到底知不知道羞恥，還要不要臉面了？」

林氏聽兒媳這樣一說，心裡多少有些不痛快，當著人家親娘的面，她也不好意思多說什麼，只是臉色不好看了起來。

吳氏這會兒想抽女兒的心也有了，恨恨地將楊氏拽了起來，一邊厲聲道：「這大喜的日子，妳嚎什麼呢！這聘禮的事不是還在說嘛，妳急什麼！」一邊說著，一邊吳氏看到親家的臉面，頓時狠狠擰了女兒一把。

楊氏被自己娘掐得眼淚直流，嘴裡倒吸了一口涼氣，那眼淚珠子跟不要錢似的往下掉，她自然也看到了婆婆面上難看的神色，猶豫著站起身來。

吳氏這才鬆了一口氣，又看了崔薇一眼，剛想說什麼，卻見她笑了笑。「這聘禮聶家是不會出的，妳也沒資格要。想要聘禮，妳又給我準備了多少的嫁妝？」

楊氏初時聽到她前一句話心裡還有些不大痛快，可聽到崔薇說起嫁妝時，頓時臉色便有些難看了起來。如今崔家窮得厲害，買崔世財家裡的兩頭豬都是欠著債，如今欠了這樣多錢，可怎麼還得了？林氏那兒還欠著五兩銀子，崔敬忠又張嘴閉嘴的伸手要錢，楊氏如今正為錢犯著愁，只想著女兒出嫁了能貼補娘家一些，哪裡想到還要置辦嫁妝的，聽到崔薇這樣一說，頓時便愣住了。

同來的吳氏等人也有些尷尬，倒是林氏想了想，將自己手指上的一塊玉戒指取了下來，朝崔薇遞了過去，一邊笑道：「咱們薇兒成婚是件喜事，奶奶也沒什麼東西好給妳的，只有這個給妳當個嫁妝，往後也是個念想。」那戒指的成色並不好，不過因人戴得久了，戒身上倒也泛著光澤，戒面上鑲嵌著一片薄薄的銀塊，大約一錢不到的重量，可玉這東西在鄉下本來就少見了，因此這戴出去也是個體面的物件。

崔薇看到林氏的笑臉，心裡卻是一酸，搖了搖頭。「奶奶，我不要您的東西，其實我還小呢，這些東西根本用不上，只是那聘禮的事，妳們也別再提了。她說得對，從此只當我是個沒娘的。」

崔薇一說完這話，就看到楊氏面色一變，吳氏跟林氏二人眉頭都皺了起來，顯然有些不贊同。崔薇臉上不由露出一絲譏諷之色來，又接著道：「畢竟沒哪個親娘會將自己的女兒要送給老知縣做妾的，恐怕也只有遇著後娘的才能幹得出來！」

這話一說出口，在場三人面色登時大變，吳氏有些不敢置信一般回頭瞪了目光閃爍的楊氏一眼，氣得渾身顫抖。

林氏身體也僵住了，看著臉色冷淡的崔薇道：「妳說什麼？」竟然是極為不信的樣子，一邊又看著楊氏，厲聲道：「薇兒說的可是真的？」

「不是的不是的。娘，我怎麼可能幹這種事情。」楊氏目光閃爍了一番，接著才連忙搖頭否認。

崔薇頓時便冷笑了一聲，看林氏等人的表情，就知道恐怕楊氏到現在還將事情兜著呢，難怪她敢拉了這兩人過來讓自己給聘禮，她現在對楊氏是膩煩透了，如今聽見她不承認，不慌不忙地就道：「是不是，妳心裡最清楚，崔二嫂可是親自過來跟我說了，若是我不嫁給她那弟弟沖喜，便只有被妳跟崔二郎送到縣裡替他謀前程了。真當人是傻子呢，現在妳不承認有啥用？」

聽到這話，林氏二人可不敢再教訓崔薇不敬長輩了，都瞪著楊氏，心裡一陣陣發寒，楊氏卻兀自不自知，反倒氣沖沖的站起身來，扠了腰便罵。「原來是那個小賤人搞的鬼，老娘這便回去收拾她！」

這會兒楊氏活撕了孔氏的心都有了，難怪她說誰壞了自己的好事，還讓崔世福也知道了這事，讓自己被毒打了一頓，原來是這麼一個吃裡扒外的東西！楊氏一想到現在孔鵬壽還在自己家裡拖著，要死不活的，崔世福都貼了好幾副湯藥錢給他吊命，心裡就嘔得要死。

但她這會兒恨孔氏入骨，卻沒想到林氏心裡對她也是有些厭煩了起來，吳氏這會兒也忍不住想吐血了，見女兒還是這副風風火火的模樣，她這脾性跟吳氏最像，因此以往吳氏對這個女兒也多有疼惜，可沒料到她年紀越長，竟然遇事也分不清了，這會兒哪是能鬧的時候？崔薇今日成婚，楊氏要是去教訓孔氏，知道的只當孔氏幹了惹她不快的事，可不知道的恐怕當她不滿意女兒的婚事，借故在那兒鬧著呢！

吳氏這會兒想狠狠收拾楊氏一頓的心都有了，見她果然要往外頭衝，連忙便厲聲將她喝住：「妳給我站住！」

深怕楊氏出去鬧了事，再加上崔薇明顯不待見楊氏，吳氏這會兒也坐不住了，從懷裡掏了個荷包出來便往崔薇懷裡塞，還沒說話，崔薇便已經將東西給她還了回來。吳氏也知道這對母女心裡裂縫已經深了，也不知道該再勸什麼，只嘆了口氣，也不好意思再待下去，乾脆跟著楊氏起了身，勉強跟崔薇說了幾句恭喜的話，這才出去了。

這母女倆一走，林氏也坐不住了，今日被楊氏拉過來要聘禮，可這會兒知道了楊氏想要賣女求榮的事，她臉上也火辣辣的，心裡埋怨著楊氏，自然也不好意思再留下來。

天色漸漸地晚了下來，外頭還張燈結綵的，崔家裡還熱鬧異常，外頭擺了飯桌子，還有不少人圍坐在桌子邊說笑著，眼見天黑了下來，不少人家裡還養著豬，三三兩兩的便回去了。聶秋染乾脆拉了聶秋文出來擋在前頭，看著天黑了，想著隔壁的崔薇，乾脆跟聶夫子二人打了聲招呼，便要過去。如今他跟崔薇二人拜了堂，自然可以正大光明地留在崔薇這邊住下來。

孫氏一看到兒子打了聲招呼便離開，心裡那滋味便如同嫁了一個女兒般，而不是娶了一個媳婦兒，臉色都綠了，不由自主的衝聶夫子輕聲埋怨：「也真是的，如今成婚了竟然還住在死丫頭那邊，知道的還說咱們娶了一個兒媳婦，不知道的還當咱們大郎娶不到媳婦兒，非要上趕著當人家的上門女婿呢，連酒席都是在這邊辦的！」

孫氏開始時心裡不痛快，連自己的娘家都一個沒出席，原本是想給崔薇一家沒臉的，可誰料楊氏的臉色比她還難看，頓時心中就有些不滿了起來，這不想辦酒席的明明是她自己，如今卻來怪人！

聶夫子心裡也不舒服得很，不過聽到孫氏這樣一說，卻是冷笑了一聲，警告她道：「我跟妳說，秋染如今中了舉人，恐怕過不了幾年只消使些銀錢說不得還能謀個官身，妳現在不要打擾了他，否則要是出了個什麼差錯，別怪我不跟妳講夫妻情分！」

孫氏一聽到這話，心裡更加不是滋味，人家娶個兒媳婦回來是侍候婆婆的，如今聽聶夫子的意思，竟然像是沒分家便如同要分出去了一般，讓她不要找崔薇的麻煩，若是當兒媳的這樣好做，她還當什麼婆婆？

孫氏怒從心頭起，惡向膽邊生，今日兒子成婚的情景實在是刺激到了她。還想說等到事成之後再好好收拾崔薇一頓，至少要她將房子讓出來給自己住呢。誰料聶夫子一張嘴便來了這樣一句，孫氏頓時壯著膽子便反駁。「若是這樣一來，豈不是亂了綱常？她成婚了，也是咱們聶家的人，她每天不應該來侍候著我？住得遠遠的，這福恐怕是享得太早了！」

聽她到現在還在計較著這些，聶夫子眼睛一下子便瞇了起來，冷笑道：「妳兒子不是個好惹的，若不然，妳自個兒跟他說去，要是他願意，妳自然可以立妳婆婆的威嚴！」說完，哼了一聲，乾脆起身甩了甩袖子走了。

孫氏雖然知道聶夫子說的話是事實，但心中仍是不甘心，想到自己娶了個媳婦兒若是還不能拿捏，這跟沒娶兒媳有什麼區別？兒媳婦人選她不能決定便也罷了，可是這婆婆的面子怎麼也要擺起來的，否則往後崔薇那死丫頭豈不是要爬到她頭上去了？孫氏一想到這兒，忙伸手便將自己的小女兒喚了過來，一邊與她吩咐了幾句，不多時便跟著她一塊兒出了崔家院子。

這頭聶秋染剛剛出門還沒進到院子，後頭的聶晴便將他給喚住了，說是孫氏有話跟他說。

聶秋染跟孫氏間一向感情淡薄得很，今日倒是稀奇了，孫氏竟然有話跟他說，聶秋染嘴角邊不由自主地露出一絲笑意來，令原本還想多央求他幾句的聶晴愣了一下，接著便見聶秋染轉了頭道：「走吧，我倒要瞧瞧母親究竟想跟我說什麼。」

他一調頭，聶晴愣了一下，連忙便跟在了他身後，黑暗裡，他一雙眼睛亮得驚人。

孫氏早在女兒出門時便已經等在了崔家大門之外，她剛等沒多久，便見到兒子大踏步領著聶晴從黑暗裡漸漸露出身形來，不知怎的，孫氏心裡先是一慌，總覺得對上兒子時心中有些犯怵，可看他自己一召喚便這樣快就來了，連崔薇也沒管，心裡又有些痛快，連忙也跟著迎了上去，一邊就笑道：「大郎，我還說你回屋了呢，沒料到這樣快就過來了。」

這會兒天氣已經有些冷了，崔家外頭人少，夜晚風本來又大，孫氏剛從溫暖的屋裡出來，這會兒便冷得直搓手。

聶秋染看她有些討好的樣子，不由自主地彎了彎嘴角，一邊就道：「聽到娘喚我，當然就早早的過來了，不知道娘喚我過來是有什麼事要吩咐的？」

自己一喚兒子便過來了，看來他果然還沒有被崔薇迷得東倒西歪。孫氏心裡一喜，連忙就故作親近，原是想替他理理衣裳的，可誰料聶秋染人長得高大，她站在聶秋染面前不過剛剛到他胸口處，伸手剛搆著他衣領，聶秋染的臉上雖然隔著崔家裡的燈光看得出來帶著笑意，但不知為何，卻給人一種冷清之感，孫氏在他目光下自然不敢靠上前，手剛伸出去便僵住了。

她理了理自個兒的頭髮，乾笑道：「你是個好孩子，也知道孝順我。可你那媳婦兒是個不著調的，如今她年紀還小，你們是不是應該回屋裡住，讓我好好教教她，這兒媳婦侍候公婆是天經地義的。你也知道，若是讓她一人住著，家裡有婆母她卻不顧，恐怕要遭旁人笑話。」

孫氏看到自己兒子的笑臉，只當他是真心順著自己，心裡一喜，便將自己的目的說了出來。她話音剛落，聶秋染便瞇了瞇眼睛，孫氏不由自主的打了個哆嗦，卻見聶秋染突然間舉起手來整了整衣袖，一邊看著孫氏就笑了起來。孫氏看他笑，連忙也跟著陪笑。

聶秋染笑意越發深，看著孫氏便溫和道：「沒料到娘竟然是個如此賢慧英明的。」他這話一說出口，孫氏臉上笑意便更深，誰料那頭聶秋染便接著道：「算起來娘也是命苦，嫁給爹時便沒享受到做兒媳的樂趣，我記得爹還有個姨母，姨祖母是個苦命人，年紀大了，兒女又沒得一個，娘既然覺得喜歡被人好好教導，我這便去回了爹，娘明日就去侍候姨祖母吧！」

聶秋染話一說出口，便大踏步的朝屋裡進去了，獨留了孫氏一人站在原地，身邊聶晴大氣也不敢出，周圍進出的人都好奇地看了這母子倆說完話之後便古怪的氣氛，個個站得遠了些看戲，一邊就有人過來打探幾句。

這會兒孫氏簡直是要被活活氣死了，她沒料到聶秋染竟然會想了這樣一個方法來整治她。孫氏運氣好，嫁過來時沒幾年婆婆便得病去了，聶家裡一直就只得她一個婦人當家，而現在她不過是想要擺擺婆婆威風，可聶秋染這個不肖子竟然給她搬了個祖宗來壓著，還要她去侍候別人！

聶夫子的那個姨母脾氣古怪，早年時聶夫子母親在世時兩家還曾有過來往，可這幾年聶母一死，雙方根本沒往來過。那姨母的怪脾氣說發作便發作，刁鑽古怪難以侍候，又不是自己嫡親的婆婆，現在聶秋染竟然要讓自己去侍候她，孫氏哪裡受得了這個，她在聶家可都是受兩個女兒侍候的，哪裡願意去受這份罪！

孫氏一想到這些，心裡便不住罵聶秋染不肖，剛想跟著進屋和聶夫子解釋一陣，誰料那頭聶秋染已經跟著聶夫子出來了，少年這會兒已經隱隱高出聶夫子大半個頭，背對著光站在門口，臉上表情有些看不清楚，但給人一陣陣的壓迫感，孫氏心裡便是一滯。

那頭聶夫子似笑非笑地看了妻子一眼，突然間開口讚嘆道：「我跟姨母已經多年未曾往來，如今她一個人獨居，膝下沒人照顧，也確實可憐，難為妳有這份心，願意替我去盡孝，往後對秋染名聲一定好聽。今日回去妳就收拾包袱，明兒就過去吧，往後便在姨母那邊侍候著，我這邊也不需要妳來照顧了。」

一句話噎得孫氏跟心裡吃了個蒼蠅似的，她不願意去那勞什子姨母那邊，但現在聶夫子一頂高帽子扔下來，便壓得她喘不過氣來，若孫氏現在說不想去，豈不是讓人說她不孝？她剛剛還在教育著兒子要讓兒媳來孝順她，如今難不成她自己就變成了一個不孝之人？孫氏心裡堵得厲害，頓時連話也說不出來，臉色難看得很，身體輕輕顫抖了起來，她是看出來了，這個兒子一心撲到了別人身上，孫氏心裡既是不甘，又氣得要死，深呼了幾口氣，欲哭無淚。

聶夫子看到孫氏難看的臉色，眼中閃過一絲譏諷之意，早就說了讓她不要再去招惹兒子，難不成還以為這個兒子是個好拿捏的？如今吃了虧也是活該，被遠遠的送走也好，孫氏實在太蠢，如今辦的事樣樣都使他丟臉，將她送出去磨練一番也好。

解決了孫氏的事情，聶秋染這才溫和笑著衝聶夫子二人道了別，朝崔薇那邊走去了。孫氏眼睜睜的看著兒子離開，心裡鬱悶得一口血險些吐了出來，恨恨地咬了咬牙，乾脆崔家也不想待了，這才扭頭便往聶家回去。

第七十二章

這會兒崔薇已經洗過了澡，換過了衣裳正靠在床頭邊拿帕子絞著頭髮，崔家那邊雖然熱鬧得很，可她這邊卻是有些冷冷清清的。

聶秋染先是將院門給門上，這才進了屋裡來。

崔薇想著剛剛關門的聲音，抬頭便盯著他道：「三哥還沒回來呢，這樣早就關了門，等下煨得暖和了，還要去開。」

瞧她表情自然，也沒有扭捏害羞，看得聶秋染嘴角邊的笑意忍都忍不住，一邊走過去乾脆將她手裡的帕子接了過來，替她擦著頭髮一邊就道：「等下再去開就是了。」

屋裡靜悄悄的，也只有燈光打在兩人身上，崔薇本來還覺得沒什麼，但一看到聶秋染一副要住下來的樣子，頓時便頭皮發麻。這傢伙性格堅毅，恐怕不是那樣好打發的，之前他便讓人將東西都提過來了。兩人現在成婚了，她若是說讓他另外再住一間恐怕他不會同意，幸虧她年紀還小，兩人現在又不用圓房，只是睡一塊兒，就當多個抱枕，應該也沒什麼。

崔薇心裡給自己鼓了鼓勁兒，半晌之後才有些尷尬道：「明兒一早是不是要去你家裡那邊？」

之前崔薇的印象裡便有兒媳婦成婚之後便要侍候一大家子的記憶，崔薇這會兒才覺得這樣早成婚有些太過著急了，這樣早就將兩人綁一塊兒，到時她還得應付孫氏去。崔薇一想到這兒，頓時臉色有些糾結了起來。

聶秋染哪裡看不出來她心中想的是什麼，忍了笑就道：「妳放心，我娘孝感動天，自己說想要去侍候我一個姨祖母呢，明兒便啟程，沒有幾年回不來的，妳放心就是，往後她要是回來了再為難妳，不也還有我嗎！」

這傢伙胳膊往外拐倒也快，崔薇心裡不由自主地鬆了口氣，忍不住「噗哧」一聲笑了出來，挑了眼角便看著聶秋染。「是被你給繞的吧？」孫氏那人的性格她又不是不知道，如何會自己給自己找一頭的蝨子來爬，明擺著是被聶秋染坑了，但不知為何，她心裡果然爽快得很，原本這樣早被逼得沒法子成婚了，可不知為何，這會兒想起來那一絲糾結都散了個乾淨，越看聶秋染越是覺得順眼，連一開始的尷尬都少了許多。

兩人這廂說著話，聶秋染已經將帕子往外拿，隔著一道窗便衝崔薇喊道：「今兒晚上羊奶擠了沒有？咱們自個兒做些東西吃吧，晚飯也沒吃些什麼，光喝了些米酒。」

他剛剛進屋時崔薇就聞到了一股淡淡的酒味，並不沖，因此才沒有提起，這會兒見他還記得要擠羊奶，不知怎的，心裡生出一股啼笑皆非之感，臉上就露出了笑容來。

今日她將楊氏給氣走了，她這邊也沒人管著，鬧房之類的事也都沒發生，楊氏是不願意替她操持，而聶家的孫氏就更不用提了，她只差沒有直接說不滿意這門婚事而已，一整天都沒有往這邊過來，崔薇自個兒也落得清靜，除了一早上便被人折騰著收拾了一番外，到下午時便過得跟平日沒兩樣了。

聽著崔家的熱鬧，像辦的是別人的喜事一般，現在聽聶秋染說起擠羊奶，她心裡的尷尬也都褪了大半，乾脆道：「我廚房裡溫著羊奶，應該還沒有冷呢，聶大哥要是想喝，就去倒，還有些菜熱在灶上的，糕點也有。」

這些東西都是她給自己準備的，只是今兒想著成婚的事，沒吃得完，聶秋染外頭答應了一聲，不多時竟然端了兩杯還冒著熱氣的羊奶進來了，一邊遞了一杯給她，一邊目光溫和地衝她笑。「光拜堂，連交杯酒也沒喝，妳現在年紀小，就用羊奶抵著吧！」說完，勾了崔薇的手，乾脆地將手裡的羊奶喝了個乾淨。

崔薇有些疑惑地將羊奶喝了，這些婚禮的事她也不懂，楊氏並沒有教她這些，而原主年紀小，對於成婚的事也並沒什麼印象，自然不知道新婚夜有什麼該做的。不過聶秋染看起來對這些門道也實在太過熟悉了，跟老馬識途一般，兩人折騰著將一些禮儀走完，崔薇終於沒能忍得住，開口問道：「聶大哥，你以前成過婚的吧？」否則對儀式什麼的，他也知道得太清楚了。

聶秋染臉色黑了大半，眼睛裡一道異彩閃過，瞪了崔薇一眼，見她乾笑著，也沒再怪她，只是忍不住揉了揉她腦袋，這才又端著杯子出去了。

外頭夜漸漸深了起來，崔家那邊也跟著安靜，之後崔敬平也回來。崔薇頭一回跟個陌生人睡一塊兒，本來還以為自己會睡不著的，誰料她早上起得太早了，今兒一天又做了不少的事，還跟楊氏鬥了回嘴，爬上床也顧不得聶秋染還在，沒多大會兒工夫便睡熟了。倒是聶秋染，在黑暗裡盯了她半晌，這才躺下身子，小心地將她頭攬過來靠在自己胸前，跟著閉了眼睛。

雖說聶秋染說了不用去聶家，但總歸要表個態的，否則人家難免要說閒話。崔薇第二日跟著聶秋染回了聶家一趟，果然沒見著孫氏身影，聽說她一大早天不亮的就被聶夫子送走了。沒料到聶秋染昨兒說的還是真的，崔薇又驚又喜，在聶家坐了一陣，這才又跟著聶秋染回去。

臨走時聶秋文也想跟著這兩人一塊兒離開，被聶夫子給拘在了家裡頭。

崔家裡要擺的是三日的流水席，昨日不過才是第一天而已，崔世福本來想要給女兒請個戲班子過來唱的，但他手裡銀錢本來就不多，崔世財那邊已經欠了兩頭豬的錢，劉氏昨兒臉拉得跟絲瓜一般長，他自然也不好意思再去找劉氏開口。反倒是去了一趟王寶學家裡，借了兩百銅錢，交給了崔敬懷讓他下午去鎮上瞧瞧，崔敬懷一出門時就看到了剛從聶家回來的崔薇兩人，連忙就衝他們二人打了聲招呼。

崔家裡一大早的就有人過來幫著洗菜做飯的，小灣村裡的村民們幾乎都是熱情的，一家有事，幾乎全村的人都要過來幫幫忙。崔世福正站在院裡跟人說笑著，那頭便聽到了外間大兒子跟女兒、女婿打招呼的聲音，他眼睛頓時便是一亮，跟人打了聲招呼，這才連忙朝門口跑過去。

「薇兒、染哥兒，你們吃飯了沒有？這會兒飯菜正招呼著，趕緊過來先把飯吃了。」崔世福如今看聶秋染越來越順眼，聶秋染是個有出息的，可他偏偏還有良心，中了舉人果然就娶了崔薇，沒有像崔敬忠說的只是故意壞崔薇名節而已。光是這一點已經令崔世福對他極其滿意了，這會兒看到了他便熱情得很，連忙就要拉他進屋裡來。

崔薇本來也有事跟崔世福商量，因此猶豫了一下，乾脆也拎了裙襬跟著崔世福進了屋。

聶秋染就跟在她身後，小姑娘現在才剛滿十二歲，臉龐都帶著稚嫩，容貌也沒有長開，兩人年紀還相差得大，村裡不少人都暗自嘀咕著，也不知道聶秋染究竟瞧上了崔薇哪一點兒，這會兒看到這兩夫妻進來，許多人都忙停下手中的動作朝這邊望了過來。

楊氏坐在門口邊上，正跟著吳氏等人說笑，孔氏端了個茶盤站在她身後，臉色慘白，滿額頭的大汗順著她面頰往下滾落，直跌進她脖子裡，看到崔薇過來時，孔氏眼中閃過一絲複雜之色，隨即才又別開頭去。

楊氏一看到這個女兒，便覺得心裡不順暢，自從崔世福將她的婚事給定下來，崔敬忠神色便越發陰沈了些，成天幾乎待在屋裡都不肯出門了。楊氏既是怕崔世福，又是擔憂兒子，如同一根蠟燭兩頭燒，那滋味自然是更別提了，這會兒一見到女兒進屋裡來，臉色唰地一下便陰沈下來。

一旁吳氏瞧得分明，冷笑了一聲，狠狠便擰了她一把，小聲警告她道：「妳給我打起精神一些，要再擺個臉色，惹了世福不快，別說老娘沒教好妳！如今這聶大郎明顯有了出息，妳不好好巴著，反倒要得罪，妳腦子有毛病啊！」吳氏對這個女兒也是失望無比，罵也罵過了，如今她也是個當祖母的人了，外頭總得給她留些臉面，不像是未出嫁的時候，一句話說不對倒是可以打她幾下，如今只得盼她自個兒清醒一些，不要再幹出糊塗事來。

「爹，我們過來是有事要跟您說呢！」崔薇看也沒看楊氏一眼，拉了崔世福的手就笑道。

外頭人多眼雜的，不少人一邊做著事一邊目光就在她與聶秋染以及楊氏等人身上打轉，崔薇想了想乾脆拉了崔世福進屋裡。楊氏拉著母親便堵在門口不肯讓，崔世福冷冷看了她一眼，吳氏深恐要出事，忙站起身來，扯了女兒一把，又怕等下鬧出笑話讓人瞧見，想到在廚房幫忙的林氏等人，乾脆溜了進去，不多時便拉著林氏婆媳進堂屋裡來了。

「這趟我的事讓爹費心了，但我也知道爹您並不寬裕，因此這邊大伯那兒的豬錢以及擺酒席的錢，您算算是多少，我跟聶大哥都給您。」崔薇進了屋，還沒有坐下，便將這事給提了出來。她手裡還有銀子，不像崔世福現在已經焦頭爛額了，他能出面替自己解決這些事崔薇已經很感激了，自然不能再用他的錢，崔家的情況若是再欠下這些外債，恐怕就是雪上加霜了。

崔薇這話音剛一落，進屋裡來的王氏等人很快就將門口堵了個水泄不通。

崔世福剛想說不要她給錢，那頭劉氏便眼睛一亮，連忙就笑道：「我就知道侄女兒是個有大福的人，兩頭豬差些便到兩百斤了，一斤豬肉算妳六文錢，妳給個一兩二錢銀子就是了。」劉氏一邊笑著，一邊嘴裡噼哩啪啦的就報出一串數字來。

她說著是差些到兩百斤，但按的卻是兩百斤算，更何況豬肉就算是買現成的也不過五文錢一斤，她如今算活豬的價格還要賣這個價錢，卻是有些坑人了，崔世福就算是個老好人，這會兒面色也不好看，連忙開口道：「大嫂，這兩頭豬還差二十多斤才到兩百斤哩，更何況一般賣活毛豬的，也就是三文錢一斤，哪裡有算賣淨肉的……」更何況這幾天劉氏又拿了好幾塊的肉回去，崔世福現在聽她意思是要讓自己女兒給錢，一時間心裡就有些不痛快。

劉氏聽到他這樣一說，臉色也跟著垮下來。如今崔家兩兄弟關係緊張得很，因為楊氏要建房的事，兩家鬧得很厲害，再加上後來崔世福又借走了林氏養老的銀子，如今婆母手中沒錢，又偏心著小的，劉氏心裡自然不舒坦，聽崔世福這樣一說，她頓時就跟著冷笑起來。

「喲，二叔這話就說得不對了，這豬你們吃都吃了，你說差多少就差多少了？我還說有三百斤了哩，再說這價格是你情我願的事，二叔既然買不起六文錢一斤的豬價，又何必拉了咱們的豬去殺了？」

她這話音剛落，崔世福愣了一下，接著臉色便脹得通紅，一下子站起身來，盯著劉氏看，氣得說不出話來。

一旁林氏見勢不妙，連忙就喝斥劉氏道：「老大家的，妳給我少說一些！」

「我怎麼少說了？娘，您偏心也太沒邊了，雖說二叔家裡要養個秀才，可您如今還住在咱們家裡的，也不能總顧著二叔一家子。」劉氏本來心裡就不痛快，聽到林氏這樣一說，頓時就回了嘴。
劉氏話一說出口，才覺得有些不對勁，那頭崔世財本來性子就急，劈頭蓋臉一巴掌便朝她抽了過去，嘴裡喝罵了幾聲。外間這樣多人，崔世財竟然不給她臉面就打她，劉氏臉色脹得通紅，心裡更恨了一些。
崔世財道：「二弟，你不要聽這娘兒們胡說八道，那豬就照外頭的價格給，你給個六百錢就是了！」
他話一說完，劉氏便張嘴大哭了起來，嘴裡連連咒罵著，氣得崔世財又要動手。
崔薇坐在一旁聽著這邊的鬧劇，心裡不由有些膩歪。事實上他們所說的兩百斤豬以現在的重量來算已經是有三百多斤了，給個一兩多銀子崔薇也並不覺得有多貴，不過劉氏這擺明了是欺人，她自然也不願意多掏錢。不過崔薇卻不想崔世福難做，因此便認了七百文下來，楊氏跟劉氏二人都鬆了一口氣。
崔薇本來想讓崔世福跟她一塊兒回去取錢的，誰料這會兒崔敬忠又從屋裡鑽了出來，指著她便是一陣大罵，一時間鬧得不可開交，也讓外頭的人瞧著了笑話。崔世福臉色鐵青，強忍著憤怒將崔薇二人送走了，後來的事崔薇也沒有管。
等到三日一過，便聽崔家開始鬧起了分家來。
這回崔世福也算是鐵了心了，他人雖然不愛計較，也想一大家子過得和和美美的，不要分了彼此，但崔敬忠如今實在是欺人太甚，當日崔薇成婚時他一陣大鬧使得好好的一場婚事最後成了人家背後的笑談，崔世福心裡哪裡還能容得了他，待酒席剛一辦完，便拉著崔敬忠說要分家。

如今崔敬忠自個兒還沒掙到銀子呢，那官職又沒謀到，如何肯分家，若是一旦分家，往後不只是那典史之位沒他的分兒，連想要再進學堂，也沒人給他出那一個月一百錢的夫子束脩，崔敬忠自然是不肯分家的。

一開始時他只當崔世福來嚇唬自己呢，並不以為意，誰料這回崔世福是鐵了心了，等這件事一過，便立即招了崔敬懷夫妻過來，連孔氏跟綃氏二人也沒落下，一併喚了過來，一家人圍成一團。

崔世福想了想，便將家裡有的東西都說了出來。「往後分家各過各的，二郎那邊我改明兒找了人過來建廚房，你們一家便自個兒搬過去吧。家裡也沒什麼東西，二郎買官時已經殺了豬，老大便吃虧一些，那雞鴨你便多拿一份。」

崔世福抽了一口旱煙，接著又道：「家裡的米和糧食等分為四份，三郎如今住薇兒那邊，到底不方便，因此這糧食得給他留一份。二郎自個兒拿了出去，鍋碗瓢盆等你們也自個兒瞧著搬就是。」

聽這架勢，竟然像是崔世福真的要分家了一般，崔敬忠原本還瞧他不上，以為他故意拿話來嚇自己，現在聽到他說的是真的，頓時便慌了神，回頭就看了楊氏一眼，嘴裡驚駭道：「娘。」

崔敬忠的情況如何，楊氏心裡是最清楚的了，若是這樣一分出去，崔敬忠身無分文的，又能怎麼過？孔氏這吃裡扒外的東西，總想著要搬自個兒家裡的糧食貼她那死鬼弟弟，往後一旦分了家，她一個女人家就算下地幹活，恐怕也不夠崔敬忠吃的。楊氏頓時也慌了起來，看著崔世福便道：「當家的，二郎年紀還小，你讓他一個人出去，如何過得？」

「我還沒跟妳算帳，妳插什麼嘴？」崔世福一看到楊氏，便氣不打一處來。「人說慈母多敗兒，妳要是覺得看不過去，放心不下他，妳自個兒也跟著他一塊兒分出去過就是！薇兒那裡的事情我還沒跟妳說，妳要不樂意，自己也滾！」

楊氏這還是頭一回看到崔世福發這樣大的火氣，就是自己當時拆了崔薇房子時，崔世福雖然生氣，卻也不像這回說話時聲音冷冰冰的，看她的眼神令她打心眼兒裡害怕。

楊氏也不敢多說了，深怕自己再說一句話，到時惹得崔世福發更大的火氣，但崔敬忠那邊她卻也不能不管。楊氏只得三個兒子，如今老大是個只知道種地的，人雖然老實，可到底沒什麼出息。老三又現在跟她不太親，平日看到連招呼都不肯多打，被崔薇那死丫頭教壞了，現在唯有這二郎，腦子靈活不說，還肯讀書，若是連他這輩子也毀了，如何了得？

「當家的，二郎也是你的骨肉啊，你可不能讓他分家分出去了。」自己的兒子自己瞭解，楊氏知道崔敬忠是個什麼樣的，他這一出去，保准養不活自己，若是沒有崔世福關照著，也沒有大郎的照應，崔敬忠連吃飯都成問題，更別說讀書了。雖說這樣做對大郎有些不公平，但手心手背都是肉，她也不能對二郎太過苛刻。

看楊氏到了這會兒還幫著崔敬忠說話，崔世福也不耐煩了，狠狠拍了一下桌子，拿了煙桿在桌沿上抖了抖，厲聲道：「他這樣大個人了，難不成還要靠著爹娘？我話擺在這兒，你們願意也好，不願意也罷，下午我便去羅里正那邊！我給了他五兩銀子買官，這事還得大郎跟我一塊兒還債，難不成他當了官，連自己也養不活？這已經不公平了，妳再囉嗦試試看！」

崔世福的語氣裡已經帶了一絲警告，到了這樣的地步，楊氏也不敢再瞞下去了，「撲通」一聲跪了下去，目光有些閃爍，一邊低垂著頭道：「其實，二郎並沒有買成官，那買官的錢，五兩銀子如何能夠……」楊氏越說，聲音就越小。

崔世福聽到這話時，瞪大了眼睛，看著楊氏說不出話來，指著她，臉色鐵青，喉嚨裡發出「霍霍」的響聲，突然間眼珠一翻，頓時一口氣提不上來，人便直挺挺地朝後頭倒了下去。楊氏驚呼了一聲，崔敬懷連忙手疾眼快地將崔世福扶在了懷裡。

如今崔家裡的光景已經夠難挨了，楊氏也深怕崔世福一口氣提不來被兒子給氣死，要知道這個家裡崔世福就是個頂梁柱，要是他一倒，這個家如何還撐得起來？楊氏心裡又急又慌，可是手邊卻是拿不出一文錢來，指揮著大兒子將丈夫揹進了屋裡，自個兒忍不住出來痛快地哭了一場。

崔敬忠目光閃爍，一張臉略有些慘白，神情陰沈，想了想湊近楊氏身邊道：「娘，爹如今倒了，咱們家裡拿不出錢來，我瞧著崔薇手裡一定有銀子！」他說這話時目光肯定。

楊氏拿袖子擦了擦眼角，一邊有些猶豫。「她現在嫁人了，還能拿銀子給你爹瞧病？」

崔敬忠眉頭皺了皺，一邊就道：「家裡如今拿不出錢來，爹又一向護著她，若是爹病了咱們沒錢，難不成眼睜睜看著爹死不成？」

他說這話時的表情如同一條毒蛇般，看得楊氏吃了一驚，一把站起身來，撩了衣襬擦了下眼淚，沒料到兒子竟然會說出這樣的話來，心裡頓時感到陌生無比，又有些生氣。「你在胡說些什麼，這話難不成你在咒你爹？」

「娘。」崔敬忠一看楊氏表情，就知道自己說錯了話惹得她不快，頓時心中也有些不舒坦，不過想到自己的前程，到底是將這口氣忍了下來，湊近楊氏耳邊道：「娘，您去試試，讓她給銀子，若是她願意出，先讓她給了。娘，您先給我把縣裡官職謀到手，這典史的職位可不等人的！」

楊氏雖然寵愛兒子，但她也知道這個兒子恐怕不像自己想像中一般靠得住，如今聽他竟然打起了崔世福的救命錢，頓時心裡失望無比，看著他便道：「二郎，別說我還沒要來錢，就算要到了，這錢也是留著給你爹瞧病的，你可不能打這主意。」

「您說的哪裡話。」崔敬忠表情有些怏怏的，一邊扶了楊氏的手朝門口行去，一邊道：「您先讓我將官買了，等我做了官，難道還拿不回錢來？等我有了錢，爹的病自然有人來瞧的。」

崔敬忠嘴巴能哄會說，很快便將楊氏哄得心裡有些猶豫了起來，兩母子說話間便已經出了院子，崔敬忠朝崔薇家方向指了指，一邊就道：「娘，您快去，我等您的好消息了！」

楊氏心裡沈甸甸的，一邊掙扎著，一邊卻仍是走到了崔薇那邊，猶豫了半天之後，仍是伸手便敲了敲門。

崔薇過來開門見到是楊氏時，頓時臉色便沈了下來，下意識地便要關門。

楊氏連忙伸手將門擋住，這會兒也顧不上臉面了，連忙便哀求道：「薇兒，娘也知道以前多有對不住妳之處，可妳爹今日突然便倒下了，如今家裡沒有錢，可要請大夫抓藥，求求妳行行好……」

這還是崔薇第一回看到楊氏在自己面前低聲下氣的樣子，不過她在聽清了楊氏話中的意思時，頓時吃了一驚，也顧不得跟楊氏計較了，連忙就著急道：「妳說什麼，我爹病了？」

前幾天崔世福還好端端的，哪裡有這樣快便病了。崔薇心裡有些不信，深恐楊氏又是要了什麼花招，可誰知楊氏卻是連忙點了點頭，面上露出幾分惶恐之色，頭髮都有些散亂了，眼圈通紅，看起來不像作假的樣子。若是假的便罷，可若是崔世福當真病了，崔薇也真不能坐視不理。

她想了想乾脆站了出來，跟楊氏道：「我跟妳過去瞧一瞧。」這話一說完，崔薇也沒有等楊氏回答，轉頭便衝屋裡喊了一聲，連忙就要關屋門。

楊氏面色有些不自在，忙擺了擺手就道：「不用了，不用了，妳給我銀子，我自己去就是。」一邊說著，她目光裡一邊露出慌亂之色。

崔薇頓時心裡就生了疑，不由就冷笑了兩聲。「妳當我搖錢樹呢，還給妳銀子，我要去瞧過了，若爹當真不好，我自然東拼西湊的也要給他老人家治，若是旁的，我是沒有一分銀子的。」

崔薇這話一說出口，楊氏頓時便將頭低了下去。她這副作派，崔薇哪裡還有不明白的，心裡便冷笑了一聲，也懶得理睬楊氏，自個兒便先關了門朝崔家走去了。

第七十三章

這會兒崔世福情況確實有些不大好了，躺在床上氣若游絲的，面色慘白，之前瞧著他還好好的，不知怎的工夫就成了這副模樣，崔薇心下生疑，進屋裡時就看到崔敬懷守在床邊，崔佑祖在院子裡跑著，崔薇一進了屋崔佑祖後腳便也跟了進去。

「怎麼好端端的爹會這樣？」照理來說崔敬忠也在，可身為兒子，他現在沒有守在崔世福身邊，楊氏等人的表情也有些不大自在，崔薇心下一沈，一邊站到床前便拉著崔世福的手喚了幾聲。「爹、爹，您醒醒。」

崔薇喚了好幾聲，崔世福卻是胸膛起伏了幾下，眼皮根本睜不開來。

「沒用的。」楊氏抹了抹眼淚，一邊哭道：「喊不醒的，掐了人中了，也不醒。」

那頭崔佑祖一聽說掐人中，連忙就跳到了崔世福身邊，張腿就要往床上爬，一邊伸手又揪了揪崔世福的鬍子，笑嘻嘻的樣子看得崔敬懷一陣火大，伸手便在他屁股上拍了幾巴掌，衝他吼道：「自個兒滾出去玩！再在這兒胡鬧，今日請你吃竹筍炒肉！」崔敬懷眼睛通紅，面色猙獰，這還是他頭一回伸手打崔佑祖，崔佑祖被他一嚇，頓時張嘴便大哭了起來。

屋裡頓時亂成一片，崔薇皺了皺眉頭，也沒來得及問崔世福怎麼就昏倒了，想了想一邊就衝崔敬懷道：「大哥，我瞧著爹這病耽擱不得，您趕緊去村裡請了游大夫過來，若是游大夫瞧不好，還得再去鎮上一趟。」村裡的游大夫也只是個赤腳醫生，平日裡只能給人看些簡單的病痛，而崔世福這病來得倒是邪門，崔薇瞧他這樣子，不像是普通的傷風感冒。

崔敬懷臉色羞得通紅，一邊站起身來，他還沒出去，崔薇便又道：「大哥只管去，爹這病我給出錢就是了。」

一聽這話，剛拉了王招弟進來的王氏頓時長吁了一口氣，臉上露出獻媚之色來，還沒開口說話，崔敬懷便警告似的看了她一眼。

崔敬懷答應了一聲，連忙就要出去，外間便突然傳來崔敬忠不善的聲音。「你來幹什麼？」

崔薇頓了頓，忙就出了屋子，楊氏等人跟在她後頭，便看到院子裡崔敬忠一手扠著腰，一手指著剛進院子的聶秋染，正怒聲大吼著——

「給我滾出去，咱們這崔家不歡迎你！」

聶秋染臉型稜角分明，五官立體，如同上好的畫筆所繪出來的流暢線條般，一雙濃眉下那雙眼睛黑得發亮。他這會兒正是年少之時，面白紅唇，穿著一身墨綠色衣裳，袖口衣襟處裹了黑邊，看起來丰神俊朗，風采翩然，不知比背對著眾人扠著腰身材中等偏瘦的崔敬忠看起來畫面好看了多少，就連王氏也忍不住抽了下眼睛，不由自主地別開了頭去。

崔敬忠還在破口大罵，聲音尖銳，聶秋染卻是理也沒理他，眼神都沒有往他那邊看一下，都說最輕視侮辱人的舉動並不是用最刻薄的語氣將人罵得心中羞惱，而是像聶秋染現在一般對崔敬忠視而不見的舉動，這才是最令崔敬忠氣憤無比的。

果然，下一刻之後聶秋染一邊直直的朝崔薇走了過來，路過崔敬忠時竟然連讓一下的舉動都沒有，在他這樣氣定神閒的氣勢下，崔敬忠竟然不由自主地便讓開了路，由著聶秋染走過去。

「岳父這邊情況如何了？」聶秋染問道。

這會兒已經冬季了，天氣已冷，聶秋染肩上不知何時飄了一片細小的碎葉。崔薇踮了腳尖伸手替他拍去了，這才搖了搖頭，還沒開口說話，那頭崔敬忠已經氣急敗壞轉過身來——

「誰讓你們進來的！出去！」

崔薇一見他這樣子，頓時對他就不客氣了。「你在叫誰呢，崔家現在還輪不到你作主，我踩的也不是你屋子的地盤，你現在若有本事拿錢出來給爹瞧病，也不需要讓我一個出嫁的女兒過來操心這事，還當官的呢，我呸！」崔薇這會兒早恨崔敬忠已極，這崔敬忠以前瞧著是個不聲不響的，可沒料到自從一旦他要開始考秀才，心裡生了野心之後便開始變了模樣。之前盤算著想將自己賣出去便罷了，自己還沒找到機會給他下絆子，如今又出了崔世福這樣一件事，崔薇幾乎不用想，便認定這事跟崔敬忠有關！

如今崔家的人裡頭，這崔敬忠是最讓崔世福操心難受的一個，崔敬懷是個老實人，平日只做事不多話，這樣一個人根本惹不出什麼大風浪來，也不可能會讓崔世福昏倒過去。崔世福那模樣不像是哪兒生了病的，反倒讓崔薇看起來很像是被氣的，崔大郎平日最是孝順，不可能氣他，而崔敬平又住在自己那邊，平日裡跟崔家的人少有來往，更不可能將崔世福氣倒。

楊氏這人雖然對自己有些偏心太過，但她對兒子、丈夫卻很是維護，把崔世福氣倒的可能不是沒有，但若她當真這樣做了，便絕對是與崔敬忠有關，再加上之前崔敬忠幹的好事，崔薇想也不想的便衝崔敬忠道：「枉你是個讀書人，今日竟然將爹給氣倒了，我瞧瞧你這名聲傳了出去，恐怕你這童生也做到頭了，往後還想當官，你作夢呢！」

崔薇一句話說得崔敬忠惱羞成怒，他開始時還氣怒交加，原是想開口反駁，但聽到崔薇說自己將崔世福氣倒時，他眼神裡卻是閃過一絲慌亂之色，頓時便強作鎮定道：「妳瞎說什麼，無憑無據便信口開河，妳信不信到了縣上我告進官府，便治妳一個辱我功名之罪！」

「崔二郎當朝廷是你開的？是你紅口白牙（注），如何說便如何行事？岳父是否被你氣倒，薇兒是不是胡說，只要找了人來一問便知。」聶秋染聽到崔敬忠這話，也不氣不惱，回頭便看了王氏一眼。崔敬懷顧忌著兄弟情分，恐怕不會開口多說，而楊氏一向維護這個兒子，肯定也是站在他那邊，但王氏就不一樣了，她本來就是個婦道人家，崔敬忠又不是她弟弟，她維護的心有限，更何況崔敬忠連累她丈夫多時，說不得她心中早就懷了怨恨了。

果不其然，王氏一看到聶秋染目光望過來時，頓時身體激動得便是一個哆嗦，忍不住嘴唇哆嗦了幾下，該說的不該說的便都說了出來。「聶舉人姑爺，這二郎拿了錢沒謀到官職哩，倒害得爹背了債，所以才氣昏的！」

王氏話音一落，崔敬忠臉色便氣得一陣扭曲，恨恨的瞪了王氏一眼。

可王氏哪裡會怵他，見他這樣一瞪自己，又想到他是個沒出息的，讀了這些年的書，連個秀才也沒混上不說，還欠了五兩銀子的債，要自己的男人一起去還，結果又沒謀到官職，自家也得不到好處，早將他恨得入骨了。這會兒王氏想著要討好聶秋染，被崔敬忠這樣一瞪，頓時就大聲嚷嚷——

「你看啥哩，說的就是你，敢做不敢認？以為自己有舉人姑爺那樣的福分呢，你就是心比天高，命比紙薄！」王氏說完，轉頭又衝聶秋染討好的笑。「四姑爺，二郎之前還想謀著要將四妹妹賣了呢……」王氏一張嘴，便管都管不住，直將崔敬忠氣得臉色發白。

聶秋染回頭看著崔敬忠冷笑。「崔二郎，岳父既然是被你氣病的，而借的五兩銀子又是由你所借，如今這醫藥錢與銀子自然該由你來還，要不然我便修書一封到縣中，定要討個公道！」

他話音一落，崔敬忠便全身激靈打了個冷顫，童生的身分在小灣村如今出了個舉人的情況下，恐怕都已經算不得個什麼了，更何況是在人多的縣中。雖然崔敬忠心裡對聶秋染極其嫉妒，但他卻知道，一般有了舉人資格的幾乎便有了謀職位的權力，只消稍微打點一番，謀個知縣也並不是個難事，尤其是像聶秋染這樣年少的，往後結果如何，還不好估斷，恐怕那縣太爺還得要順著他一些，若他真起了意想要針對自己，現在的自己一無所有的，恐怕並非

注：紅口白牙，一口咬定之意。

他敵手。

一想到這兒，崔敬忠心裡便湧出一股股的怨恨來，只覺得蒼天無眼，對自己不公。他每日起早貪黑的看書，不知花磨了多少春秋，可到如今卻連秀才也沒中，若是他現在成了秀才，王氏今日哪敢像現在這樣羞辱他！

崔敬忠心裡湧出一股股羞惱來，這會兒被聶秋染一說，心裡已經生出怵意，忙就冷哼了一聲，重重一振臂，那袖子被他甩得「啪」的一聲作響。「小人得志！我看你們能猖狂到幾時！」說完，轉身便要走。

但聶秋染哪裡可能這樣快便放他離開，若是這樣輕易就讓他走了，豈不是太過對不起自己？一想到他之前還要將崔薇送人的事，聶秋染眼中頓時湧出冷意來，衝崔敬忠溫和的笑道：「何必這樣著急？這些銀子口說無憑，總得要立個字據，沒有規矩不成方圓，今日藥錢，便立成二兩銀子就是，總共七兩，分批償還，一月還一百錢，我也不與你算利息，想來以崔童生的本事，區區百錢，應該不看在話下吧？」

這話實在是欺人太甚！崔敬忠氣得面皮泛紫，但嘴上卻是說不出一句話來，心中又羞又惱，想了想，乾脆從懷裡摸了一兩銀子，朝聶秋染扔了過去，厲聲道：「先拿去！我今日便寫上一個欠條，免得你以小人之心猜測我！」他一邊說完，一邊氣沖沖的便回了自個兒屋中，拿了一張紙出來，唰唰地寫了一些字，也沒吹乾便要朝楊氏遞過去。

他心裡倒是打著好主意，如今他這樣凶狠，看似裡子面子全都掙齊了，可欠條在楊氏手中，他隨時能拿得回來，寫了跟沒寫又有何差別？誰料楊氏還沒來得及伸手去接，那頭聶秋染便已經半路將紙截了過去，崔薇眼珠子都差點兒滾落出來，看他笑咪咪的將紙攤開吹乾了，慢條斯理地疊好放進了自己的懷裡。

聶秋染這一切的動作都太過理所當然了，彷彿天經地義便該如此般，他的神態實在太過自然，因此一時間竟然沒有人能反應得過來該阻止他的動作才是。直到他將紙揣進了自己胸口，楊氏這才傻愣愣地回過神來，看到聶秋染的神情，不知為何心裡就有些發虛，連忙弱聲道：「姑爺，這紙，是、是二郎給我的。」

「我保管了！」聶秋染衝楊氏略帶矜持地笑著點了點頭，說話時絲毫沒有半點兒不好意思的模樣，一邊回頭就看了崔敬忠一眼。「崔二郎鐵骨錚錚，該不會不敢將這欠條交給我保管吧，畢竟岳父藥錢得由我來出。」

他這樣一句話便將崔敬忠給拿住了，崔敬忠這會兒在哪個人面前都可以低頭，但唯獨不可能向聶秋染認輸，聞言便強忍了想伸手將他懷裡的欠條掏出來的衝動，一邊硬著頭皮，心裡卻發著虛道：「當然！」

崔敬忠說完，故作傲然的倒背了雙手，抬了抬下巴，動作與聶秋染有時倒也相像，可惜他背脊略彎，臉色又發白，一雙眼珠不停亂轉，自然將這股氣勢硬生生的拖出幾分心虛之感來。

這會兒聶秋染將崔敬忠給解決了，崔薇這才鬆了口氣，伸手便將落在聶秋染腳邊的銀子撿起來，一邊朝崔敬懷遞了過去。「大哥，二哥知道自己錯了呢，出了這些銀子給爹看病抓藥，你趕緊拿去吧！」

崔薇話音剛落，崔敬忠就險些吐出一口血來，這些銀子是崔世福給的五兩銀子中沒有花完的，他扔出這些銀子原是為了表氣勢，可同樣的也有代表將這些銀子還回去的心。如今崔薇這死丫頭一句話，卻成了他拿這錢給崔世福看病的，那五兩銀子還要另外再還，而且剛剛聶秋染又記了二兩銀子的看病錢在帳上，這樣一來豈不是表示他吃了大虧？

崔敬忠心裡鬱悶無比，可崔薇一頂帽子扣下來，他無論如何也不能說自己不是拿錢給崔世福看病的，無奈只能將這口氣忍下來。想到剛剛扔出去的銀子，崔敬忠心裡滴血，陰沈著臉，轉身便要回屋。

誰料崔薇卻並不想放過他，轉身便仰了頭衝聶秋染笑。「聶大哥，你剛還說他是個有骨氣的呢，有骨氣的人便不會穿了我給大哥做的襖子了！」

崔薇話音一落，那頭崔敬忠腳步便一個踉蹌，回頭就狠狠瞪了崔薇一眼。如今兩兄妹已經算是撕破臉了，崔薇哪裡會怕他，也冷笑著看了他一眼，乖巧的倚站在聶秋染身邊，聶秋染嘴角邊帶著笑意，一邊也朝崔敬忠看了過去，楊氏等人站在屋門口處沈默著一言不發。

突然之間，崔敬忠便有了一種自己像是被全世界都拋棄的感覺，心裡惱羞成怒。他身上這件襖子原本是當時趕考時楊氏怕他沒有新衣裳穿，才拿了崔敬懷的襖子改小的。崔敬忠這些年來每回穿著都並未覺得有何異樣，但現在被崔薇一說，卻是恨不得立即便將身上的襖子脫下來扔到地上才好。可惜他的襖子沒有打補丁的就只得這一件，若是將這件衣裳也還回去，往後穿著破舊，如何還能跟昔日同窗把酒共飲？

一想到這些，崔敬忠硬生生地將心裡的羞怒忍了下來，捏著拳頭，只當沒聽到崔薇這話般，恨恨地回自個兒屋去了，一邊將門閂上，心裡卻恨起了當初給他襖子的楊氏來。

將這個人面獸心的崔敬忠給氣走了，崔薇這才鬆了口氣。

那頭崔敬懷雖然覺得尷尬，但仍是覺得屋裡父親重要，連忙飛快地就要跑出去，後頭崔佑祖看他一跑，又想到他剛剛手裡拿著的銀子，頓時嘴裡也喊著要吃糖，忙也跟了過去。

崔薇也沒理睬楊氏，打了水進屋裡替崔世福抹了把臉，便坐下跟聶秋染說起話來。

那頭有了錢，崔敬懷請了大夫跑得也快，崔世福的情況跟崔薇猜想的差不多，只是急火攻心，一口痰迷著了心竅，只消將他痰拍出來，又扎了幾針，崔世福便悠悠地醒轉了過來。

這個平日裡身材高大結實，只知悶頭做事的漢子難得倒一回床，可如今一旦受了氣倒下去，便看得出來他這會兒其實已經有些虛了。

見他這個樣子，崔薇心裡不由發酸，想了想乾脆柔聲道：「爹，您累了大半輩子，如今年紀也不小了，乾脆明年不要種地了，就休息著吧。」

楊氏看到丈夫這個樣子，也忍不住拿袖子擦眼淚，不知道是不是因為崔薇這話觸動了她的心，還是看在了一旁聶秋染的分上，她並沒有答話，反倒是站在門口的王氏聽著有些不高興，雖然知道聶秋染不是好惹的，但一想到自己的兒子，王氏依舊沒能忍得住。「四丫頭這話好沒道理，爹難不成養了兒子便不養孫子了？他要不做，家裡欠的銀子誰還，往後小郎進學哪個人來給錢？」

王氏這話音一落，楊氏想著也是事實，便忍不住低著頭流淚，也不出聲。

崔薇眉頭挑了挑，還沒開口，那廂崔世福便強撐著要坐起身來，一邊衝崔薇擺了擺手，一邊疲憊道：「我沒事，妳大嫂說得對，家裡這樣多人，張嘴都要嚼呢。」他說完，便忍不住咳了幾聲，崔薇忙將溫熱的開水遞給了他，心裡忍不住就嘆了一口氣。

此時人養兒防老的觀念極重，對兒孫看得又重，崔世福本來便是個閒不下來的，要想讓他不管兒孫們，恐怕一時半刻間還真不容易辦到，雖說吃過崔敬忠的虧，但崔世福也不知道能不能真對他狠得下心來。

留在崔家大半天，親自給崔世福熬了藥，因著崔敬忠手裡的銀子被聶秋染說得扔了些出來，這一兩銀子自然足夠買好藥，就連人參都能買上一、兩片了。崔世福吃了這東西補著元氣，果然不一陣子臉色看起來就要好看得多了，崔薇心裡自然是更放心了些。

跟聶秋染二人回到家中時，已經是晌午後了。崔敬平中午時過去守在了崔世福身邊，家裡也沒什麼人，崔薇只簡單炒了兩個菜，剛吃過，下午時便聽回來的崔敬平說，崔世福拉著一家人，去了羅里正那兒將家給分了。

這早些分家也好，崔敬忠本來就不是個什麼好人，他如今跟孔氏二人單獨過，也少連累崔世福一些。

那邊崔世福身體漸漸好了起來，如今崔薇又嫁給了聶秋染，頭上也頂了名分，很快的，成婚的好處便顯露了出來。首先村子裡許多人對她不由自主的恭敬了許多，不像以前，總也有些婦人愛拉著她開些玩笑，就算平日她並不如何理睬，但背後總有幾個說閒話的。再來羅里正一家子看到崔薇時都熱情了不少，好幾回還要給他們送菜過來，就連鎮上的林管事也恭喜她成了婚。

雖說如今林家對崔薇也算是熟識了，可以前他們並不是真正將崔薇放在心上，成婚半月後崔薇再去送糕點時，林管事竟然說了林夫人想見她一面的話。

跟林家打交道又不是一、兩年，可這林夫人無論吃糕點吃得有多滿意，還沒說過要見她的，到如今說要見她，崔薇心裡也明白應該是沾了聶秋染的光。不過這光可指不定是個什麼光了，自己沒什麼好圖謀的，但她也怕給聶秋染招麻煩，因此崔薇自然是婉言拒絕了，回來時便將這事跟聶秋染說了一道──

「聶大哥，這林家突然就要見我，他們可是有什麼事要讓你做的？」這事本來也只是她的推測而已，可她現在說來聶秋染卻是點了點頭。

「只是些小事，他們林家的少爺原是想進城中讀書，可是他並無功名，因此便想讓我從中引薦，好能入城中書院而已。」

問清楚了確實是跟聶秋染有關，崔薇自然不再提起。

如今還有一個半月不到的時間便要過年了，她正好想趁這段時間招人將後山的地買一塊下來專門養羊。她這房子雖然緊靠著山，但並不是說馬上就將山給貼緊了，中間還隔著好大一塊小山丘似的荒地，這地方長了不少乾黃的雜草，地又像是沙礫一般，並不肥沃，因此無人租種，自然便空了下來。若是趁著這段時間農閒，多請些人手將地給買下來，再買些羊養著，每日大量做些奶粉等，往後開店時也不愁羊奶不夠用了。

畢竟崔薇如今做的糕點，大部分用的材料都是以奶為主，不論是蛋糕還是奶糖等，都離不開奶，而且她發現自己做的奶粉比起鮮奶雖然恐怕營養略有不足，但是那味道卻是比鮮奶還要香一些。這些奶粉之前帶給聶秋染時，聽他說那秦淮等人也很是喜歡，往後開店也不能總賣那些糖果蛋糕，還得想些新玩意兒，這奶粉也可以用來賣，若是羊奶不夠，自然許多東西都供應不出來。

擴大羊圈本來就是崔薇早就打定好主意的事，如今又嫁給了聶秋染，有他名頭辦事便很快了，幾乎羅里正那邊不用她打點，崔薇只是過去一說時，他便滿口將這事答應了下來。只是要買朝廷的地，並不只是要羅里正一個人同意而已，還得進縣裡衙門一趟，這事有聶秋染幫忙，他又有馬車，來回縣裡不出一天的工夫，便將事情給辦妥貼了。

崔薇現在又有了聶秋染的名頭擋著，她一說要買地，羅里正等人都只當是聶秋染給她出了銀子，按照大慶王朝的律法，一般中了舉人就算是沒有任職的，每年可以取一定的米糧與銀紋，不比一個正經的九品縣丞表面上的錢財少到哪兒去。當然正品的官職收入也並不只會像表面上那般，所以許多人都一門心思的想往官場裡鑽，可不論如何，聶秋染表面得的銀子，已經足夠使眾人心裡妒忌了。

崔薇一旦將買地的事落實了，自然便按照這古代的習俗，先選了一個在十一月末宜動土的黃道吉日準備開工，小灣村在這之前便已經有不少人過來打探過想要幫工的事，一來小灣村裡不少的村民們大多是性格樸實的，無論大家相互之間有個什麼紅白喜事的，大家一般都會過來幫幫忙，如今崔薇已經說了要請人幫著建個圍場，不少人心裡便都活泛了起來。

看這樣子崔薇請人不像是讓人白幹活的，畢竟如今聶秋染的名頭擺在那兒，許多人心裡本能的對舉人這個名頭有些畏懼，也根本沒有人想過崔薇請人辦事會不給工錢的。就算是她不給，村裡恐怕許多人都想著只過來幫忙，能吃上一頓飯便已經滿足了，因此崔薇還沒真正請人，便有不少的人主動過來打探。崔薇這邊的房子本來離山近，算是偏僻的了，可偏偏今日倒是都有不少人上門過來打探消息，崔薇自然都一一應下了，並與眾人說了要付工錢，才將這些又驚又喜的村民們送走了。

第七十四章

天氣在十一月中旬一過，便更冷了些。冬天本來黑得又早，崔薇早早的將晚飯做了，三人還沒來得及吃，外頭便響起了敲門的聲音。冬季裡飯菜冷得本來就快，尤其這會兒炒菜用的是豬油，一旦冷了那油便浮在菜盤上細細一層，難以入口，因此崔薇示意崔敬平二人先吃著，自個兒還沒盛飯便去開了門。

外頭王寶學他娘劉氏手裡拎著一個背簍，裡面裝了不少的花菜與萵筍等菜站在門口外。一邊搓著手直跺腳，看到崔薇過來開門時她臉上不由自主的露出一絲笑容來。「聶娘子，妳還沒吃飯咧？我給妳送些菜來。」

「王大嬸，您這麼客氣幹什麼，吃飯沒有？進屋裡來坐吧！」崔薇一看到是劉氏，臉上的笑意便真切了幾分。劉氏為人豪爽大氣，不難相處，而且她也明事理，知道王寶學之前常在她這邊吃飯，得了空便給她送些菜過來。

崔薇這會兒側開身子要讓她進來，劉氏便連忙擺了擺手。「我家裡還沒燒火，等下回頭遲了，一家子都得挨餓。我是聽說妳要建圍牆，是來跟妳說，人手不夠的話妳王大叔跟王大哥都空著哩，妳幾時開工，我好讓他們過來幫忙，若是妳這邊忙不開，我也好來給妳煮飯。」

崔薇跟楊氏鬧得僵，連她成婚楊氏都放手不管，這也讓村裡不少的人對她心裡很是同情，劉氏也知道她家中沒個操持的，孫氏為人並不如何好相處，更何況她剛在崔薇成婚不久後便出去走了親戚，現在還沒回來，擺明是不滿意這樁婚事，劉氏心裡也更同情崔薇了些。

對劉氏這份心崔薇自然是領的，她想了想就笑了起來。「王大嬸，妳讓王大叔跟王大哥直接過來就是，我這邊也不準備做飯的，省得麻煩，我準備給工錢的。」

她這話一說出口，劉氏雖然沒料到，但也有些驚喜。「真的？」劉氏話音一落，好像也覺得有些不大自在，不過若是能在過年前掙上一筆，大家也樂得高興。她開始有些不好意思，接著又有些擔憂起來，忙道：「妳年紀小小的，這銀錢可夠不夠花？若是不夠，慢慢來就是了，那錢不錢的，都是一個村裡的，到時跟村裡人說拖一拖，等有錢再給也不遲。」

崔薇聽她這樣一說，頓時就忍不住笑了起來。「王大嬸放心，聶大哥給了我銀子，肯定夠的。」她說完，回頭便朝屋裡看了一眼，理直氣壯道：「嫁漢嫁漢，穿衣吃飯嘛！」這話倒是惹得劉氏贊同了些，點了點頭，想到家裡等著自己做飯的老小，也不敢再耽擱了，忙將菜騰了出來，這才揹著空背篼回去了。

剛將劉氏送走，那頭崔世福便過來了，他也不是外人，崔薇乾脆拉著他進了院子。

「爹，正好吃飯，吃完再回去。」

這一趟崔世福過來本來就是有話跟她說的，因此聽到崔薇這話，想了想，自然就點了點頭。他被氣倒過一場之後醒轉過來，雖然沒落下什麼病根，但想得卻比以前開得多，對楊氏也不冷不熱的，反倒是對崔薇這個女兒更是覺得心裡熨貼了些，聽她喚自己吃飯也並不推辭，跟著便進了屋裡。

不過是添雙筷子的事，崔薇煮的飯都是夠的，不過就是黑背跟毛球的飯少了些，等下再去煮就是了。桌上擺了剛炒好的幾樣菜，三葷兩素的，崔薇現在有了銀子，自然不會在吃食上委屈自個兒，她手藝又好，炒的麥醬肉香得那肉片都像透明的一般，半肥半瘦的，一塊夾著花菜，嚼進嘴裡連吃一大盤子都不會膩。這是聶秋染跟崔敬平二人都喜歡的，看得出來崔世福也是喜歡，可惜家裡沒有酒，不然現在還能給他倒上一杯。

幾人吃完飯，崔薇回廚房裡又重新洗了鍋煮了飯，塞了幾根樹枝進灶裡，便不管它了，洗了手便回了屋中。

這會兒聶秋染正替崔世福倒了杯羊奶，兩人一人端著一杯說著話呢，旁邊崔敬平倒是不怕冷，端了板凳坐在門口摸黑背玩，崔薇一進屋裡時便聽崔世福驚呼——

「不去城裡了？」

也不知這二人之前沒頭沒腦的在說什麼。崔薇一進來聶秋染給她倒了杯羊奶，那羊奶之前放在壺裡，外面拿厚厚的棉花製成的襖子包著，這會兒也沒怎麼冷，倒進杯中不一陣便將杯子溫熱了，在這樣的冷天裡捧著這樣一杯羊奶很是暖手，難怪崔世福不肯喝也端著。

崔薇捧了羊奶小小口的喝著，便見聶秋染點了點頭說道——

「不去了，反正在家裡看書也一樣，只要等到三年之後的春闈便成。」

雖然崔薇只聽了這樣半截話，但聽到現在聶秋染這一句哪裡還有不明白的，頓時便知道他是想要留在家中了，心下也不由有些吃驚，還沒來得及開口問，那頭崔世福便搖了搖頭，面色有些猶豫地道：「這不去進學如何能成？若是耽擱了，恐怕聶夫子心裡會……」

他剩餘的話沒有說完，可聶秋染跟崔薇二人心中都跟明鏡似的，尤其是聶秋染，眼中露出一絲冷意，低垂了頭將手中杯子裡的羊奶一飲而盡了，這才溫和地笑。「考得中始終都會中，不中的，再進學堂也沒用！」

他這話聲清冷，崔世福一聽完他這話，頓時便臉上發燒，聶秋染這話明明是在說他自己，但崔世福自個兒養了一個崔敬忠，便總覺得被這樣一說有些抬不起頭來，吱唔了兩聲，也不再說這個話題了。

見到他尷尬的樣子，崔薇忍不住回頭掐了聶秋染一下，隔著厚衣裳掐得肯定不痛，但聶秋染表情有些驚呆，顯然以前從未被人如此對待過，愣了半晌還回不過神來。

崔薇懶得理他，看崔世福杯子還未動，提了奶壺便要給他再倒一些。崔世福看到她的動作，下意識地便端起杯子喝了幾口，一邊喝著，一邊臉色便有些難看。崔薇看他如今瘦弱的樣子，只當沒瞧見他臉上嫌棄的神色，一邊給他滿上了，一邊便提著壺站在他身邊笑道：「爹，您這一趟過來可是有什麼事的？」

她拿著奶壺站在旁邊帶給崔世福極大的心理壓力，總覺得要不將杯子裡的羊奶喝完，她便會一直這樣站著般，崔世福忍了心裡本能的反胃感，一邊又灌了一大口，還沒回過神來，便又看崔薇給他杯子滿上了。一個人喝著，一個人倒，很快那壺羊奶便見了底，崔薇這才將紫砂壺給放下了。

崔世福不由自主地拍了拍吃得鼓脹的肚子，總覺得自己滿嘴都是股羊奶味，連出氣都是那樣一股味道，不由有些反胃，深怕等下崔薇又給自己遞些過來，忙強忍了打嗝的衝動，一邊道：「我聽村裡人說妳買了地要修個什麼東西，我來瞧瞧妳哪天修，我跟妳大哥正好閒著，過來給妳幫幫忙哩。」

平白無故地給崔世福錢他肯定不會要，而這建羊圈崔薇是要給錢的，到時也可以乘機貼補他一些，如今崔敬忠那邊欠的銀子還沒有還，崔家如今為了崔敬忠的事，提前將豬都殺了，這個年恐怕不好過，要是趁此機會多給崔世福父子一些錢，也算是幫他一回了。

一想到這兒，崔薇自然便點了點頭，說了十一月二十八日開工的話，這才將吃飽喝足的崔世福送了出去。

等他一走，崔敬平才像是活了過來一般，忙進了屋裡來。天色不早了，崔薇將貓狗餵了，又燒了水洗臉和腳，天氣冷得很，崔敬平自個兒一收拾完便回了屋，留了崔薇兩人還在泡腳。

一個大腳盆裡兩人都試探著將腳擱進水中，泡了半天，渾身都暖和起來了。聶秋染這才取了一條帕子在手中，一邊撈起崔薇的腳擦了兩下，一邊認真地道：「妳放心，嫁給我了，一定讓妳吃好的穿好的。」

之前跟劉氏說那話明明就是鬧著玩的，但這會兒聽聶秋染這樣一說，崔薇臉色卻是騰地一下就紅了起來，抽了好幾下腳，但她人小力氣也不大，被聶秋染抓著也沒抽得回來，臉色通紅任由他將自己腳擦乾了，也沒穿鞋，聶秋染便跟對待小孩子似的，將她抱進了屋中，自個兒出去倒水了。

今年的冬天不知怎的，特別的冷，晚上蓋了兩床厚厚的棉被也冷得很。這會兒還沒到臘月，剛入夜便已經有些僵手了，才燙了腳沒一會兒工夫，崔薇一上床便打了個哆嗦，忙脫了衣裳扔在一旁便鑽進被窩裡直發抖，燒好的湯婆子（注）將被窩暖出一小塊地方來，崔薇就蜷在裡頭，縮成一團。

聶秋染倒了洗腳水進來時就看到她直發抖捏著被子的小模樣，忍不住就笑了起來。她這樣子眼珠滴溜溜的轉，一頭黑亮的頭髮披灑得滿枕頭都是，這小丫頭愛睡軟一些又高的枕頭，平日裡又很愛乾淨，這樣大冷的天也要隔段時間便洗被子洗澡的，因此床鋪上都帶了一股清幽的香草葉子味跟乳味。

兩人成婚後能睡到一塊兒而不被崔薇排斥，聶秋染心裡自己猜想著應該與冬天來了她怕冷的原因有關。這會兒看她冷得直打哆嗦，忙也跟著脫了衣裳鑽進被窩裡頭，一把將她摟過來兩人擠到一塊兒了，半天才漸漸暖和起來。

「聶大哥，把燈熄了！」崔薇伸手戳了戳他腰，一邊理直氣壯地吩咐，成了婚之後崔薇倒是覺得好處比沒成婚前多了不少。自然兩人住一塊兒這些日子以來，生活還算和諧，聶秋染也不像以前總讓人一副有些防備的樣子，反倒是對她好了不少，果然像他說的，連讀書識字都不讓她去練了，這段時間靠他還解決了不少的麻煩。

崔薇沒意識到自己對他越來越沒什麼防備，這幾天忙著地的事，她也累得很了，來到古代之後又一向早睡早起，現在眼皮就有些睜不開，迷迷糊糊中像是聽他提了一句陳家還是什麼的，崔薇也沒聽得清楚，便胡亂答應了一聲，靠著他一手搭在他身上，跟抱了個枕頭似的，不一陣就睡了過去。

聶秋染表情有些複雜的看著她熟睡的模樣，想到之前問她的事，忍不住又問了一句。

「薇兒，那鳳鳴村的陳小軍，妳認不認得？」

崔薇這會兒連眼皮都澀得睜不開了，聶秋染問了好幾句，她才有些茫然地抬起頭來。

「陳小軍是誰？」一句話說得含糊不清的，眼睛半睜著，明顯是沒有醒的樣子。

聶秋染的眼睛一下子亮了起來，透過昏黃的燈光看她的臉，一片光潔柔嫩的小臉上眉頭緊蹙著，一副不耐煩的神色，並沒有難受或是裝睡的情景。聶秋染眼睛更亮了些，小心地下床吹熄了燈，這才又重新爬上床，替她掖緊了被子，這才將人摟在懷裡抱好了，跟著閉上了眼睛。

半夜裡估計是兩人擠在一塊兒睡覺熱，崔薇踢了好幾次被子，鬧得兩人都沒怎麼睡好，到天色大亮時才起來。崔敬平這會兒都將粥煮好了，崔薇本來今早上想炸些油條吃，不過見

注：湯婆子，用銅錫製成的扁瓶，內盛熱水，可置於被子裡用以暖腳。

到這樣的情景，自然也只有作罷了。

白天時又陸續接了好幾撥過來問了崔薇是否要幫忙的村民們，到下午時，聶晴便過來了。

前幾天村裡的石匠剛送來她之前訂做的石磨，這還是一次都沒有用過的，崔薇昨日便泡了些黃豆，今兒本來想磨成漿了煮豆花吃，聶晴過來時正好崔敬平拉著石磨把手，兩兄妹正磨著豆漿，那頭坐在屋裡的聶秋染一開了門，聶晴便站在門口怯生生地朝崔薇喚了一句──

「大嫂，我能進來嗎？」

聶晴身上穿著一身洗得有些褪色的藍襖子，肘子胸口處都打著補丁，下身穿著一條灰布棉裙，頭髮有些枯黃，在頭上綁成兩個丫髻，有些楚楚可憐的樣子。

崔薇還沒開口說話，那頭聶秋染便已經倚在門邊，皺了皺眉頭。「妳來有什麼事？」也沒有說要請她進來的話。

聶晴像是受到了驚嚇般，抬頭看了聶秋染一眼，這才小心翼翼道：「大哥，爹說您跟大嫂幾天都沒回去了，所以讓我來喚你們中午回去吃飯哩。」她一邊說著，一邊求救似的目光便落到了崔薇身上，一邊嘴裡軟軟地喚道：「大嫂……」

崔薇本來想喚她一聲聶二姊，可是聽到她口口聲聲喚自己大嫂，突然間也不知道喊她什麼才好，乾脆衝她笑了笑，也沒出聲。看得出來聶晴很想要進來，但聶秋染一副不肯讓她進來的模樣，崔薇自然也沒有去多那個嘴。

聶晴眼裡的光彩黯淡了下去，突然間咬了咬嘴唇，一邊抬頭就輕聲央求道：「大嫂，我能不能進來喝杯水？」

人家都已經求到這個分兒上了，崔薇也不知道該說什麼才好，只回頭看了聶秋染一眼，猶豫了片刻，便點了點頭。

「三哥，你給她倒杯水吧，我來磨豆子。」崔薇一邊說著，一邊將手握在了石磨的木把手上，本來是想要讓崔敬平端了水去給聶晴的，誰料她一開口，聶晴便笑著道了聲謝，拎著裙襬便進了屋裡來，一邊毫不陌生的坐到了崔薇身邊，一邊就將手遞到了那木把手上，同崔薇一併握著把手轉起了石磨來。

「大嫂，這事讓我來幹吧，我幹這個可拿手呢。」聶晴一邊說著，一邊拉著那石磨轉得飛快，果然力氣倒是比崔薇大一些。但她穿的衣裳像是大人的改小的，衣袖拖大半進豆漿裡頭，崔薇眼皮一下子就跳了起來，馬上拿了木勺將那塊沾了衣袖口變了些顏色的豆漿給舀了起來，一邊推開了聶晴的手笑道：「還是我來吧，哪裡有讓客人留下來幹活的道理。」

聶晴哪裡看不出來自己剛剛將衣袖伸到豆漿裡的事讓崔薇有些介意，頓時眼圈便紅了起來，吸了吸鼻子又道：「那我去幫大嫂生火，洗盆子。」

擠豆漿時大盆子都是派得上用場的，崔薇看她忙上忙下的樣子，頓時有些頭疼，衝聶秋染使了個眼色，一邊就輕聲道：「你妹妹來幹什麼的？」她跟聶晴不熟，平日裡連話都說不上一句，如今聶晴一過來便幫著做事，也實在太詭異了些。

聶秋染眼中露出一絲譏諷之色，嘴角微微往上挑，露出一個極冷且淡的笑紋來。「還能幹什麼，妳看看妳有什麼好送她的吧，另外恐怕就是爹跟她說了什麼，讓她不將咱們帶回去，便也不准回去呢。」

說這話時，聶秋染眼中神色有些奇怪，崔薇打了個哆嗦。本來若是留聶晴吃一頓飯倒是沒什麼，但他話裡的意思竟然像是聶晴會惦記自己什麼東西一般，頓時令崔薇有些猶豫了起來。她現在是被人惦記得怕了，楊氏之前先是惦記著她的銀子，然後又惦記她的房子，末了還惦記著她的人，如今聶晴也不知想要什麼……

崔薇乾脆將手裡的動作停下來，躊躇了半晌，突然抬頭道：「要不咱們一塊兒先回你家瞧瞧，看看，到底是個什麼意思。」

她現在喚聶夫子做爹還有些不大習慣，因此喊到那個字時故意便略了過去，聶秋染也不以為意，聽到她這樣說便嘴角含著笑意，一邊替她理了理頭髮，表情溫柔和煦，只是與他神情不符的，卻是他的聲音冷冰冰的。

「還能有什麼意思，只是讓妳不要搞這麼大陣仗罷了。」弄的陣仗大了，萬一連累了自己的名聲，往後使自己仕途不如他想像中的一般順利，連累了他心目中的大計，自然是為他所不容的。多年以來，對他的脾氣，聶秋染是早就已經知道了。

崔薇原本還忘了這一茬，她只記得嫁人之後便不像以前還有來自崔家楊氏等人的威脅，卻忘了聶家那邊也不是好惹的，走了一個潑辣的孫氏，如今還留著一個不知性情的聶夫子呢！

一想到這兒，崔薇頓時臉色有些發黑，一邊伸手轉了轉把手，一邊就翻了個白眼。「原來也是引虎驅狼了。」

她話裡的意思聶秋染一下子就明白了過來，聽她將自己家比作虎，頓時忍不住就大笑了起來。

那頭那聶晴正拿東西洗刷著盆子呢，聽到聶秋染的笑聲，動作霎時便是一頓，這廂聶秋染已經招呼著她起身回去了。

崔薇的話聶晴恐怕還能裝下迷糊只當自己聽不懂，但聶秋染都開了口，她也只得乖乖應了一聲，將手擦乾了，又將袖子放了下來。如今冬天已到了，聶晴剛洗過盆子，那雙手便凍得跟個胡蘿蔔似的，崔薇看到她手指頭腫得厲害，有些地方已經化膿裂開了，顯然是長了凍瘡，心裡也不免有些同情她，再想到她剛剛洗盆子的樣子，神情一動，還沒開口，這頭聶秋染便已經捏了她手心一把。

這兩人的小動作聶晴走在旁邊根本沒有注意到，聶秋染本來就拉著崔薇的手，聶晴低垂著頭，哪裡敢看向這邊。

聶家裡如今早已經在準備午飯了，遠遠地就看到煙囪裡冒起了股股濃煙，幾人過來時正好就看到聶秋文眼角掛著淚珠，正趴在桌子上拿了筆寫著什麼。幾人走到院門邊時，聶秋文下意識地抬頭來看，一旁坐著的聶夫子眼皮也沒抬，手裡的戒尺便重重地敲到了他手背上。

「啪」的一聲脆響！崔薇看到聶秋文臉頰都抽搐了幾下，但他卻死死咬著嘴唇，不敢發出聲音，兩行眼淚唰的一下就流了出來。

家裡孫氏不在，又沒人給他求情，他這會兒自然不敢吱聲，可就算他不出聲，聶夫子也是冷哼了一聲。「一個男子漢大丈夫，馬上就滿十五歲了，現在竟然哭哭啼啼，實在羞死人，我若是你，便去死了也算了，也免得給先人蒙羞。」聶夫子語氣溫和，可是那話裡的意思卻是刻薄得很。

這是聶家的家務事，崔薇也不出聲，便見聶夫子朝這邊走了過來，目光先是在崔薇身上看了一眼，接著才落到聶秋染身上，與之前對聶秋文時的冷淡不同，這會兒他看到聶秋染，神色便顯得要溫和許多，雖然仍是嚴厲，但至少臉上露出一絲笑意來。「難得過來一趟，今兒中午便在這邊吃飯吧。」

這話是不容拒絕的語氣。雖說自個兒家裡也磨了豆花，但這樣的天氣就算是將豆漿留到晚上再煮也沒什麼，可剛剛瞧過了聶夫子的手段，崔薇這會兒卻本能的覺得心裡發寒，這會兒自然便有些不大想要留下來。

聶秋染一看她臉色便知道她心裡的想法，他一邊喚了聶夫子一聲，一邊就朝聶秋文那邊走過去，將他桌上寫的字取了過來。

崔薇探頭過去瞧了一眼，那上頭的字就跟蚯蚓沾了墨亂爬過一般，難怪會挨打，說是鬼畫符都抬舉了他。這傢伙完全不是讀書識字的料，否則寫了好幾篇，旁邊又放著書本，就算只是一筆一畫的跟著學，也不應該寫成這個模樣才是。再看他的手，那手背腫得已經跟個熊掌一般了，連握筆都握不住了，聶夫子下手果然狠，聶二這傢伙該不是他撿回來的吧？否則怎麼會對他下這麼重的手？也不知他骨頭傷了沒有。

「秋文的字，倒是大有長進了。」聶秋染看著弟弟的字，滿臉淡然地翻了一遍，這才又將紙擱回到案桌上，借著這句話，便將剛剛聶夫子提出吃飯的問題避了過去。

顯然聶夫子也不在意他是不是在這邊吃飯的，因此也跟著點了點頭，沒有再糾結吃飯的問題，只是笑了笑。「比起你以前，是差得遠了。」他話音一頓，又衝一旁的聶晴吩咐道：「你大哥大嫂回來了，還不趕緊給端水上來，愣著幹什麼？」

聶晴咬著嘴唇，看了崔薇一眼，又搓了搓那雙腫得厲害的手，崔薇想到剛剛聶秋染捏自己的那一下，只當沒瞧見一般，聶晴眼裡閃過失望之色，這才答應了一聲，退了下去。

「眼見馬上快過年了，你準備正月初幾走？」聶夫子抿了一口茶水，一邊放了杯子，便衝聶秋染呵呵的笑著問了一句，滿臉的關切。

「爹，我並不準備去城裡了，這幾年先在屋裡看看書就成，等到三年後再入場考試也不晚。」

聶秋染才十七歲，就算再等三年，也不過二十歲，年紀還很輕，並不急在一時，可聶夫子聽了他這話，臉色登時便陰沈下來，剛剛表情還和風細雨的，剎那間便變成這般模樣，崔薇敢肯定聶夫子恐怕心裡早就盤算好了，這是故意喚了他們過來說了之前的話而已。

果不其然，聶夫子表情冷得厲害，目光定定地盯著聶秋染看，只是聶秋染根本不懼，反倒是嘴角邊含著笑意目光便與他對上了。聶夫子滿心怒火只覺得發洩不出來，竟然下意識的將目光移了開去，等到回悟過來自己做了什麼時，才有些惱羞成怒地深呼了一口氣。

「如今因為你年紀還輕，正該是拚博功名的好時候，少壯不努力，老大徒傷悲，莫非你要等到如同我一般年紀大了，才肯勤加學習不成？」

他話音一落，聶秋染眼中不由自主地便露出譏諷之意，溫和道：「爹年輕之時發憤圖強，如何能稱為不努力？」

聶秋染這般不肯正面回答聶夫子的話，頓時令他臉色更是難看了幾分，冷哼了一聲，一邊將手中的杯子重重的磕在了聶秋文正寫著字的小几上，「砰」的一聲重響，聶秋文險些跳了起來，那提著筆的手一抖，毛筆尖上的墨汁一下子便落了一大滴在紙上暈染開來，頓時將原本就已經寫得東倒西歪不成形的字又添了幾分狼狽。

聶秋文手本來就腫得很了，這會兒一著急之下伸手便想去擦紙上的墨汁，誰料手裡的筆握不住，一下子便滾落到了紙上，聶夫子頭也沒回，伸手便抓起桌上約有三指寬一指厚的鐵戒尺，重重地便抽到了聶秋文的背上！

「連這點兒小事也做不好，實在廢物！」聶夫子這會兒明顯是有些遷怒了，打完小兒子，抬頭看著聶秋染就皺了皺眉頭。「你不要忘了，你當初答應過我什麼，若是如今反悔可不成！」他說完這話，回頭便看了崔薇一眼，一向嚴肅的臉上硬擠出一絲笑容來，嘴唇上方兩條深刻的法令紋，令他面容看上去極其威嚴，瞧著便有些嚇人。

崔薇剛剛看到他打聶秋文的樣子，被他這樣一看，心裡也有些發寒，卻聽聶夫子道：「妳如今嫁給了秋染，就該事事以他為先，這買地的事鬧得實在太大了，還是罷了吧。婦道人家不要干擾男子讀書，我看著妳年紀還小，乾脆下午我便讓人將妳婆母接回來，往後妳好生服侍她，也讓她多教妳一些規矩！」

崔薇聽完他這句話，忍不住便想笑，孫氏是被聶夫子立起的規矩嚇得破了膽了，只能任他搓圓捏扁的，可歸根究柢，孫氏怕聶夫子不外乎便是聶夫子秀才的身分，她對讀書人本能的畏懼，孫氏自個兒又是大字不識一籮筐的，自然心中對於聶夫子更加害怕，再來就是孫氏怕被聶夫子休棄，無處可歸，身上又無銀錢，還怕被家人收拾罷了，但她這些恐怖與害怕可不是崔薇心裡的想法。

一來她並不是真正的古代人，聶秋染識得字在她看來並不是什麼了不得的大事，前世時崔薇學的東西就算不是完全能跟聶秋染精通琴棋書畫可比的，但也絕對比起孫氏不知厲害了多少。她自個兒手裡既有銀子又有地有房，自己又不是全靠聶秋染吃飯的，自然不像孫氏那樣全無底氣。聶夫子想要將自己訓練成孫氏那般以夫為天的女人，恐怕他是打錯了算盤。

崔薇原本對於這個聶夫子雖然沒什麼好感，但也並沒什麼惡感，可這會兒聽到他的打算，頓時便忍不住笑了，剛想開口說話，那頭聶秋染便捏了捏她掌心，上前了一小步，將她擋在了身後，看著聶夫子就笑道：「姨祖母身體可是大好了些？娘一心為孝，想替爹您掙得美名，這是好事，也是娘的一片赤誠之心，爹這樣快就要將人給召回來了？」

聽到聶秋染這樣問，聶夫子心裡只當他是有些害怕了，臉上神色一鬆，點了點頭，原想又安撫這夫妻倆幾句的，誰料沒等他開口，那頭聶秋染便又接著道：「既然姨祖母身體已經康復，便證明娘照顧有功，我前些日子曾聽人說昔日杜夫子不幸逝世，留了家中高堂妻兒，實在可惜。」聶秋染說到這兒時，不由搖了搖頭，嘆了口氣。

聶秋染口中所說的杜夫子，乃是隔壁鳳鳴村原本開私塾的一個老夫子，比聶夫子大上幾歲，只是身體卻是極差，與孔鵬壽父親差不多，時常咳血，早在半年前便已經沒了，留了父母妻兒，如今一家老小愁雲慘霧的，失了杜夫子這個頂梁柱，一家子日子都過得苦巴巴的。

這杜夫子撒手歸去，留下一堆爛攤子比孔家還要慘，家中高堂年紀不小了，妻子又是個沒甚本事的，孩子也年幼，家裡張嘴等吃。

聶夫子不知為何，聽到兒子提起這家人時，突然間心裡本能的湧起一股不好的預感來，果然就聽聶秋染接著往下說道——

「我自幼讀聖賢書，常得爹教誨聖人之言，若娘歸來，我願認杜夫子為義父，杜家一切，還得拜託爹娘照應，我開春便進城求學！」

聶夫子聽到兒子這話，臉色霎時鐵青！聶秋染這一招實在狠辣得很啊，聶夫子幼年喪父，早年又喪母，家中並無高堂，聶家裡他就是最大的一個，可如今聶秋染竟然說要給他找兩個祖宗在頭上壓著，若是一旦找來了杜家的麻煩，那可不是幾百銅錢能打發的，恐怕還得替人家養兒養女，日子無窮盡的照顧別人，不要說聽到這事聶夫子敢肯定孫氏不情願，就連聶夫子這會兒臉色都有些變了，之前溫和的神色再也擺不出來。

聶夫子看著聶秋染一下子站起身來，指著他厲聲道：「你敢威脅我？」

這會兒聶夫子實在驚怒交加，他自己生的兒子，從小又是一手帶大的，對聶秋染的性格為人，聶夫子自然是最為瞭解的，如今聽到聶秋染這話，他自然也聽出了聶秋染話中的威脅之意，恐怕自己若真想拿捏他，他便能給自己找幾個祖宗壓著，恐怕一旦不如他意，他一輩子都敢找這事給自己頭上壓著！這豈非是一輩子無窮盡？聶夫子心中又氣又恨，竟然一時間拿聶秋染毫無辦法，只能心裡氣苦，看著聶秋染一句話也說不出來。

這事本來對聶秋染也沒什麼好處，可惜他能狠得下心來，聶夫子心中有慾望，就並不敢像聶秋染一般隨意，自然便要受制於聶秋染這看似對他自己也絲毫沒有好處的簡單主意了。雖然這法子粗暴了些，但也直接有用，光是從聶夫子的神情便能看得出來。

聶秋染看他臉色陰晴不定，嘴角不由微微上翹，眼裡露出些許譏諷之色，一邊便抽過聶秋文手中的毛筆，沾了沾墨汁，就著之前聶秋文滴出來的濃墨與歪扭的字，幾筆勾勒，便畫出了滿紙的荷蓮來。

那一大團濃墨被點成一朵盛開的荷花，邊上再加幾片淡的花瓣，下首的歪斜的字體或被勾成荷葉，或被勾成魚，片刻工夫，那紙張上竟然給人一種滿紙荷香撲鼻而來之感。

崔薇有些吃驚地探頭過去看，眼裡不由露出驚訝之色來。之前聶秋染曾教過她一段時間書法與繪畫琴棋等，看樣子這傢伙好像每樣都會，卻沒料到他隨手竟然能化腐朽為神奇，畫功不只是略好而已，簡直可以說是極有水準了。

不只是崔薇一個人吃驚，就連聶夫子眼裡也露出驚駭之色來，連忙顫抖著伸手將那還未完全乾透了墨蹟的畫給撈在手裡，看了幾眼，竟然嘴裡連連稱道起來，滿臉笑容，哪裡還有之前的不滿，簡直是心花怒放了，撚著鬍鬚便連連點頭，嘴中稱好不斷。

光是憑這一手，聶秋染便輕易將聶夫子給治住了，開始時威脅了他，後來又用這一手將他給治住，簡直是先打一耳光再給人糖吃，偏偏他這糖給得讓聶夫子心裡受用無窮，恐怕早就忘了之前心中還在惱怒了。

聶秋染抓到了聶夫子的軟肋，自然聶夫子便不再提要將孫氏給接回來的話，表情也變了幾分，拿著畫看了好幾眼也不肯放手，半晌之後才將紙疊了放進自己袖口之中，一邊就衝著聶秋染溫和道：「光是憑你這手畫功，便不比當代大家差到哪兒去，但切記不可驕奢，須知天外有天，人外有人。你姨祖母如今身體還有些不大爽利，你不進城中進學也就算了，這份本事，恐怕城中也難以有夫子能教你，不如在家溫習幾年，再趕考也是好的。」

一旁聶秋文聽到說孫氏不能回來了，眼裡露出失望之色來，深呼了幾口氣，眨了眨眼睛險些又要哭出來。

聶夫子也沒理他，只是剛剛誇了聶秋染一回，末了仍是告誡道：「不過一些買地等俗務本來便是不該打擾你太多心思，萬般皆下品，唯有讀書高，你可不要本末倒置了。」他也知道自己現在不好將兒子給拿捏住，想了想又笑著開口。「今日天色倒也好，我讓你二妹去村裡割些肉回來，不如中午便留在這邊吃了吧，咱們爺兒倆也正好喝一杯。」

聶秋染搖了搖頭，那頭看到聶晴端了水出來，那清亮的水杯上浮著些許泡沫，聶秋染只看了一眼便挪開眼睛。聶晴現在年紀還小，使的也只有這些不入流的噁心手段而已，她端來的水聶秋染沒喝，看到崔薇礙不過臉面伸手要去端水時，他伸手就將崔薇的手腕握住拉了來，淡淡地看了聶晴一眼，這才衝聶夫子道：「不了，懶得麻煩，我怕到時讓二妹跑了這一趟，她心裡不情願，恐怕還要在菜裡吐口水來招待我了。」

這話聽起來像是開玩笑的，但聶晴臉色唰地一下就變得雪白，身子也跟著搖了搖。

聶夫子本來還想說聶秋染堂堂男兒不要與女孩兒計較這些，可是一看到聶晴的表現，他頓時心裡就生了疑，再看到那水中浮著的點點泡沫，不像是打完水之後的水泡而已，再想到聶秋染的話，也不知道自己到底之前有沒有喝過聶晴口水，難怪聶秋染這幾年一回來，幾乎天天都在崔薇那邊吃飯，一想到此處，聶夫子終於沒能忍得住，險些便吐了出來。

崔薇看到聶夫子臉色青白交錯，原本還當聶秋染是開玩笑的，誰料有些驚恐地抬頭看了他一眼，卻見他微不可察地點了點頭。原本聶晴在她心中還算是有些可憐的一個小姑娘，可這會兒一想到自己險些喝了她的口水，崔薇心裡也開始感到有些不舒服了起來，難怪聶夫子這樣的臉色，她這會兒自然更是不願意留下來吃午飯的，乾脆扯了扯聶秋染的袖子，兩人也沒理睬一旁可憐兮兮身體都打起了擺子的聶晴，便跟著聶夫子告了辭。

到了這會兒，聶夫子自然沒有心思再將這兩人留下來吃飯，甚至他都想跑到崔薇家裡吃飯了，沒料到平日裡看著乖巧聽話的女兒竟然能幹出這樣的事情，聶夫子心裡自然是不舒坦的。

崔薇跟聶秋染剛回了屋，還沒來得及跟崔敬平搭句話，那頭聶明便追過來了，一邊扒拉著門檻，看到屋裡趴著的黑背，不太敢過來，只是站在門口看著聶秋染，兩泡眼淚在眼眶裡打轉。「大哥，二妹只是小孩子心性，這會兒爹要將她送到姨婆那邊呢，說是要將她過繼給姨婆，大哥，你幫幫忙吧。」

孫氏現在還正在隔壁村侍候著聶夫子的姨媽呢，那位老太太崔薇聽聶秋染後來說過，原跟聶夫子的娘是姊妹，可惜嫁了人命不好，丈夫死了，又沒有兒女，婆家不容她，一個人便孤伶伶的，平日裡替人家洗洗縫縫的，村裡看她可憐的便接濟一點兒，飽一頓餓一頓的過日子。偏偏她性格還古怪得很，估計是這輩子的經歷讓她性情十分的難相處，家裡既窮又不是個好相處的，難怪聶晴不願意被過繼了去。她現在是聶夫子的女兒，家裡父親是秀才，大哥是舉人，這樣的條件往後說親也順利得多，若是被過繼給一個孤寡老太太，往後哪個人肯娶了她這樣一根獨苗的？恐怕就是想要招個上門女婿都難，聶晴現在年紀不小了，如今孫氏正在給她說親，她也懂這些，自然就不願意。

「從小看到大。」聶秋染意味深長地看了聶明一眼，最後自然沒有答應她的請求，事實上聶夫子根本不可能真正將聶晴過繼給旁人，不過是嚇唬嚇唬她，免得她以後還幹出這樣的事情而已。聶晴現在長到十四歲了，孫氏如今正給她看著婚事，想要從中拿些聘禮，她如何捨得將一個女兒白白的送給別人？

把聶明打發了出去，崔薇這才又重新磨起石磨來，聶秋染乾脆也不看書了，只倚在她身邊添著豆子與清水，一邊就與她說話。剛剛託聶晴的福，這會兒木盆等都搬了出來，趁著這段時間，崔敬平將這些盆子洗了個乾淨，反正都沒事幹，索性也湊了過來，一邊就好奇道：「妹妹，聶夫子喚妳幹什麼？聶二最近可還好了？」

不知道手掌被打得跟個熊蹄子似的算不算好，崔薇猶豫了一下，想了想還是搖了下頭。「三哥，聶二被聶夫子打得可慘了。」她說到這兒時，想到聶夫子剛剛下手的模樣，頓時縮了縮肩膀。

一旁聶秋染忍不住拍了她腦袋一下，假做沈了臉道：「什麼聶夫子呢，現在還喚聶夫子。」

崔薇被他訓得有些怏怏的，看到崔敬平在一旁故作深沈的樣子，頓時翻了個白眼。「三哥，你問這幹啥，難不成你要救聶二？」聶夫子在他們幾個人心中是出了名的心狠手辣讓人怕，崔敬平哪裡敢去救聶秋文，聽到崔薇這樣說，忙就搖了搖頭。「我不去，聶夫子打人很疼的，我不像聶二，時常被挨打，皮粗肉厚的。」

這樣不講義氣的話他竟然也說得如此理直氣壯，崔薇有些無語的看了他一眼，手上的動作都停了半晌。「那你問來幹麼，反正又不能幫他。」又不能去救他，又怕聶夫子，問了聶秋文的狀況不是白費心嗎？剛剛還做出一副兄弟情深的樣子，現在馬上露原形了。

被崔薇這樣一指責，崔敬平立馬挺了挺胸，搖頭晃腦道：「誰說的，我還可以背地裡替他打氣加油！若是聶二遇到了不幸，我這做兄弟的，怎麼也能替他上炷香嘛。」說到後來時，崔敬平聲音漸漸小了起來，顯然他也覺得當著人家大哥的面說這樣的話有些尷尬了。

崔薇忍不住想笑，看了他一眼，終於沒能忍得住，抓著聶秋染的胳膊，肩膀就抖了起來。不知道聶秋文知道他兄弟這樣快就放棄他了，心裡是個啥滋味了。

第七十五章

午飯被聶晴打斷了一下，自然吃得就晚了些。

崔敬平燒著火，將磨細的豆漿濾了渣之後添了水燒開，崔薇好久沒有喝過豆漿，乾脆舀了不少起來，又放了些蜂蜜進去涼著，一邊拿了鹵水在鍋裡點著，這事她還是頭一回做，只是印象中記得看楊氏等人這樣做過，那些豆漿沾了鹵水之後，便很快地凝聚在了一起，漸漸地合成一塊塊的。崔薇拿了一個蒸乾飯時濾米的筲箕放到了鍋裡，壓了幾回之後，鍋裡的豆漿便漸漸開始往下沈，下面凝固成豆腐，而上面則是全化成了清水，頭一回做，看起來倒也不錯。

接著她趕緊拿了配料炒香了，分成幾份讓崔敬平端進屋裡，並讓崔敬平去喚崔世福過來吃飯，自個兒倒是拿了刀將這些豆腐切成巴掌大小的方塊，等到她端了豆腐進屋時，正好就看到崔敬平回來了。

這會兒時間崔世福早就吃完了飯，只說讓她自個兒吃，也沒有過來。做這豆腐就是麻煩了些，其實也算不上多珍貴的東西，小灣村裡好多人家想吃時只要願意花費些時間都能自己做，因此崔薇也沒有勉強，只招呼著崔敬平洗了手，幾人這才開始吃起飯來。

這豆腐沾了辣椒醬又香又下飯，崔薇倒還好，吃了一碗就放了筷子。那頭聶秋染跟崔敬平二人卻是連扒了好幾碗，鍋裡剩餘的豆腐恐怕還有兩大碗的樣子，這東西就是吃第一頓時味道好，再吃第二頓便多了些豆子的腥氣，而且口感要老得多了。不如現做時嫩，崔薇自然不想再將豆腐照著中午那樣吃，乾脆拿了塊乾淨的亞麻布將豆腐全部盛起來。崔敬平聽她說晚上不拌著醬料吃了，還遺憾了好一回。

晚上這豆腐凝固了些，崔薇乾脆出去買了塊肉回來，將豆腐切成約小指厚的小方塊，拿油炸得脆了，混著半肥瘦的肉炒了，豆腐沾了肉香外焦裡嫩的，又引得聶秋染、崔敬平二人吃得直撐肚子才作罷。

悠閒的時間一晃便過去了，趁著還差幾天才到動工的日子，崔薇乾脆託了崔世福幫著打探一些如今正產奶的羊下落，不過現在養羊的人本來就少，她乾脆又買了兩頭奶牛回來。這牛產奶量比起羊奶來說要多得多了，而且牛乳煮起來也並沒有羊乳那樣的羶腥味，也不用另外再加東西進去。不過養了這樣兩頭牛，每日裡要做的事情也不少了，崔世福知道她忙，打掃牛圈的事估計也不太會幹，而崔薇一向又愛乾淨，他索性每隔一天便過來幫崔薇打掃一回。

崔世福就算是不做，崔薇本來也是想請人來幫忙的，她沒想過要占這種便宜，自然每回都要給崔世福一些錢，也估計正因為看在錢的分兒上，崔世福連著過來打掃過好多回了，楊氏那邊也是安安靜靜的。

家裡羊奶、牛奶都已經不少了，崔薇要想製出奶粉來自然比起以前更容易，如此一來家中罐子便不太夠了。若是以往只給聶秋染裝一些用泥色的陶罐倒沒什麼，可若是要用來做生意，這些陶罐自然得要重新換過，因此這段時間崔薇倒也忙得厲害，每日幾乎都不停地在往外頭跑著。之前在鎮上說好要收的蜂蜜，如今人家知道她固定要買的，因此蜂蜜的貨源暫時也算是穩定了，等到一批新的陶罐送過來時，家裡開工動土的時間也到了。

這也算是村裡的一件大事了，早在之前這塊地崔薇便買了下來，這地本來就不是什麼肥沃的土地，平日裡沒人買的，聶秋染買時侶門裡的人也有意賣他一個好，同樣的銀子，那地也沒給他畫死了，只等他自個兒圈好了，只要不是太過分的，幾乎便不成什麼問題。這是侶門裡常做的事了，尤其是這樣的地根本不算什麼值錢的，因此上頭也根本沒人管。

崔薇聽到這消息時乾脆將幾乎是沿著山邊的地方都給圈了下來，如此一來比起以前就更大了不少，可是同樣的，銀子也花出去了一些。請村裡的人幫忙做事最少也要花出去十多兩銀子，這地方雖然不如當時買潘老爺的地大，但因為緊鄰著後山，崔薇想到後山裡時常有狼的傳說，她自個兒在這邊是要養羊的，也怕到時真引了那東西過來，所以乾脆買了不少的石頭，決定沿著山那一面將圍牆蓋得高一些，再在四周加一部分頂，如此一來，恐怕就是再能耐的動物也跳不進來。不過也因為這樣，該花的錢也是不少，幾天下來手裡存的幾十兩銀子便花出去了大半。

幸虧大部分的錢都已經支出了，剩餘的只是付些工錢，早已經足夠了，崔薇心中也鬆了口氣，眼見還差半個月便要快過年了，而那圍牆也幾乎完工了大半。這會兒村裡不少的人都開始眼紅起崔薇來，不少人背地裡都說她運氣好，嫁了個舉人，如今竟然有這樣能耐。

若是以往有人這樣誇自己家的人，楊氏少不得心中既是高興又是得意的，可如今崔薇都嫁了出去，她卻是半點兒好處也沒得到，心裡自然是有些不大舒坦。

村裡的人們現在就是十五、六歲的，都知道幫崔薇做一段時間的活兒便能得些銅錢，不少人拖家帶口的都去幫忙，楊氏也想去。如今家裡日子過得緊巴巴的，眼見著要過年了，可家裡卻連要殺的豬也沒有，若是過年看人家吃肉自個兒家裡只吃些素，那年過得也實在太憋屈了些，更何況還有崔敬忠那邊要花錢，林氏那兒的銀子也正等著還，最近劉氏話裡話外便提著這事，楊氏心中也著急，她也想去做事得些工錢，可偏偏崔薇現在根本不理她，她就是想過去幫忙，也開不了這個口。

如此一來，楊氏心裡更是不舒坦，一路遇著村裡的人時，人家與她打招呼，話裡話外無非都是羨慕她生了一個好女兒的，可又有誰知道，這個好女兒出嫁之時一分聘禮也沒給家裡！楊氏越聽越是煩躁，晚上趕著鴨子回家時遇著了好些從崔薇那邊收工回家的人，頓時臉色便黑得更厲害了些。

王寶學一家人也在幫著崔薇做事，一家三口拿了扁擔與鐵鍬等物回來時，正好就遇著趕了一隊鴨子的楊氏。

原本劉氏跟楊氏兩個婦人因為孩子的關係還算好，可自從楊氏讓親家母住在王家一趟之後，紹氏手腳不乾淨，雙方便相當於撕破了臉。這會兒一在田埂上遇到，劉氏頓時便笑了起來。「喲，我說是誰呢，原來是舉人老爺的丈母娘呢。你們家薇兒可是有出息了，如今嫁了聶舉人，往後前途不限量呢，妳可是享福了，瞧瞧如今修圍牆這樣累的活兒，妳女兒也捨不得讓妳幹，心疼妳呢。」

劉氏本來也不是一個刻薄人，不過當日紹氏在她屋裡偷了東西被她逮了個正著，王家又不是什麼有錢人家，被撈了東西自然心裡不舒坦，本來自己好心好意讓崔家的親戚過來住一晚，最後楊氏不感激便也罷了，反倒還不顧鄉里鄉親、不分青紅皂白地幫著親家母，劉氏自然心中不痛快，從此見著楊氏便沒了好臉色。

這話若是讓村裡任何一個人來說楊氏恐怕都得忍著，可偏偏劉氏這樣一說她卻是忍不了，聞言便揚了揚自己手中那劃破的竹筒響篙（注），發出的聲音直將鴨子嚇得搖擺著身體往崔家方向跑了，她這才看著劉氏冷笑道：「那是，我那女兒有了出息，往後日子好著呢，也虧她福氣好，嫁給咱們家聶姑爺了，否則嫁給那些窮酸破落戶，現在沒本事還學人家要唸書呢！」她說完，冷哼了一聲便要往前走，神態語氣直氣得劉氏不住喘粗氣。

劉氏哪裡看不出來楊氏剛剛那話是在故意說給她聽的，自家那兒子估計平日裡見的女娃少，年紀本來又輕，沒什麼定力，崔薇那丫頭長得也確實俊，比起村裡許多面黃肌瘦的小丫頭來說她確實是挺水靈的，自家兒子有點兒心思也不算什麼怪事，哪個少年不懷春的？但如今崔薇都成婚了，楊氏還拿這件事來說，不只是踐踏自家兒子而已，連她自個兒的女兒也被

注：響篙，齊肩高、手臂粗的竹筒，用柴刀剖成粗刷子樣，留一段不剖的，捏在手上敲地發出怪響。

她給糟蹋了。
劉氏氣得要再找楊氏扯，她男人王大卻一把將她胳膊拉住了，甕聲甕氣道：「不爭了，二郎在家還沒吃飯呢！」
一說到自己的小兒子，劉氏自然妥協了，不過想想也不甘心，又一路咒罵著楊氏好幾回，這才覺得心裡舒坦了些。
可剛剛楊氏雖然吵贏了一回嘴，但心中也極不舒服，回來便將臉拉下了。天色都已經快黑了，王氏還坐在屋子裡頭，廚房裡冷鍋冷灶的，到了這會兒王氏竟然還沒開始燒火做飯，別人家裡飯吃得早的這會兒都已經圍在桌子邊了。
楊氏氣不打一處來，沈著臉將鴨子關進籠裡了，出來手上便拿了響篙看著王氏便罵道：「幾時了，妳個遭瘟的懶婆娘還不做飯，妳是不是要餓死我！」她一邊說完，一邊拿了手裡的竹筒便朝王氏劈頭蓋臉的打了過去。
王氏一邊拿手擋著，一邊也就往外溜，心裡恨得咬牙，面上卻直求饒。
楊氏發洩了一回怒火，回頭便看到孔氏睜著一雙眼睛往這邊溜，崔敬忠那邊的房子剛弄好了廚房，但兩人都是個沒成算的。崔敬忠之前倒是騙了崔世福幾兩銀子，可那天被聶秋染三言兩語的給擠得將沒花完的銀子全扔了，眼見著快過年了，這兩口子卻沒個吃的，楊氏心中見不得，冷了臉便問道：「你們那邊米還有沒有了？」
孔氏在門邊站了半晌，就正等著楊氏問話呢，聽她這樣一說，忙就搖了搖頭。「娘，沒有了，我不吃沒什麼，可夫君是讀書人，餓不得肚子的。」

這樣的兩口子，分家出去又怎麼過？楊氏嘆了口氣，朝外頭看了一眼，見著沒人，連忙就回屋裡拿了個簸箕打了約有六、七斤米在裡頭，剛端出來遞到孔氏的手上，便看到崔世福父子倆跟著踏進了門口，正好就瞧見這婆媳二人遞米的過程。

崔世福之前被崔敬忠氣昏了一回，早就對這個兒子失了望灰了心，現在見到楊氏還在給他米養著他，頓時氣不打一處來，惡狠狠地上前便將孔氏手裡的米奪了回來，交到一旁的大兒子手上，劈頭蓋臉一巴掌便朝楊氏抽了過去！

「啪」的一聲脆響，楊氏頓時被打得有些發懵，身子轉了兩圈才坐在地上，一邊捂著臉，一邊有些不敢置信地看著崔世福，瞪大了眼睛，竟然說不出話來。

「妳既然這樣捨不得他，妳便跟著他一塊兒過去，我倒是要瞧瞧，妳這樣百般維護的兒子最後要怎麼孝順妳！」幹了一天活兒回來，崔世福這會兒早就累得不行了。崔薇平日裡貼補給他和崔敬懷二人的銅錢比別人家足足多了好幾倍，崔世福也知道女兒這是藉機在給自己銀子讓他還林氏的債呢，崔世福心中都知道，可他卻仍是忍著心中的難受將銀子收了下來，一邊做活兒也更賣力了些，回來便見到楊氏這樣的行為，他頓時氣不打一處來。

如今自己拚死拚活的在外頭做事，崔敬忠都這樣大個人了，媳婦兒也娶了，照理來說都應該是做爹的年紀，可他偏偏成天就在家裡耍著，一天到晚的不做事，餓了自有孔氏做好飯端到他面前侍候著，渴了也有人照顧，沒飯吃了還有楊氏這樣幫襯著他，成天日子過得比誰都好。而自己這樣一大把年紀的人為了替他還債，如今還在辛苦的做著事，可偏偏崔敬忠讀了這樣多年的書，花了這樣多錢，供出來的不是一個秀才，而是一個一事無成的廢物，現在還要靠爹娘養著，不像聶秋染，人家年紀還比他小幾歲，都能自個兒養媳婦了。

崔世福一想到這些，越發對這個兒子恨鐵不成鋼，更何況那天他雖然昏倒，不就是起不了身而已，崔敬忠跟楊氏的話，他是聽在耳朵裡頭的，雖然沒將話聽完，但也夠讓他心寒了。崔世福養了兒子這樣大也足夠了，在他身上花的銀子不少，算得對得起他，也算是全了父子倆一場情分，那欠的銀子他自個兒去還，但往後崔敬忠再有這樣的事，他也不會再幫忙了。

「當家的……」楊氏吃驚得厲害，她作夢也沒料到，崔世福現在對她竟然如此冷淡與厭煩。若說是為了崔薇的事，楊氏現在也看透了，崔世福就是將女兒看得重，願意為她跟自己鬧，現在崔薇也嫁出去了，楊氏不找她鬧騰了，可她沒想到自己現在不過是幫著兒子一些，原本以為被他瞧見最多面子上崔敬忠會不大好看，兩人吵回嘴便成了，可崔世福回來看到這樣的情況，竟然是想也不想的便給了她一巴掌，楊氏頓時被打懵住了，半晌回不過神來。

「大郎，你去給你娘將東西收了，搬到你二弟那邊去。」崔世福端著手裡的米，氣不打一處來，端著米便進了屋中。

廚房裡王氏幸災樂禍的站到門口來往外瞧著熱鬧，剛剛楊氏還拿東西打她呢，沒想到報應來得這樣快，她自個兒也被收拾了一回，一想到剛剛崔世福趕楊氏走的話，王氏臉上的笑意便忍都忍不住。

崔敬懷還站在院子裡滿臉尷尬的不肯動，王氏恨不能自己親自進屋裡替楊氏將東西收拾好，一邊連飯也顧不得做了，就扒在門口偷看。不多時就見到崔世福拎了楊氏的一堆東西出來，朝一旁手足無措的孔氏扔了過去，這才自個兒又回房間裡了。

楊氏一個人呆愣愣的站在自家堂屋門口外，明明這是自個兒住了幾十年的地方，可這會兒卻覺得陌生無比，竟然不敢抬腿進去。崔世福神色冷淡得很，不知何時有說有笑甚至對自己還極為體貼關懷的丈夫，如今變得對自己如此的冷漠。楊氏這會兒是真有些怕了，但她卻張不開那個嘴去求饒，崔世福當著兒子兒媳的面打她，實在是讓她丟盡了臉面，她尋思著自個兒先到崔敬忠那兒睡一晚，等明兒崔世福氣消了再回頭與他求求情也好。

一想到這兒，楊氏摸著滾燙紅腫的面頰，面色慘澹地便看向了孔氏。

孔氏一向是個軟弱膽小又沒主見的，一看楊氏望著她，便期期艾艾地將楊氏手中的東西拎了過來。崔敬忠分家出來之後為了賭氣，便將門另外開了個方向，這會兒孔氏便領著楊氏回去。

那頭崔敬忠躺在床上，還沒起身，聲音便傳了過來。「米要到了沒有，我餓了，還不趕緊做飯！」

他聲音裡帶了些虛弱與惱怒，楊氏一聽又是心疼，又是有些氣惱，一邊忙就朝屋裡走。

「你這孩子，天還沒黑怎麼就躺床上。」

聽到楊氏的聲音，崔敬忠眼睛一下子就亮了起來，連忙一骨碌便從床上爬了起來，有些驚喜地道：「娘，您怎麼過來了，是不是爹讓您過來喚我回去的？」

崔敬忠以前還瞧崔世福等人不上，可一旦搬了出來，嘗到了日子難過的滋味，頓時便有些痛苦了。這幾天裡時常吃了上頓便沒下頓接著，連家裡的蠟燭都沒錢買了，崔敬忠這幾天靜不下心來，脾氣又見長，心中毛焦火辣（注）的，總覺得看什麼都不順眼，這會兒看到楊氏過來，歡喜的同時又有些氣憤。「爹這樣長時間不管我，要叫我回去，他怎麼不過來親自喚我？」

楊氏自個兒都被趕了出來，哪裡好意思張嘴去說，聽到崔敬忠還在提要回去的事，頓時便支吾了兩聲，接著又轉了話題道：「你爹這幾天忙著呢，天都快黑了，你怎麼不點燈？」

「點什麼油燈？」崔敬忠一說到這話，便覺得火大，心裡一股股的怒氣便湧了出來，一面坐直了身子，一面就惡聲道：「爹這樣狠心將我趕了出來，如今可認著我是他兒子了？現在還是知道女婿不如兒子靠得住了吧！」

崔敬忠這幾日自從分了家之後便覺得顏面受損，再加上崔世福又不肯再借銀子給他打點，崔敬忠沒弄到縣裡的官職，而楊氏之前又大張旗鼓地將事情給他捅了出去，如今害他平日不敢出門，成天就在屋裡窩著。

孔氏是個弱質女流，平日能做的事便是煮飯洗衣這一類，現在天氣冷了，崔敬忠換洗的衣裳又沒幾件，家裡挑水的人也沒有，自然兩人也沒洗澡，平日根本連門都不出，天天窩在家裡，沒臉見人，因此崔薇的地已經建了大半個月，崔敬忠竟然到現在還不知道。

楊氏聽到兒子這話，臉孔有些發燙，低垂著頭，小心翼翼地道：「你這幾天沒有出門訪友？」

「沒有！」一說到這話，崔敬忠便氣不打一處來。「我身上半個銅板都沒有，之前聶秋染那小娘養的將錢給我誆出去了。娘，您讓爹將那一兩銀子還給我，過年後我還要再去縣裡唸書的，若是身上沒有銀子，如何與同窗應酬。娘，之前您將我要謀官的事說得太快了，說不準便是因為您將這事捅出去了，我才沒成的！」

崔敬忠心裡本來就不大痛快，說話時語氣裡就帶了些埋怨，直聽得楊氏噎住半晌說不出話來，心裡不知是個什麼滋味，好片刻之後，她才強忍了心裡的鬱悶，一邊安慰著崔敬忠道：「好了，這事慢慢再來，你爹現在正在氣頭上呢，我現在跟他說，他哪裡就聽得進去。」

兩母子說了一陣話，崔敬忠肚子裡不由發出咕嚕的響聲，廚房裡卻是遲遲還沒發出飯菜的香味來，崔敬忠頓時等得有些不耐煩了，連忙便衝廚房大聲喝道：「孔芳，妳在做飯沒有！我餓了，若是再磨磨蹭蹭，仔細妳的皮！」崔敬忠這會兒餓得很了，也顧不得什麼讀書人的臉面，衝著孔氏便是一陣大罵。

外頭傳來了孔氏委屈的回答聲，饒是楊氏這會兒對這個兒媳婦充滿了不滿，可現在聽到

注：毛焦火辣，比喻心情狂躁到了極點。

崔敬忠對她的態度，依舊忍不住勸道：「算了，你們到底是結髮夫妻，你現在總也要給她留幾分臉面……」

「這賤人壞我好事，還給她留什麼臉面。成婚幾年，連蛋都沒下一個，依我說就該休了她！娘，都怪您當初給我選了這個吃裡扒外沒用的賤人！」崔敬忠還在記恨著當日孔氏壞他好事，為了自家弟弟，把自個兒的盤算說給崔薇聽的事，他現在想起來還恨得牙癢癢的，忍不住便滿臉陰森的握了握拳。

孔氏嫁給他幾年了，就是再美的花兒熬上這幾年，恐怕也得凋謝了，在楊氏手底下要討生活不容易，幾年下來，孔氏跟著做事自然不如以前年少時貌美。再者就算再是好看的人看上幾年也膩了，崔敬忠又不像是新婚時捨不得孔氏，她的好沒了，如今再看只剩了厭煩，自然就怪起了楊氏來。

楊氏心道當初這可是你自個兒要選的人，既要懂些文采，又要長得好的，這世上哪來那樣多才貌雙全的，就算有，也輪不到崔家。當初崔敬忠條件高了，選到了孔氏，貪她好看，現在又來嫌她無用，反倒來怪自己給他挑了這樣一個媳婦兒，這兒子可也真不好將就。

楊氏心裡腹誹了一番，但嘴上到底不敢說出來，只是又寬慰了崔敬忠幾句，好歹才將他的脾氣按捺下去了。

又說了一陣話，崔敬忠實在是餓得受不了了，外頭孔氏卻還沒生火，他頓時火冒三丈，忙下地便隨手抄了一個東西便要去收拾孔氏，倒是嚇了楊氏一跳，忙將他逮住了，一邊開口道：「你要幹啥？」

「這賤人遲遲不做飯，存心想餓死我，我今兒不好好收拾她一頓，她倒是要反了天了！」自從因為想將崔薇送人來替自己求得好處的事被孔氏捅破之後，崔敬忠便看她極不順眼。

楊氏這會兒聽到他話中的暴戾之氣，頓時猶豫了一下，忙拿袖子沾了沾眼睛。「她沒有米糧，哪兒來的飯做？我剛想給你們打些米過來，便遇著你爹了。」

崔敬忠一聽這話，頓時大吃了一驚，忙扭頭著就朝楊氏看，語氣有些不善。「既然沒吃的，娘過來幹什麼？」

饒是楊氏再疼兒子，聽到他這樣的話心裡依舊是來了氣，有些不大痛快。「你的屋裡，我還不能過來了？你爹今兒瞧見我給你們米糧，將我趕了出來，我今兒晚上在你們這邊歇一宿，明兒再回去。」她一邊說著，一邊就四處摸了摸，可惜屋裡黑燈瞎火的，外頭天色跟著暗了下來，屋裡伸手不見五指的，楊氏剛想說自己搭張涼床鋪著在外頭睡，這邊崔敬忠就有些不高興了起來。

「娘，我這邊地方小，哪裡睡得下妳，爹一向看重妳，怎麼可能會因為一些米就跟妳吵，妳自個兒回去吧。」說完，賭氣似的躺回了床上，一副楊氏不肯給他米吃的語氣，倒將楊氏氣得夠嗆。

只是兒子這邊不肯留她下來，開始時楊氏還只當崔敬忠發脾氣，可隨著天色越黑，崔敬忠這邊兩夫妻又餓著肚子，楊氏也是餓得心裡發慌，這才察覺出不妙來。

「娘，您自個兒出去，跟爹好好說，若是有米了，您叫我，我給您開門。」崔敬忠一邊說著，一邊便將她擠了出去。

楊氏吃了一驚，她自個兒晚上都沒吃飯，崔世福這回是吃了秤砣鐵了心，剛剛還打了她一巴掌，連衣裳都給她收拾好將她東西扔出來了，怎麼可能還會讓她回去拿米，若真這麼容易，剛剛便不會鬧得這般了。

楊氏有些不敢置信，自己一心疼愛著的兒子竟然在這個時候將她給趕了出來。剛剛兩母子在屋裡說了陣話，外頭這會兒已經完全黑了，天空裡連月亮都被雲擋住了，如今天氣又冷，楊氏從屋裡一出來，被風一吹便全身激靈地打了個冷顫，雙腿不自覺地抖了起來，一邊便拚命地往手裡呵著氣，一邊拍著崔敬忠的門，怒聲道：「二郎，你給我開門，二郎！」

楊氏這會兒又餓又冷，渾身上下都似快被凍僵了一般，如今已經是冬季了，村裡一入夜便凍得死人，她雖然穿得厚，但若在外頭待一晚上，恐怕不死也要脫層皮了。

越想，楊氏心裡越是害怕，可無論她如何拍門，崔敬忠屋裡便是一片死寂，根本沒有回聲傳來。楊氏拍了半晌，心裡頓時冷了一大截，眼淚忍不住就滾落出來，她今兒為了崔敬忠被崔世福打了一巴掌還趕了出來，可如今她這個一向被捧在手心的好兒子，現在卻因為她沒能帶得到米來便將她關在門外。楊氏心中既是苦澀又是疼痛，她為人一向慓悍，可到了這會兒夜深人靜時，家家戶戶如今正躲屋裡說著話擺談著，一家人和樂融融的，可偏偏她被人關在屋子外，沒哪個肯開門讓她進去。

外頭寒風呼呼的吹著，楊氏拍了好一陣門，手掌心拍得通紅發燙，可是手背卻是一片僵冷寒涼，都有些發痛了，一開始的怒氣過去後，楊氏聲音變成了哀求。「二郎，你趕緊給我開門吧，我今晚上只住一宿，住一宿啊，外頭天冷睡不得人啊二郎！」

楊氏拍打了門板好幾下，屋裡卻是靜悄悄的，若不是知道崔敬忠就在屋裡，楊氏剛剛還從裡頭出來的話，透過門縫看裡頭黑漆漆的，恐怕真要以為這屋裡沒人一般。

「你好狠的心啊，二郎。」楊氏在外頭哭喊得厲害。

崔家大門緊閉著，從門縫間透過星星點點昏黃的燈光來。崔世福等人圍著桌邊正安靜地吃著飯，桌子上安靜得只聽到幾人偶爾筷子碰到碗邊時發出來的響聲，除此之外異常的寂靜。崔敬懷夫妻就連嚼飯時都下意識地將聲音放輕了些，王氏嘴角邊的笑意忍都忍不住，但在這股氣氛下卻不得不憋著，就連最小的崔佑祖也是小心翼翼的不敢發出聲音來。

聽著外頭楊氏的呼喊聲，崔敬懷猶豫了半晌，仍是將筷子放了下來，有些期期艾艾地看著崔世福，一邊哀求道：「爹，娘年紀大了，如今天色又晚了，外頭黑，不如……」

他話沒說完，崔世福便瞪了他一眼。

王氏聽到丈夫這樣說，深怕他真將楊氏給弄進來，心中不由有些著急，腦子一熱，忙就脫口而出道：「孩子他爹，你管這樣多做啥哩，娘對二叔這樣好，肯定二叔只是跟她開玩笑的。」

她一說完，崔敬懷便狠狠地甩了筷子。崔敬懷不能跟崔世福發脾氣，畢竟崔世福是長輩，是他爹，又是楊氏丈夫，父母間的事情他不好管。可王氏這樣說是個什麼意思，那是他娘，王氏竟然敢張嘴說這樣的話，果然是久了沒收拾她，皮癢了起來。

崔敬懷頓時大怒，強忍著想揍王氏一頓的衝動，乾脆指著大門，一邊將門打開了，衝王氏厲聲喝道：「滾出去！」

王氏之前還在幸災樂禍，這會兒聽到崔敬懷的話，頓時愣住了，忙要開口，可崔敬懷本來就在氣頭上，又聽她敢以下犯上說自己的母親，頓時忍不住了，忙捉起王氏便如同提小雞一般，一把提著將她給推了出去！

楊氏剛剛還在外頭冷得直哆嗦，聽到崔家裡開門的聲音，心中一喜，只當崔世福還是捨不得自己給自己開門來了。誰料她還沒來得及朝屋裡跑去，轉過身就看到王氏也被人推了出來，那門「哐噹」一聲，又給重重地關上了！楊氏頓時愣了一下，心裡既是失望又是難受。

那頭王氏還在拚命地拍著門板求崔敬懷讓她進去，她剛剛還扒了沒兩口飯呢，肚子餓得很，外頭又冷又黑的，身後楊氏的目光跟狼似的，綠瑩瑩的讓她頭皮發麻，王氏心中又有些害怕，忙就拍著門板哭。

屋裡崔佑祖的哭聲也響了起來，王氏還沒來得及歡喜，便聽到屋中崔敬懷打兒子的聲音，王氏心裡又痛又是著急，忙又更拍著門，可屋裡打孩子的聲音更大了些，王氏雙手拍得通紅了，屋裡也沒有開門，崔敬懷反而警告她道：「再將門拍得響，老子今兒打妳一頓再將妳關在外頭！」

一聽到這聲警告，王氏不敢再去敲門了，但心中到底害怕，忍不住也跟著哭了起來，早知道便不要去多嘴那句了，明知道崔敬懷的性格，她何必又去說那句話？反正楊氏又不會被放進屋，她這樣一說，倒是連累著自個兒也被關在了外頭。

王氏心裡又急又怕，後頭楊氏也跟著滿臉焦急地走了過來，一邊就道：「妳咋也出來了，剛剛說啥了，大郎為什麼不開門讓我進去！」楊氏敲了半天門，又累又餓，這會兒一看到王氏，問題便一股腦兒地都堆了過來。

王氏心中極為不滿，若不是因為她，自己哪裡會被人趕出來，現在一聽到楊氏開口，王氏便沒好氣道：「娘問我，我怎麼知道。您不是最疼二叔的，現在又何必問著大郎！」

王氏剛剛才因為口舌惹來了這樣一場是非，可這會兒竟然還不知道收斂，楊氏聽她這樣一說自己，心中又羞又惱，忙舉了手便作勢要打她，厲聲道：「妳說啥，妳給老娘再說一句試試！」

楊氏這樣一喝，王氏才回過神來，頓時打了個哆嗦，連忙就討好道：「娘啊，大郎跟我替您說了句話，爹便讓我也出來了。」王氏說完這話，仍是忍不住想哭。

這話是真是假楊氏心裡也清楚，聽她這樣信口開河，頓時便翻了個白眼，見她好歹還識相，光是這一點來說，這王氏也不知比那孔氏好了多少，若不是因為孔氏那喪門星，今兒二郎如何會被分家出去，自己現在也不會因為打了些米給他便被崔世福趕出來。

見楊氏聽了自己這話不出聲了，王氏頓時鬆了一口氣，可一陣風颳來，她忍不住雙腿直哆嗦，連忙抱著肩膀道：「娘，天也黑了，我連飯也沒吃，總要找個地方，歇一晚吧。」她一邊說著，一邊就跺了跺腳。

剛入夜的工夫，可氣溫卻是降了下來，不過是在院子裡站一會兒而已，她腳便已經有些僵了，連腳趾都沒了知覺。今兒晚上崔敬懷父子肯定是不會開門了，若在這個院子裡睡一宿恐怕命也要沒了，王氏哪裡肯幹，連忙就說道：「娘，我瞧著四丫頭那邊房子大，咱們要不過去歇一晚吧，她總不能見死不救啊。」

楊氏聽她這樣一說，頓時沒好氣地便瞪了她一眼。「妳就等著吧！妳瞧瞧她收不收留妳。」說完這話，便又有些煩躁地抱了自己的衣裳坐到屋簷下頭去。

自從崔薇知道了楊氏想要將她送人的事情之後，對楊氏便冷淡得很，如今見面連招呼都不打，跟個陌生人似的，母女間簡直比鄉鄰還不如，楊氏如今寄予厚望的兒子都不肯給她開門收留她一晚，若是去了崔薇那邊，楊氏不用想也知道崔薇不會讓她進門的。一想到這兒，楊氏心中不由生出一絲酸楚來。

王氏看她不吱聲，卻又不肯過去的坐著，頓時不甘心，索性自己便出去了。楊氏一邊打著哆嗦，一邊臉上帶著譏諷的笑意望著門口，果然不出片刻間，王氏便狼狽無比地打著哆嗦回來了，嘴裡還在破口大罵——

「這死丫頭如今成了婚便不認人，天老爺來劈死她！」王氏一邊罵著，一邊又冷得很，連忙朝楊氏縮了過來，一邊拉著她披在身上的衣裳，一邊就道：「娘，也給我一件衣裳吧，我冷。」她出來時崔敬懷連衣裳也沒給她收一件，直接就將她推出來了，這會兒夜一深越發冷得厲害。

楊氏哪裡會管她，自己還冷得厲害呢，一見王氏敢搶自己的衣裳，頓時氣不打一處來，劈頭蓋臉一耳光便抽了過去！

兩婆媳只覺得這一晚是有生以來最難熬的一次了，到了下半夜時，天空中飄起淅淅瀝瀝的雨來，兩人冷得更是厲害，外頭寒風颳著，連半點兒擋的地方也沒有，屋簷下本來就不大，那雨絲被風吹得直往身上飄，落到臉上跟針尖刺著一樣的疼。楊氏二人忍耐不住，逼不得已，躲進了柴房中，靠著一大堆曬乾的玉米桿與稻穀草等才歇了一夜，只是柴房中鼠蟻等四處亂竄，楊氏到了這會兒終於心裡忍不住酸楚，大哭了一場。

這一夜好像分外的難熬，好不容易睜著一雙眼睛到了天亮，聽著堂屋裡的開門聲，楊氏這才鬆了一口氣。她身上裹著衣裳，在柴房裡歇了一晚，出門時還覺得有些頭暈眼花的，一旁身上沒遮的，整個人都縮進柴堆裡的王氏則是已經人都迷糊了，身上燙得厲害。

兩人經過了這樣一回教訓，心裡都有些害怕了，楊氏又累又餓，回頭求著崔世福，哭了一場，又與他跪了半天認了錯，這才回了屋。

第七十六章

崔薇白日時便聽崔敬平說了，楊氏跟王氏兩人昨兒被崔世福父子趕出門受了風寒的事，她對這兩人根本生不出同情來，自然將這事聽過也就算了。

趁著這段時間她買了不少的肉回來製麥醬肉與鹽肉，也就是拿鹽將肉刷了，也不用煙燻直接掛著風乾，聶秋染跟崔敬平二人都是不愛吃煙燻肉的，她自個兒也就少做了些，掛在了廚房裡。

最近隔壁的圍牆建得很快，一些羊舍與牛圈等也漸漸被人搭了起來，趁著這時，崔薇想著自己的小廚房，乾脆讓人擴大了一些，讓崔世福幫自己瞧著家，自個兒則是跟崔敬平與聶秋染二人去了一趟臨安城。

之前那名為秦淮的青年幫了她不少的忙，這一趟崔薇進城之前便已經準備了不少的零嘴點心準備去答謝秦淮。除此之外，崔薇還帶了不少的奶粉與果醬，這果醬平日裡聶秋染很喜歡吃，就是有時崔薇難得蒸一回饅頭，他也要加上一些果醬，連聶秋染這樣挑嘴的都喜歡這果醬，崔薇也對這果醬增添了不少的信心。

她之前收割了兩回鳳梨全製成了幾十罈子的果醬，堆得廚房裡都滿了，這回索性便搬了十罈出來先放著，一些奶粉等物也都帶了，奶油崔敬平總是做不大好，乾脆崔薇提前做了幾桶也帶上了，反正現在天氣涼，不怕這東西會壞，至於麵粉等物，只消到了城中再買也就是了。

幾人到了城中時天色已經大黑了，先是找了間客棧住下來。眾人趕了一天路也有些累了，便喊了飯菜又要了熱水，匆匆吃飽喝足又洗漱後，這才睡下。

第二日一早起來時，崔薇便決定先跟聶秋染帶了崔敬平一塊兒拿了東西去秦淮那邊，然後才去自己的店鋪，準備打掃一番，看看這段時間便準備開業了。

店鋪之前聶秋染已經讓人弄過，自己也曾請人整修過，不過後面的院子倒也沒怎麼收拾，鋪子跟崔薇的想法雖然還是有些出入，但看起來倒也還算可以。

這邊本來就準備是買來做生意的，因此一小半的面積都用來建成了鋪面，一些放點心的櫃子這會兒都已經做好擺了出來，一層層的，有些櫃子處還專門留了擺放飾品的地方。前面一個大大的櫃檯，旁邊分了幾層，裡頭就是收錢的抽屜。崔薇看了一眼，也覺得極為滿意，四處望了望，這鋪子兩側幾乎都是全開了，除了一扇門之外，四周好幾個窗戶，頭頂處加了琉璃瓦，白日裡進了鋪子來也是亮堂堂的。

鋪子中間擺著幾套供人坐的桌椅等，都是用竹料所編，看起來也頗為雅致。地上用打磨得光滑的大理石製成，外頭又拿布重新封過，整個屋子看起來便頗有了些現代裝修的風格。白日時窗是開著的，若是天氣冷了，只消上面垂下薄薄一層布幔，既可擋著風，又不擋光線，窗外用巨大的鐵網固定，就算晚上不關窗也沒人爬得進來，屋裡擺了好幾樣簡易的盆栽，增添了幾絲綠意。

這會兒鋪子還沒開始賣東西，看起來便顯得冷清了些，四周都帶了一股冷冰冰沒有人氣的味道。幾人先是搬了東西到鋪子裡開出來的一間儲物室裡，這店鋪的廚房倒也大，比起崔薇家中的廚房不知大了多少，裡頭東西也是一應俱全，鍋子以及杯盞等物都已經擺放好了。上頭的碗櫃之中放了不少上好的瓷盤以及杯盞等物，粗略一看去，恐怕這足有上百個之多了。

崔薇心中不由有些感動，一打開櫃子便朝聶秋染看了一眼。「聶大哥，你想得真周到。」聶秋染辦事細心，連炭火都已經放了不少，在灶邊堆得滿滿當當的，旁邊一個極大的光滑石臺，是用來專門切菜或是揉麵時可以用的，這廚房崔薇就是見過現代各種裝修後的廚房，也再挑不出毛病來。

聶秋染挑了挑眉頭，聽她沒有說謝，不由就露出一絲微笑，伸手摸了摸她腦袋，沒有說話。

外頭崔敬平挑著一大堆崔世福編好的竹籃子進來了，這東西是為了讓往後人家要買蛋糕回去吃時用的，崔薇這會兒也不怕冷，從廚房後門出去，便回到院子裡提了些水過來，準備打掃店裡的清潔衛生。

這店後頭便有扇門連著院子，平日裡打水也方便。聶秋染跟崔薇擰了帕子擦著外頭的櫃子，而崔敬平則在廚房裡忙活著收拾碗櫃以及洗盤子、竹籃等物。

看得出來崔敬平這一趟出來得知自己往後就要留在這邊店鋪裡做事時，心情很好，崔薇剛忙了一半，便見到外頭似是有幾個人影停了下來，她連忙抬頭去看，就見到一頂小轎停在門口間，一個年約三十許的婦人正好奇地撩了轎邊上的簾子起來往這邊看，走在邊上的少女側耳聽她說了幾句，忙福了一禮，這才朝這邊走了過來。

這蛋糕店的鋪子幾乎是將整面牆都開成了門，這會兒人家一眼就將屋裡看得清清楚楚的，那丫頭還沒進來，崔薇便已經站起身走了過去。

那丫頭站在門口瞧了一眼，見到崔薇出來時，不由就上下打量了她一番，這才福了一禮，抿了抿嘴脆生生地道：「我是隔壁馮家的，我家老爺乃是守備，那外頭的是我們家夫人，不知你們是何時搬過來的，這又是要做什麼？」這樣的房間外表看起來倒挺像店鋪，但又跟店鋪瞧起來有些不同，因光線充足，裡面的情形一眼便看完了，那丫頭心中也不免有些好奇，頭一回見這樣的裝修法，她臉上的驚奇神色掩也是掩不住。

崔薇側開身子大方地任她打量了片刻，這才看著她笑道：「原來是守備家的姊姊，這地方是前幾年我夫君剛買下來的宅子，如今改成了店鋪，準備賣些糕點零嘴等，姊姊若是不嫌棄，不如先嚐嚐？」崔薇也知道自己這店鋪空了許久，如今才開始弄難免許多人都不知道，因此也樂得先送些吃食給人家，讓人家先來試試。

那少女笑了笑，抿了抿嘴就道：「倒是看不出來，妳年紀小小的，竟然成婚了。」

自稱為馮守備家丫頭的這少女年約十六、七歲的模樣，面貌長得倒是端莊，並不算是嬌豔的美人兒，不過那身氣派卻遠比崔薇見過的林家下人強得多了，恐怕就是林管事跟她相比也略有不足，這樣的人家平日裡不好打交道，若是現在能與人結個善緣，她自然也樂意。

這丫頭對崔薇嘴裡所說的點心糖果等看樣子並沒什麼興致，只是勉強搖了搖頭，抿嘴笑道：「我是馮家的家生子，姓馮。糕點倒也不必了，咱們府上也有，只是不知道妳這樣年紀就嫁了人，妳家夫君是哪位大人？」她說到這兒時，上下便打量了崔薇一眼。

崔薇一看便是年紀還沒有及笄，一張巴掌大的小巧鵝蛋臉，眼睛倒是水靈靈的。那身肌膚倒是極好，細膩白皙，雙頰剔透飽滿，帶著一股清新，穿著一身簡單的青色衣裳，身段沒長成，看不出婀娜之感，滿頭黑鴉鴉的長髮梳了簡單的婦人髮髻，也沒戴什麼首飾，透出一股清麗之感。但不知為何，看到崔薇這模樣，那少女便跟看到了一個小孩子想要裝大人一般，忍不住就笑了起來。

「我夫家姓聶。」崔薇也有些不好意思，回頭便指了指還在擦櫃子的聶秋染。「那位就是。他如今並沒有任什麼官職，今年秋天剛入試中了舉人。」崔薇看得出來這少女就是過來打探自己背景的，索性將聶秋染的事給提了出來。她現在還對於舉人身分並不如何看重，介紹起來也極為隨意，並沒有多將舉人放在心上，雖說小灣村裡因為聶秋染的事炸開了鍋，她也只當鄉下裡讀書人少，所以才有些驚奇而已，可沒料到像聶秋染這樣年紀輕便中了舉人的，就是在整個大慶王朝中也少之又少的。

那丫頭聽到了崔薇的話，頓時視線便越過崔薇頭頂朝後頭看了過去，就見到聶秋染拿了帕子擦著櫃檯的情景，雖然只看到了半張側臉，但依舊能看得出來聶秋染年紀並不大，反倒很輕，那半張臉依稀能瞧著五官深邃，倒是一副好皮相，身段也高大，頓時臉孔便有些發燙，想了半天之後突然捂著嘴便驚呼道：「莫非夫人的郎君便是今年取了一元的聶舉人？」

沒料到聶秋染的名聲倒是不小，崔薇不知道這丫頭如何知道的，眉頭微微皺了一下，卻是回答道：「我夫君是姓聶，但卻不知道是不是馮家姊姊嘴裡所說的那個。」

一聽到崔薇承認了，那丫頭頓時便連忙搖了搖頭，又不住擺手道：「不敢當不敢當，夫人直接喚奴婢馮柳就是，奴婢乃是馮夫人身邊的大丫頭，往後夫人若是有什麼事，便與奴婢打聲招呼，些許跑腿賣力的小事，奴婢還是能做的。」

這丫頭聽到了聶秋染的名字便變了臉色，崔薇眉頭挑了挑，轉頭便看了聶秋染一眼，嘴裡客氣地應了，一邊又朝廚房裡喊了一聲，不多時屋裡崔敬平拿了兩個竹籃子就出來了。

這裡頭裝的是一小籃餅乾和一小籃子奶糖，若是一開始不知道崔薇身分，這名為馮柳的小丫頭肯定不會要崔薇遞來的東西，畢竟這些糕點等物一般大戶人家裡都有自己專門做糕點的廚子，比起外頭的店鋪來說，許多大戶人家中的廚子做出來的糕點不僅是精緻，而且美味了不知多少倍，實在沒有必要吃外頭買的糕點。但崔薇的丈夫聶秋染是今年名動臨安城的舉人，在所有今年中的舉人中，他是最出色的一位，年紀最輕不說，而且文章作得也好，背地裡便有人稱其乃是今年秋闈當之無愧的頭名。

如今臨安城中好多人都聽過聶秋染的名字，也有不少人想與他結交，畢竟像聶秋染這樣年紀輕輕便中舉人的少之又少，可以說往後前途不可限量，不少人見他年少，都打著想與他結親的主意，畢竟聶秋染才十七歲而已。

之前住在這附近的眾人都聽人回報說聶秋染似是在附近出現過，只是一直未曾真正碰著他本人，今日那馮守備的夫人瞧見這邊門開了，因此才停了轎，讓身邊的丫頭過來詢問一番。

崔薇雖然不知道其中的緣由，但多少還是猜得出來人家知道聶秋染名字，恐怕是打著什麼主意的。她在說了自己的身分時，那丫頭雖然臉上還帶了笑，不過眼裡卻閃過一絲異樣之色。崔薇抿了抿嘴唇，只裝作不知道一般，將籃子就遞了過去，一邊就笑道：「都是些咱們這邊自己賣的，現在還沒開店，送給馮家姊姊嚐嚐。」

她這副作派瞧起來倒不像是還未及笄的樣子，那丫頭忙提著籃子就點了點頭，又衝屋裡福了一禮，這才臉色有些尷尬地退了回去。

也不知那主僕兩人說了什麼，那馮守備夫人探過頭來與崔薇點頭笑了笑，這群人才離開了。

崔薇這才回頭看了聶秋染一眼，一邊擰了帕子擦著桌椅，一邊看著聶秋染就笑。「聶大哥名聲真響亮，連那馮家的都認識你。」

她臉上雖然帶著笑，但聶秋染卻本能的聽出她話裡不滿的滋味，頓時頭皮有些發麻，還沒開口說話，卻看她冷哼了一聲，別過頭去又擦桌子了。

聶秋染鬆了口氣，原本以為這事就算到這兒了，誰料幾人做了一天的活兒，才幾乎將屋子收拾了個大概，回了客棧之後，幾人吃了飯，崔敬平累了一天，還想著要回自己房間睡覺呢，那頭崔薇就抬了抬眼睛，看著聶秋染笑道：「聶大哥今兒也累一天了，這邊床小，我睡覺又總愛翻被子，怕吵著了你，要不你跟我三哥睡去吧！」

兩人成婚有一個月時間了，聶秋染還是頭一回嘗到要被趕出去睡的滋味，頓時傻了眼。他活了這麼長時間，還沒有被女人趕出房間過，頓時有些發怔，他雖然聰明，也有心機手段，可這會兒面對崔薇讓他出去睡的話時卻不知道該如何反應，連忙下意識地就搖了搖頭，坐在椅子上不肯挪腳步。

崔敬平今日做了一天活兒，眼皮都睜不開了，可偏偏崔薇說要讓聶秋染跟他睡，他又走不了。說實話，崔敬平心裡是不敢跟聶秋染一塊兒睡的，這個聶大郎陰險凶殘難對付的形象都在他心裡生了根了。

雖說聶秋染跟崔薇來往也好多年了，崔敬平也沒少跟他打過交道，照理來說聶秋染這樣長時間還真沒為難過他，只是小時候看聶秋文被聶秋染收拾的經驗教訓太多了，每回看聶秋文那倒楣樣，吃了苦還說不出的模樣，就讓崔敬平在面對聶秋染時心裡本能的犯怵，否則若是別人娶了崔薇，他哪裡有這樣容易便同意的。

「薇兒，三郎這樣大了，我跟他擠也不太好吧。」聶秋染這會兒頭都大了，一下子就想到今日找到店鋪裡的馮家人，當時崔薇看他表情就有些不大對勁呢，沒料到小丫頭當時沈得住氣，這會兒卻開始算起帳來。

崔敬平連忙點了點頭，崔薇瞪了他一眼，崔敬平不由自主的縮了縮肩膀，一邊打了個呵欠，一邊就看到聶秋染衝自己擺手的動作。看他已經跟崔薇說起了話，崔敬平忙悄悄地就退了出去，順手將門給關上了。

崔薇這會兒心中是有些不大痛快，今兒馮家那丫頭聽到她是聶秋染的媳婦兒時那表情可精彩了，雖然後來說話變得恭敬了些，但也只是做給聶秋染看的，那丫頭眼中都透著有些懷疑與輕視她的眼神。崔薇越想越覺得不對勁，冷哼了一聲。「聶大哥，人家該不會之前是想跟你議親吧，這會兒可找上門來了！」

人家明明是路過的！聶秋染心裡這樣想著，嘴上卻是不敢說出來，他對於女人的心思不是很瞭解，可是這會兒也知道若是自己說了這話，恐怕她不只不會消氣，還會更加的火大，因此只拚命地搖頭，嘴裡連聲道：「沒有沒有，這是誤會，誤會。」

「我看著不像誤會，人家都專程來找你了！」說完，崔薇哼了一聲，一邊自個兒跳上床了。

聶秋染一直以來行事都是遊刃有餘，從未有過像現在一般感到焦頭爛額，不知為何，他聽到崔薇這樣說，既是有些緊張又是有些想笑。看她脫了衣裳上床睡覺了，忙也跟了過去，他剛脫完衣裳掀了被子還沒躺上床，就看到原本背對著他的小女孩兒一下子轉過身來，氣鼓鼓的看了他一眼，一邊恨聲道：「早知道我就說是你妹妹好了！」

一句話說得聶秋染哭笑不得，誰料下一刻崔薇又接著恨聲道：「明兒就跟你結拜！」她板著一張小臉，氣鼓鼓的模樣，不知為何，聶秋染還是頭一回看到她這樣帶了些稚氣的模樣。原本還應該覺得有些擔憂的，誰料聽她一說結拜的話，頓時便忍不住笑了出來，樂不可支地將滿臉不情願的小姑娘摟進了懷裡，好一陣了，這才忍了笑有些笨拙地哄她。「好了好了，妳是我什麼妹妹？人家都說義兄義妹，天生是一對呢。」

「你騙誰啊。」崔薇雙手推在他胸前，看著他冷笑。「當我不知道呢，人家說的是表哥表妹，天生才是一對。你說的是上回聶二提過的你娘的侄女，那位什麼孫表妹吧！」

聶秋染沒料到一句話哄得崔薇又提出了孫梅來，頓時一個頭兩個大，他一向用三言兩語就能哄得人團團轉的強項，可這會兒被崔薇一說，頓時再也說不出話來，心中淚流滿面。

崔薇還從來沒有對他使過小性子，這還是頭一回，聶秋染一邊細聲地哄她，崔薇自個兒後來都覺得沒什麼意思了。她總有一種預感，覺得自己這樣跟聶秋染鬧，他不只不生氣，反倒頗有一種樂在其中的感覺，看她的眼神溫和中帶著寵溺，崔薇頓時頭皮都有些發麻了。

「聶大哥，你不會將我當成了女兒吧？」

一聽她這話，聶秋染臉色頓時黑了大半，一邊下床吹熄了燈，一邊將哆嗦著的崔薇按在胸前，硬聲道：「睡覺！」

明明一開始還是崔薇在發脾氣的，後來不知怎的反倒是他硬氣了起來，第二日崔薇起來時看他臉色還有些發黑，頓時也有些怏怏的。

她任由聶秋染給自己梳了頭髮，又拿了一對白毛小絨球的髮釵給她插在了髮間，後面頭髮綰了起來，崔薇一照鏡子，就看到鏡子中小少女梳了婦人的髮式，可惜戴了這樣一對小孩子似的東西，就跟頭上多長了兩對白耳朵似的，連帶著她本來就稚嫩的面容看起來又小了一些。

她心理年紀明明都已經成熟了，現在還戴這個。

崔薇沈默了半晌，看到聶秋染淡然的臉色，終於還是忍下了想將髮釵拔下來的衝動，由著聶秋染折騰了。

幾人出門時崔薇身上穿著滾了毛球邊的衣裳，頭上又戴了兩小團圓球似的小絨毛，看起來可愛得很，連帶著崔敬平都看了她好幾眼。

聶秋染眼中閃著亮光，手裡還拿了一件厚厚的粉紅色斗篷，一邊跟在崔薇後頭。她一到客棧大堂時，雖然板著一張臉，但眾人見到她可愛的模樣，依舊忍不住將目光朝她這邊望了過來。

明明小姑娘年紀還小，可是卻梳著婦人的髮式，又長得可愛，打扮得也乖巧，許多人見到她這模樣都忍不住露出笑臉來。崔薇臉上發燙，一邊快走了幾步，馬車早在之前用早飯時便已經吩咐店小二準備好了停在外頭，崔薇一出來時外頭寒風一吹，她還沒來得及打個哆嗦，聶秋染就將早已經準備好的斗篷披在了她的身上。

這樣絨毛的東西一般只有在冬天冷的時候才有用，一年之中這些斗篷派得上用場的時間不多，而聶秋染準備的東西恐怕只有小女孩兒才會喜歡。崔薇又並不是真正十二歲的孩子，因此看到人家望向自己閃亮的目光時，頓時便有些糾結。

清晨的街道上這會兒便已經人來人往了，臨安城在大慶王朝之中也算是頗大的城鎮了，這會兒雖然太陽還未出來，城中還有片片大霧籠罩，但街上擺攤的人卻漸漸多了起來。

來到店面前，聶秋染取了鑰匙將外頭鎖著的鐵門給打開推到兩旁，又把木門取下來疊好了放在兩邊牆處，那店面裡一股冷清味頓時就撲面而來。估計店鋪這會兒還沒開業的關係，裡面也沒擺什麼東西，昨日就算是收拾過，這會兒裡頭也並沒什麼人氣，崔薇連忙挽了袖子，脫了這個讓她已經被崔敬平雙眼發亮看了一路的斗篷，鑽進了廚房中。

先是將麵粉加了雞蛋與羊乳等物調勻了，那頭崔敬平已經開始生起火來，聶秋染對製糕點的事並不懂，因此索性守在店鋪外，自個兒拿了把椅子坐下，一邊捧了本書便靠在椅子邊坐下來。崔薇趁著將調好的麵粉放進鍋中時出來看了一眼，就見聶秋染已經背靠著躺椅，一手拿著書本，乾脆便拿杯子裝了一盞熱開水給他送了出去。

廚房裡漸漸飄起了蛋糕的香氣，外頭天色也跟著明亮了起來，崔薇將蒸好的蛋糕取了出來放在一旁，這會兒天氣冷得很，這出籠沒多久的蛋糕不一陣子便已經冷卻下來。崔薇忙將奶油加上去，並又用明黃色的透明鳳梨果醬在那純白的奶油上添著顏色，不多時一小塊蛋糕就已經做好了。

另外之前做的餅乾也收了幾回，正冒著熱氣放在一旁鋪了細白紗布的籃子裡，這餅乾崔薇分別做了一種雞蛋羊乳味，以及再加水果味的，分別各自放在一旁。

奶糖則是之前就從家中帶了不少過來的，這個時節天氣冷，奶糖又不容易化，放上幾天還要硬脆一些，因此崔薇提前便做好了很多，全部放在一個大籃子中，要吃時挾一些出來就好了。

剛還在忙著，外頭卻突然就傳來了說話聲，崔薇忙放下手中的事，走了幾步朝外頭看，就見到一個穿著粉色衣裙的丫頭在跟著聶秋染說什麼，看到崔薇站在廚房門口時，聶秋染頓時放了手中的杯子衝她就招了招手。

崔薇忙打了冷水，哆嗦著將手洗完，這才在圍裙上頭擦了幾下，忙朝外頭走，昨日那才來問過的馮柳這會兒已經笑著便衝崔薇福了一禮，一邊道：「聶夫人，昨兒您送奴婢家夫人的糖與那……一塊塊的……」她還沒吃過餅乾，因此也不知道那是什麼，只是比劃了一下，卻是說不出來。

崔薇看她這樣子，忙開口道：「那是餅乾。」

「是的是的。」馮柳連忙臉色微紅點了點頭，附和道：「餅乾，不知道聶夫人您還在賣沒有？夫人想問問價格，讓奴婢來買一些。」

一句聶夫人喚得一旁的聶秋染跟著便笑了起來，崔薇看到他神色，臉上不由發燙，忙就點了點頭。「還有，不過馮姊姊，我這裡賣的奶糖一籃子加餅乾，最少要一兩銀子，因是剛開業，所以馮姊姊要是買了，我還有東西送妳。」

雖然那丫頭估摸著這東西恐怕不像外頭買的糕點那般便宜，畢竟吃著新鮮，而且味道也比現在賣的糖果要好得多，馮家好歹也是做官的，馮柳又是馮夫人身邊的大丫頭，許多好東西主子打賞了之後都是吃過的。但昨兒崔薇送她的東西，開始時馮夫人還不以為意，最後聞著那香味馮夫人勉強嚐了一些，可就此便一發不可收拾，那種味道確實極好，因此馮夫人昨兒吃完還有些戀戀不捨的。

今日一大早馮夫人便讓馮柳不時地過來探望，也不好意思說讓崔薇再送，只說要買，開始時那丫頭還以為這樣一籃子東西最少要十幾銅子一籃，沒料到崔薇一開口就是一兩銀子，頓時便嚇了一跳。

「這樣貴？可抵了奴婢好幾天月錢了。」她說完，舔了舔嘴，又聞了空氣中還飄蕩著的蛋糕味，嘴中不由漸漸泛出口水來，想了想昨天的好吃味道，恐怕就是進貢到宮中的吃食亦不過如此了。因此猶豫了一下，想到馮夫人之前拿給自己的銀子，忙就道：「聶夫人先給奴婢一樣拿五份就是了。」

馮柳說完，還有些猶豫，原本以為馮夫人給的銀子可以買不少，自己也能省下一些放包裡，可誰料崔薇賣的吃食這樣貴，而馮夫人之前又拿了五兩銀子說非要買到的，她也不敢再想能收到些銀子，只無奈地將錢取了出來。

看崔薇收了銀子之後點了點頭，進了廚房一趟，不多時就看到她已經拿了好幾個籃子出來，一邊將馮家要的糖與餅乾疊好了，拿了之前便準備好的布袋子裝上，又另外拿了一籃子蛋糕，衝馮柳舉了一下給她看。「馮姊姊，我這兒店鋪剛開，妳又是頭一回買，這是送馮夫人的。」

昨兒那馮夫人吃完糖和餅乾之後，今兒一早便來買這兩樣東西，崔薇有信心自己這蛋糕一準兒也能賣得出去。

那馮柳一聽說還有送的東西，想到昨兒崔薇送的吃食，便猜到她送的這東西應該也不便宜，因此點了點頭，道了聲謝，便拿著東西走了。

果不其然，下午時那馮柳又過來了一趟，說是要買上午崔薇送的蛋糕。第一天時只做了馮家的生意，第二日那秦淮便又帶了一大群人過來，坐在這邊吃了不少的東西，漸漸地，這邊店鋪估計有人介紹，前來吃東西的人便漸漸地多了起來。

崔薇趁著這段時間乾脆讓聶秋染幫自己的忙，讓人給做幾樣餅乾模具，又買了些蔥，加了油試著做蔥油味的餅乾，幾回下來倒也試出一些心得。聶秋染倒還好，可崔敬平不知道是不是果醬味加雞蛋味的餅乾吃多了些，這種蔥油味的餅乾他反倒是喜歡得多，他也學著做了，只是估計手生，做來並不好。眼見在城裡自己也待不了幾天，崔薇乾脆趁著這幾天做了不少的蔥油味餅乾出來。

第七十七章

這幾天前來買東西的人漸漸多了不少，店鋪裡也漸漸開始忙起來，崔薇這幾天將做好的東西擺了不少在架子上。原本空蕩蕩的架子如今擺了蛋糕等物，看起來便顯得不像之前那般，漸漸的才有了些店鋪的模樣來。

崔薇這幾天做蔥油味的餅乾，總覺得自己髮梢衣裳上都帶了一股蔥味，就是洗過澡換了衣裳，也能感覺得到身上的味道。

這邊鋪子忙得差不多了，也漸漸上了軌道，眼見著還有十來日便要過年了，崔薇跟聶秋染與崔敬平幾人商量之後，決定再待兩天便回去了。

早晨時接待了幾個馮家一併介紹來的夫人，晌午後那秦淮便又領著人過來了。這幾天數他來得最多了，每回過來都帶一群人過來，崔薇這幾天掙了他不少的銀子，一看他過來忙就收拾了桌子，一邊端了不少吃食出來擺得滿桌子都是。

那秦淮坐了半晌，跟聶秋染說了陣話，聽到幾人說要回去時，想了想便笑道：「我恐怕這幾天也要啟程回去了。家中尚有侄兒侄女等，便想請弟妹給我多做些東西，一樣來一些，我想帶回家裡去。」

估計那秦淮家中離臨安城也並不遠，否則不可能臨到過年沒幾天才說要回。這幾天越發冷了起來，城中前兩天便已經飄起了毛毛雨，冷得人直哆嗦，在這樣的環境下，東西放幾天也不會壞，崔薇自然便答應了下來。

她想著自己廚房裡還剩的東西，恐怕不多了，秦淮要的數量不少，崔薇決定這會兒再做一些，起身衝秦淮賠了個罪，還沒走近廚房，便聽到秦淮衝聶秋染笑道：「原本還以為你買那些絨毛東西是送妹妹的，沒料到卻是弟妹喜歡。」

崔薇一聽這話，腳下一個踉蹌，險些摔倒了，登時回頭就鬱悶地看了聶秋染一眼，見他眼睛都瞇了起來，這才翻了個白眼，進了廚房中。

外間聶秋染手裡捧著茶杯坐在椅子上望著秦淮看，那頭秦淮還沒注意到他眼神，兀自笑著。「不過弟妹年紀小，戴這東西也可愛，我回頭也給我妹妹買一些……」

秦淮還在興致勃勃地想著自己要買些什麼東西回去，那頭聶秋染就已經看著他慢條斯理地笑了起來。「沒料到秦兄平日還注意內子戴了些什麼東西。」他聲調緩慢，雖然嘴角帶著笑意，但眼中可是絲毫表情都沒有的。

秦淮這會兒才察覺出不對勁來，忙打了個激靈，便不住地搖頭。「沒有沒有，只是無意中看見的。」他越說，越覺得聶秋染表情有些不好看，忙就硬著頭皮換了個話題道：「還未恭喜賢弟此次中舉，賢弟本事過人，家父也曾略有耳聞，如今家父之下正缺一個幕僚，雖是未有品級的，但往後任一縣令不成問題。」

秦淮說到這兒時，表情已經不像之前一般還開玩笑的樣子，聶秋染看得出來他這回過來恐怕問的就是這件事了，若是聶夫子此時還在，恐怕便要歡天喜地地答應了。

聶夫子這一生別說是當個縣令了，恐怕就是想謀個縣丞也沒他的分兒，可惜聶秋染的目光遠不只是一個縣令而已。

聶秋染眼中浮現出淡淡的從容與若有似無的笑意來，那模樣與神情看得秦淮一呆，不由自主地在他面前總覺得有種本能想要低頭之感。秦淮一邊想著，一邊忙拿過一旁之前崔薇給他沏的茶，低垂著頭便喝了起來，借此避過了聶秋染的目光，那頭卻聽他說道──

「我準備三年之後春闈要下場，在那之前準備在家裡陪內子了。」

聶秋染說完這話，那秦淮便愣了一下，也顧不得心中有些犯忧，連忙抬起頭來，有些震驚道：「賢弟要下場一試？可賢弟如今才中舉人，三年時間恐怕略短，不如再等些年也好。莫非賢弟此次已經有所把握？」

秦淮只聽到了聶秋染前頭說的要入場一試，根本沒聽到聶秋染後面說的要陪崔薇的話，聶秋染笑了笑，並沒有回答，只是他臉上的笑意卻將他的意思展現了出來。

秦淮心中震驚無比，面上神色也更嚴肅了些，與聶秋染又說了半天話，表情便不像之前與聶秋染說話時還帶了些笑意，反倒不自覺地多了些鄭重。

崔薇好半天才將秦淮要的東西做完，正裝上包好了要送秦淮出去時，聶秋染則是親自站起身來，秦淮臉上露出一副驚喜之色，誰料聶秋染送他到門口，便小聲道：「以後內子在這邊時，買東西你不要自己過來了，讓人來拿吧。」

這話說得秦淮眼睛不住抽搐，聶秋染這才衝他揮了揮手，自個兒又轉身進去了。

崔薇並沒有聽到這兩人說了些什麼，只是看秦淮走時表情有些不大好看，忙就好奇地看著聶秋染道：「聶大哥，你倆吵架啦？」

聶秋染搖了搖頭，崔薇看他不想說的樣子，本來也只是有些好奇，自然就不問了。還沒再進廚房，外頭便又有一個穿了淡青色緞子衣裳、梳著一個圓髻，可是頭上卻戴了一套赤金頭面的婆子，領了兩個小丫頭朝這邊進來了。這婆子看著氣勢十足，便如同哪家的夫人一般。

崔薇開鋪子也有幾天了，見到這婆子一眼便認了出來，她是知府家中趙夫人面前一個得力的管事婆子，最近照顧崔薇的生意中，這趙知府家也沒少出力。那婆子一進來便點了不少的東西，恐怕是過年時要用來招待客人的，等她一買，原本還剩餘的一些糖果等霎時便被搬了個乾淨。

本來還想再等幾天才回去的，這樣的情況下，自然崔薇就不準備再留下來了，最近賺了不少的銀子，光是買宅子的錢這幾天裡便已經賺回了大半。這些東西中奶糖與蛋糕是最受歡迎的，其次便是果醬了，搬來的十罈子果醬這幾天時間裡每罈果醬分成十數小罈，已經賣了一半了，再加上做蛋糕用去的一些，只剩兩、三罈而已。

手裡有了銀子，崔薇準備在城中再買些東西便回去，下午過後三人早早的收拾著關了門，出去轉了半天，買了不少的東西，足足占了大半的馬車。第二天一大早，退了房，踏上了回家的路途。

此時崔薇家中要建出來的羊圈牛舍等早已經做完了，之前結了一半的工錢，剩餘的錢村民們還等著她回來再結。那羊圈建得不小，甚至遠遠的一進村口便能看得到點影子，恐怕這東西算是小灣村裡最高的建築了。

崔薇幾人回來時天色都已經大黑了，家家戶戶都已經關了門，隱約能看到星星點點的燈光，遠處一座座的大山在黑暗裡如同一隻蟄伏的龐大猛獸般，四處間或傳來幾聲狗叫，卻更顯得村子的夜晚清冷了些。

這會兒天上還下著細雨，使得路顯得有些泥濘，馬蹄每走一步便帶起一串飛濺的泥點。坐在外頭趕車那風跟刀子似的颳在人身上，聶秋染身上裹了一件厚重的披風，將頭臉都藏在了裡頭，可露出來的手依舊是冰冷得麻木了。

看到已經進了村子，三人都不由自主地鬆了一口氣。崔敬平坐在馬車裡，開始時還羨慕能坐車的人，可誰料這一路坐回來他便感受到了之前崔薇的難受，一整天窩在車廂裡，他人都險些崩潰了。

馬車路過崔家門邊時，崔薇一邊小心地拎著裙襬下了地，地上還積著水窪，她雖然已經小心地避開，但仍感覺到自己的鞋底迅速吸了不少的水，腳底開始變得冰涼又略重了起來。崔薇忍著想將鞋子甩開的衝動，一邊就敲了敲門。

崔家如今正關了門在吃著東西，崔世福過來開門時手上還端了碗，看到是兒女以及女婿回來時，他忙有些驚喜地就招了招手，一邊喚幾人進來。「天冷得很，趕緊先進來坐會兒，免得在外外頭凍著了，如今家裡正煮了飯呢，正好一塊兒過來吃了。」

透過大開著的門裡頭，崔薇看到楊氏與王氏等人正端了碗站在門口瞧這邊看，崔佑祖忙擠開這兩人跳出來，嘴裡奶聲奶氣慌忙道：「姑姑，給我帶糖沒有，我要糖。」

他走得快了些，楊氏端著碗，一隻手沒能將他抓得住，便看這小子衝進了院中，頓時有些著急，忙喊道：「慢一些，地上有青苔，仔細摔著了哩。」話音剛落，崔佑祖頓時一下子便打了個滑，「撲通」一聲便坐在了地上，兩隻手撐著地，頓時便張嘴「哇」的一聲就大哭了起來。

「哎喲，你這小祖宗。」

楊氏連忙回頭擱了碗便朝院子裡跑，她面上還帶著病容，頭上拿了白色的汗巾帕子裹了一大圈，更顯得她神色慘白憔悴了些，一邊拉了崔佑祖起身，楊氏一邊就看到崔佑祖身上已經帶了不少的濕青苔，兩隻手掌上頭全是青苔與濕泥，頓時大急，忙回頭就衝王氏喊道：「趕緊打些熱水，給小郎將手洗了，褲子給換了。」一邊說著，她一邊抱起了孫子便喊了起來，目光還朝崔薇這邊看了一眼，眼中忍不住帶了怒意夾雜著嫌惡之色。

「我要糖，我要糖！」崔佑祖一邊哭著，一邊伸手便朝崔薇這邊喊，任楊氏怎麼哄他，他兩條腿蹬著甩得厲害。

楊氏好不容易將人抱到屋簷底下，那頭他跳下來了又要往這邊跑，楊氏有些無奈了，忙看了崔世福一眼，嘴裡便道：「當家的，你瞧瞧這……」

崔世福根本沒理她，嘴裡還在問著崔薇這一趟去城裡玩得好不好的話，他並不知道崔薇這一趟進城是要開鋪子的，只當她是去玩呢。崔薇與他說了幾句，後頭崔佑祖哭得更厲害了些，直吵得人耳朵都跟著有些嗡嗡了，連忙就道：「爹，您先吃飯呢，免得等下涼了，我自個兒回去再煮就是。」

這會兒天色都已經大黑了，崔世福一手端著碗，一邊忙又衝她招了招手。「進來吃啊，天已經晚了，妳回來得晚，也省得做，就進來吃吧。」

有了楊氏剛剛的眼神，崔薇自然是不肯的，依舊搖了搖頭，想到自己在離開城中時在客棧裡買的幾隻做好的烤鴨，忙就笑了起來，還沒開口呢，那頭聶秋染便像是知道了什麼一般，回頭衝崔敬平說了幾句，便讓他取了隻鴨子出來。

這鴨子是已經烤好了的，雖然放了一天皮已經不像早晨時那麼脆了，但香味卻還在，崔薇朝崔世福遞了過去，崔世福本來不想要的，屋裡崔佑祖哭得更厲害了些，他看女兒幾人站在門外風雨交加的，忙從懷裡掏了鑰匙遞給她，一邊示意她先回去，一邊自個兒則是拿了鴨子進屋了。

崔薇拿了鑰匙，跟聶秋染回了家，崔敬平哆嗦著從馬車裡出來，剛開了門進去，黑背便衝了出來，一邊興奮地甩著尾巴，嘴裡發出「嗚嗚」的叫聲。崔薇深怕牠撲上來印自己一身的腳印，忙將牠喝斥得遠了些。

已經好幾天沒有回來了，屋裡依舊是那副老樣子，原本晾在院子中的肉倒是被人撿到了屋簷下，廚房這會兒已經變得大了些，羊圈裡的羊也被人遷走了，羊圈被拆了，照著崔薇之前留下的話，崔世福讓人給改成了一大間廁所。

沒了羊圈，院子裡一下子便寬敞了不少，這會兒天色晚了看不大清楚，恐怕白日裡看時院子中還要寬一些。

聶秋染趕了馬車進來，崔敬平正往車下搬著東西，崔薇拿了鑰匙將屋門打開，剛進屋將燈點上，那頭崔世福便進來了。來得這樣快，剛剛還看到他捧著一碗飯呢，估計飯也沒顧得上吃就過來了，崔薇忙讓他進來了，一邊讓他坐會兒，一邊進廚房裡將火生上了，打了米先將飯煮上，又燒了些開水準備等下灌羊皮袋子，這才回了堂屋，就看到崔世福正替崔敬平搬著東西進來了。

「爹，您剛飯沒吃多少，要不等會兒留在這邊將飯吃完了再回去吧。」崔薇出去收了帕子，又打了些熱水進來放到了聶秋染兩人面前，自個兒剛剛已經洗過臉了，碰過了熱水，身上才暖呼呼的。

崔世福呵呵笑了兩聲，跟崔薇說了一下將她羊已經遷到了新建好的牲畜房裡的事情，崔薇點了點頭，這事她感激崔世福還來不及呢，又哪裡會去怪他，如今一回來便省了不少的事。

她看著院子也高興，連忙就道：「爹，我正想跟您說，您家裡的地不如就租出去，這邊幫我看看羊，我每年給您一些錢，若是您一個人不夠，再讓大哥幫著照看，或請幾個人，這樣一來也要輕鬆一些。」照看羊圈的事雖然也麻煩，但總也好過崔家裡那一堆雜事既累又掙不了多少錢的活兒。

崔世福現在家裡確實不富裕，他聽了崔薇這話，雖然不想占女兒好處，但一說到錢的事，卻是有些心動了。他之前借了林氏的銀子，現在還沒能還得上，林氏當初守寡將他們兄弟拉拔長大，吃了不少的苦頭，因此崔世福兄弟對林氏很是孝順，若是旁的便罷，可那些銀子卻是母親往後的棺材本兒。

在村裡人們一向是估著自己年紀約莫要到了，便早早的要備下棺材的，這幾天崔世財也在跟他商量這事，歲月不饒人，林氏現在年紀不小了，精神的確也一年不如一年，若哪一天撒手西去，她自己存有銀子不要晚輩出錢，可做兒子的兩人縱然不孝，至少也不能讓母親往後沒錢下葬。

崔世福心裡掙扎了半晌，臉上露出煎熬之色來，半晌之後才咬了咬牙，痛苦的點了點頭，一邊就道：「那也好，只是，我這做爹的沒本事，給妳添麻煩了。」

他說完，有些惶恐地看了聶秋染一眼，一邊就低聲道：「姑爺，都是我這個做爹的沒本事，若是，你們也為難，那也就算了……」他如今雖然缺銀子，但也害怕因為自己的事讓女兒女婿吵起來，因此猶豫了一下，仍是將這話給說出來。

「岳父放心就是，這事薇兒說了就是了，只是往後還要煩勞岳父費心一些。」對於這樣的事，聶秋染根本是不管的，因此溫和笑著衝崔世福說了一句。

崔世福頓時喜出望外，心中既是感動又是歡喜，連忙就點頭道：「那是肯定的，肯定的，我一定好好照顧那些羊和牛。」

他這會兒心中才真正鬆了一口氣，忍不住拿袖子擦了擦眼角，臉上神色放鬆了些，只是那心剛放回原處，崔世福臉上頓時又變得嚴肅起來。「對了，薇兒，妳婆婆回來了，前兩天才過來哭了一回。」說到這兒時，崔世福眉頭就皺了起來，臉上露出一絲苦惱之色來。

對於崔世福口中所說的婆婆，崔薇恍惚了好半晌才回過神來，才明白崔世福說的是孫氏回來了。而孫氏之前被聶夫子送去侍候姨祖母了，上回聶夫子想拿捏她，不是還說要讓孫氏好好的待在姨祖母那邊嗎，怎麼這樣快便回來了？自己幾人去臨安城還沒幾天工夫呢！

崔薇吃了一驚，抬頭就看了聶秋染一眼，又看到崔世福臉上跟吃了一隻蒼蠅一樣的表情，崔薇現在敢肯定，若是聶秋染不在這兒，恐怕平日裡不會說人好歹的崔世福，現在一定能說出滿腹對孫氏的不滿來。

「聶大哥，她不是去侍候長輩了嗎？」崔薇問道。

聽到女兒嘴中沒喚婆婆，崔世福心中是覺得孫氏根本不值得她喚，不過到底是長輩，又怕聶秋染心裡對她不滿，因此忙斥了她一句。「沒大沒小的，怎麼也要喚聲娘的。」

崔世福說完，看聶秋染根本不在意的樣子，心中這才鬆了口氣，又更加覺得自己女兒這是嫁對了人。這會兒見聶秋染沒有一味的站在自己母親那邊，崔世福心中也放心了些，也顧不得自己再隱忍，想到之前孫氏鬧出的事，頓時就氣憤道：「妳婆婆一回來便跑到妳們前跪著哭了半天，說是求妳讓她回來，還說妳若不同意，便長跪不起了。幸虧村裡人最近幫著做事，沒人肯聽她的。」否則恐怕崔薇這會兒名聲早就壞了。

孫氏不明就裡，前幾天一回來頂著雨便跪在了崔薇門前，那兩天在崔薇家裡做事兒的人又多，都圍了一圈，孫氏哭鬧了半晌，後來聽說崔薇根本不在家裡，也顧不得她自己所說的長跪不起，被聶夫子給喚了回去。

不過村裡人這幾天都說著孫氏的事情，雖然他們拿了崔薇的工錢，不好意思說崔薇，但總歸這事說多了對女兒名聲也不好，更何況孫氏到底是個婆婆，女兒又嫁到了他們家，若是能好好過下去，崔世福當然也不希望她們鬧出事情來，因此才想著今兒過來給崔薇提個醒，免得孫氏到時天天過來鬧，打崔薇一個措手不及。

「她跑我們前來跪著哭？」崔薇聽了這話，臉上表情有些呆滯，指著自己問了崔世福一句，以為自己耳朵出了問題，聽錯了一般。

崔世福卻是滿臉沈重的點了點頭，表情有些痛苦。「嗯！自那日之後，天天都過來哭一通。」每回哭一陣，聽到崔薇不在，又回去了，雖說孫氏根本沒有過來鬧多長時間，但每天過來，依舊會帶來不好的影響。

而且孫氏每回過來總要去崔家找些事，跟楊氏鬧得不可開交，兩個親家鬧到這般田地倒也少見，一般親家見面，就算心裡有不和的，但面上卻都是和氣挺好的，可像孫氏跟楊氏這般鬧得水火不融的倒也少見，平白讓人看了笑話。

「妳二哥最近也是個不省事的，前些天偷了些銀子跑了，留了妳二嫂一個人在家。」崔世福說到這話時，臉上終於忍不住露出了疲憊之色，這才是他答應崔薇願意替她幫忙看羊最要緊的緣由。

沒料到崔敬忠竟然又幹出了這樣的事情，崔薇有些無語，看了崔世福一眼，不由將孫氏的事情扔到一旁，看著崔世福便道：「爹，他的事您不要管了，我怕您往後被他害得慘，既然都分了家，您管他們幹什麼。」孔氏又不是個省心的，一旦住到崔家便要撈些東西回去貼補娘家，又何必，她是崔敬忠的妻子，難不成還要崔世福來替他養著？

崔世福臉上露出羞愧之色來，對女兒這番指責，說不出話來。崔敬忠再是不孝，可至少也是他兒子，如今崔敬忠一個人跑了，又帶了家裡的東西，連剩的米糧他都換了錢一併弄跑了，若是不收留孔氏，莫非眼看著她一個人活活餓死不成？

見到崔世福這模樣，崔薇心裡堵得說不出話來，她又想著孫氏的事，崔世福看她不說話，也沒敢久留，匆匆留下來吃了飯就回去了，雖然崔薇知道這事不能怪在他身上，可就是想著不舒坦。

晚上崔敬平累得很了，自個兒早早洗漱了回屋裡去睡。

崔薇哆嗦著點了燈，分別跟聶秋染兩人洗了個澡，這才窩到床上。剛燒的湯婆子將床煨暖了一大塊，崔薇緊拉著被子將脖子壓得嚴嚴實實的，一邊打著哆嗦問：「聶大哥，你娘回來幹什麼？她不是去侍候你姨奶奶了？」
她剛洗過澡，頭髮還帶著濕氣，就算是絞得乾了，又拿火烤過，聶秋染還怕她頭髮沒全乾，睡枕頭上往後腦袋疼，因此伸手擱在她脖子下，替她將頭抬著，聽到她這句問話，想也不想就冷笑了起來。
「估計羅家要來說親了。」他說完，看崔薇有些疑惑不解的模樣，頓時與她解釋。「羅家並不是妳大嫂娘家嫂子那個羅家，而是隔壁黃桷村的羅家，聶明自小就跟那裡一戶姓羅的人家說了親，那羅家父母都死光了，聶明現在年歲又到了，若是給她說親，我娘不在家中恐怕不行，因此我爹這才將她接了回來。不過她恐怕是不想去了，所以才跑妳這兒哭呢，妳放心就是，我在家裡陪妳幾年，她為難不到妳的。」
「聶明說了親事？」崔薇聽到這兒，倒是有些好奇，撐起身子盯著聶秋染看。
聶秋染拿了帕子隔在她頭髮下，又拉了被子替她蓋得更緊了些，一邊伸手替她揉著頭髮，一邊就點了點頭道：「說了的，早就定下了，那羅大成的父親今年恐怕是不成了，因此這才想將她娶回去沖喜的。算算時間，也差不多了。」聶秋染的目光在昏暗的燈光下透出幾分幽暗之色來。
崔薇看了半晌，隨口就問了一句。「你怎麼知道的？」那羅大成應該就是聶明的未來丈夫了，崔薇一聽到沖喜的話，本能地就想到那孔家，心中難免添了些不喜，忙就睡了下去，對這事也少了幾分興致，一邊就嘆道：「只是可惜了，沖喜過去，哪裡有什麼好日子過。」

「那可不一定。」聶秋染眉頭挑了挑，揚了揚嘴角，不知想到了什麼，原本俊秀的臉龐露出幾分猙獰來。「羅大成在家中可是長子，他父親一死，他娘又是個沒什麼主意的，聶明嫁過去便是長媳，下頭幾個弟妹不是由得她搓弄了？」

趕了一天的路，崔薇也累了，聶明跟她又不熟，因此她也懶得再管人家的閒事，胡亂就點了點頭，睡意一波波襲上來，使她不由自主地閉了眼睛。那頭聶秋染還在替她擦著頭髮，一邊又將湯婆子朝她肚子處推了些，將她腳夾到自己腿間暖和著，崔薇嘴裡嘀咕了一聲，這才真正睡著了。

這一覺睡得倒是好，醒來時天色都已經大亮了，透過半撐起來的窗戶，看到外間屋簷下雨水跟斷了線的珠子似的，頭頂的瓦片上也響起「沙沙」的聲音，讓人越發貪戀起被窩的溫暖來。

聶秋染還躺在床上，拿了本書披了件衣裳半坐著，將從窗戶灑進來的光線擋了大半，帳子撩了一半起來，使得床裡自成一個小世界。

崔薇在床上不肯起身，一邊乾脆撐起身子往他手裡的書上看去。

那一本薄薄的手釘紙書上寫著大約是書生與小姐的話本故事，崔薇剛一動，聶秋染便伸手將她攬住，一邊替她拉了拉被子，崔薇這會兒卻是眼睛都瞪了起來，將手從被窩裡伸出來，指著聶秋染有些不敢置信地道：「你看小說！」

聶秋染這人平日裡一看就是認真學習、天天向上的五好青年，她原本還以為這人一大早就起來用功呢，沒料到他竟然捧了本小說在看！崔薇好奇地推了他的手，去看那書本的名字，上頭便寫著《西廂傳記》幾個大字，頓時嘴角就抽了抽。

聶秋染眼中露出笑意來，慢條斯理地將書本反扣著放在床鋪邊，替她拉了拉被子，臉上絲毫沒有被她抓到看小說的窘迫，反倒是一副理所當然、天經地義的樣子，他這模樣實在是太淡然了，倒是讓崔薇覺得自己剛剛那樣有些大驚小怪過了。

聶秋染將她給包好了，確定不會使她被子中進了風而受涼，這才溫和的看著她。「醒了，要起來了不？」

他這模樣與口氣聽起來實在是跟照顧女兒有些相像，崔薇不由自主地打了個哆嗦，一邊就點了點頭。

聶秋染拍了拍她腦袋，跟摸狗似的。「好好睡著，我去給妳取衣裳，放在被窩裡暖熱了才起來，外頭可冷了。」

衣裳他早就是準備好了的，是一件淡粉色繡了大團姹紫嫣紅花朵的小襖，下身是一條加了棉的厚裙子，衣襟與袖口處都用絨毛裹了邊，摸上去倒也暖和厚實，是這回進城聶秋染給她新買的，顏色很是鮮豔，看上去使得她臉龐也顯得更為粉嫩了些，比她年紀瞧著還要小了幾歲的樣子。

聶秋染本來還想給她梳頭的，誰料外間院門被人拍得「啪啪」作響起來，黑背一下子便衝了出來，嘴裡不住大叫著，崔薇忙打開大門出去，還沒來得及去開院門，孫氏的聲音便響了起來——

「大郎，你在屋裡不？」

院子裡被雨水沖洗得倒是乾淨，露出青色鋪得平整的方磚來，屋簷滴落下來的雨水匯聚在一起，跟條小溪般，水不住往低處流著，崔薇剛想去開門，聶秋染卻是拉了拉她的手，自個兒取了牆上掛的斗笠前去將門打開了。

第七十八章

孫氏領著兩個女兒，頭上頂著一把油紙傘，原本就要往地上跪的，誰料看到前來開門的是兒子時，她險險將手撐在門框上，一邊詫異就問道：「怎麼是你？崔薇呢？」

崔薇拿了把梳子正坐在門邊綰著頭髮，院子裡黑背抖了抖滿身的毛，衝著孫氏便是一陣大叫，嚇得孫氏一陣哆嗦，隔著門便朝崔薇喊——

「還不趕緊將狗拴了，我有話說！」

崔薇跟孫氏沒什麼好說的，尤其是昨兒聽崔世福說她來自己這邊鬧過了的事，更是不想跟她說話，見她站在門口大喊著，又沒說名字，崔薇便只當作沒聽到一般，偏了腦袋綰頭髮。

見她這模樣，孫氏頓時有些著急了，連忙張嘴便要罵，聶秋染警告似的看了她一眼，孫氏這才忍氣吞聲地將到嘴邊的話又嚥了回去。

孫氏現在是真怕了這個兒子，之前一段時間去侍候一個不是自己婆母的人，險些沒將她給逼瘋了，這會兒是真領教了聶秋染的厲害，忙深呼了一口氣，回頭便瞪了兩個女兒一眼，冷聲道：「妳們這兩個死丫頭，看不到我現在正淋著雨啊，眼睛是長到後腦勺了，拿刀劃的兩窟窿，塞的兩個綠豆啊？」孫氏一邊說著，一邊到底是氣不過，狠狠在兩個女兒身上便擰了一把！

聶明跟聶晴二人忍氣吞聲地咬了咬嘴唇，將到嘴邊的痛呼忍了下去，只是眼睛裡卻浮出一絲水光來。

崔薇懶得看孫氏，將頭髮梳好，把梳子放回到房間裡，一邊將房門給拉上了，這才出來便沿著走廊去了廚房。

孫氏瞧她這模樣又是一陣氣惱，卻是拿崔薇沒辦法，只能恨自己生了個兒子卻是胳膊肘往外拐，如今剛有了媳婦兒，便把自個兒扔到天邊去了。

昨兒回來時崔薇便發了些麵，又切了些肉末的，這會兒拿出來洗了把蔥切碎了，又混了調料在裡頭，昨兒放了一整晚，如今天氣又冷得厲害，那肉裡有些結冰了，不好化開，崔薇乾脆敲了個蛋進去，這才慢慢地拿筷子調勻，包了約有二、三十個包子放在蒸籠上，一邊又熬起了稀飯。大約兩刻來鐘時間，那稀飯已經熬得稠了，蒸籠上冒出陣陣輕煙，顯然裡頭包子已經熟了，散發出陣陣香味來，外頭院門一直開著，過了這樣長時間，崔薇都在廚房裡頭，她猜著孫氏等人應該已經走了。

誰料她端著稀飯鍋進客廳時，卻看到孫氏等人沈著臉坐在屋裡，聶明二人也跟著站在一旁，跟她兩個貼身小丫頭般，戰戰兢兢的樣子。聶秋染見到她進來時，忙上前將她手裡的鍋接了過去，放在了一旁的桌子上。

孫氏看了稀飯一眼，又聞著廚房裡的飯香，頓時便回頭罵了兩個女兒一句。「沒看到妳們大嫂在忙著？死丫頭，不會去幫忙洗碗擺筷子啊，一點眼力見都沒有！」

聶明兩人連忙答應了一聲，也沒問崔薇一句，便進了廚房中，不多時便就取了五個碗出來。

崔薇看了看眼前幾人，見孫氏不客氣，她自然也不客氣了，便衝聶明二人露出一個笑容來。「少洗了一副碗筷，我三哥還沒起來呢，我去喚他！」說完，沒等孫氏回答，自個兒便轉身去崔敬平屋裡了。

孫氏本來想說崔家那小子想吃飯為啥要自己女兒去幹活，誰料一轉頭就看到崔薇走了，那句話自然便忍到了心裡。看到兩個木呆站著的女兒，頓時便恨恨地瞪了她們一眼，兩個姑娘連忙又進廚房裡洗碗去了。

崔薇出來時看到聶明二人已經將包子籠都取出來了，蓋子揭開了，露出裡頭白白胖胖的包子。孫氏坐在飯桌前，聶明兩人張羅著給她盛稀飯，她也不客氣，拿了筷子便先挾了個包子，也不怕燙嘴，三兩口便嚼了吞進肚中。瞧她這副模樣，若不是今兒早上崔薇包子包得多，恐怕還真不夠吃的。

連忙招呼著崔敬平洗了臉和手，也拖著他坐到了桌子邊，蒸籠裡頓時便只剩了一半包子。平日包子是崔敬平跟聶秋染二人都喜歡吃的，崔薇見到這情況，頓時眉頭便皺了皺，起身洗了個大盤子出來，兩三下便將籠裡剩的約有十幾個包子全扒拉進了盤子裡。

孫氏一瞧見臉色頓時便難看了，「啪」的一聲將筷子拍到了桌子上，厲聲便衝崔薇喝道：「妳反了天了！」

孫氏嘴裡含著包子，一說話嘴中嚼碎的包子沫便隨著她口水四處亂噴。崔薇嫌惡地將盤子挪得開了些，小心地護著自己的稀飯碗不讓她口水噴著。

那頭孫氏看到她動作，更是生氣。「今兒妳竟然敢不給我吃包子，妳究竟還知不知道我是妳婆婆？妳把我當成什麼人！」

有一段時間沒見孫氏，她整個人瘦了大半，臉上原本還因富態而有些豐滿的皮膚一下子鬆垮了下來，眼袋看著更大了些，臉色也微黑，穿著一身寶藍色的細絨小襖，那衣裳雖然看著半新不舊，但放的時間久了，顏色便有些發暗，這樣的冷色襯得她整個人膚色更顯得灰敗了些，這會兒她瞪著眼睛看自己，崔薇卻根本不怕她。

孫氏可真沒將她自個兒當成外人，自己忙了一大早上，她一來便給吃了大半，等她們母女三人吃光了，自己幾人吃什麼？崔薇冷笑了一聲，想到當初孫氏對自己的惡言惡語，頓時便看著她不客氣地道：「您可沒早跟我說要吃包子，今兒早上可沒有做妳們三個的早飯。」

孫氏聽她這樣說，頓時氣不打一處來，挽了袖子便要上前揍她。孫氏在這小灣村裡待得久了，雖說嫁給了聶夫子，但骨子裡可沒學到那君子動口不動手的一套，當初楊氏惹了她不順心都要挽了袖子便要上前，這會兒她聽到崔薇這樣跟她說話，哪裡還忍得住！

早在一個月之前，她便因為崔薇這死丫頭的緣故，被聶夫子送去了那死老太婆那邊，吃盡了不少的苦頭，好不容易羅家那死老頭要歸天了，她才有機會回來，現在可是新仇舊恨全部都湧上了心頭，孫氏臉色登時便扭曲了。

聶秋染筷子一放，一下子站起身來，目光冷淡。「娘要幹什麼？」

孫氏就怕這個兒子，現在聽到他說話，本能地便縮了縮肩膀，嚇了一大跳。

聶晴看到這情景，小心翼翼地抬起頭來看了聶明一眼，聶明便縮了縮肩膀，細聲道：「大哥，娘是長輩，大嫂總歸是媳婦，這也太……」

她話沒說完，聶秋染便轉頭看了她半晌，突然之間眯著眼睛就笑了起來。「聶明現在年紀也不小了。」他說這話時，聶明也不知道他是個什麼意思，只是知道聶秋染的性格，心中多少有些惴惴不安，又聽聶秋染接著說道：「我最近想謀個官職，可是卻苦於手中銀錢不夠，若是將妳送給鎮上哪位商人為妾，說不定我能得償心願。」

聶秋染這話一說出口，聶明臉色頓時煞白。此時的妾地位並不高，是可通買賣的，甚至一些商戶人家妾室還能用來租借，對於這樣的婦人，也就是比那些勾欄院中的粉頭地位稍高一些而已，這也是當初崔世福在聽到自己的二兒子要將崔薇送為妾時心中大為光火的原因了。只要不是家裡過不下去，還沒哪個願意將女兒送給人家當妾的，那是要被戳脊梁骨的事。但聶明心中清楚得很，若是聶秋染當真想要謀官職而差銀子，聶夫子保管想也不想便會將她賣了來換錢！

剛剛還開口想給崔薇上眼藥（注），可這會兒聶明聽到聶秋染的話，臉色頓時白得透明，

注：上眼藥，意指耍弄對方，使人被誤會、受委屈。

慌亂無助的神色在她臉上一閃而過，頓時便看著聶秋染，慌慌張張地喚了一聲。「大哥……」她雖然沒認錯，但話裡認錯的語氣卻是誰都聽得出來。

聶秋染溫和的看了她一眼，又將目光挪到了聶晴身上，直將聶晴看得心臟狂跳不止，四肢冰涼，連忙低下頭來。

孫氏也怕這個大兒子，哪裡敢出口替女兒解圍，這會兒心中又怒又急，卻又夾雜著一些駭怕。

聶秋染看了她一眼，這才笑道：「母親既然吃飽了飯，就坐下吧，有什麼話，慢慢再說。」

現在孫氏的氣焰也被剛剛聶秋染那幾句話打消得差不多了，心中雖然不甘心，但到底也不敢在聶秋染此時已經明顯不快的情況下再惹著了他，因此坐了下來。

崔薇這才冷笑了一聲，拉著明顯沈默了不少的崔敬平開始吃起飯來。

這會兒包子稀飯等早已經涼了，外頭雨嘩啦啦的下著，屋裡鴉雀無聲，好不容易崔薇幾人慢條斯理地將飯吃完了，她剛要去收拾碗筷，那頭孫氏便討好的衝聶秋染笑了笑，一邊推著聶明。「這事老大家的先坐下，碗筷就讓大丫頭去洗。」

雖說被孫氏一個「老大家的」喚得半晌回不過神來，但崔薇依舊是停下了收碗筷的動作，畢竟剛剛聶明也是吃了飯的，她們不請自來，又算不得什麼客人，吃了東西做事也是應該的。雖說她也知道孫氏喚住自己不會有什麼好事，但孫氏葫蘆中賣著什麼藥，崔薇也想知道。更何況剛剛聶明還想給她上眼藥，她當然不會去做那個好人，因此將碗筷一放，便又坐了下來。

等聶明一走，孫氏伸手便想去拉崔薇，臉上硬擠出一個笑容來，崔薇打了個哆嗦，聶秋染登時便將她一把拉到了自己懷裡。

孫氏臉色一下子就拉了下來，陰沈得厲害，她自己守了大半輩子的活寡，便最看不得有人在自己面前做出這等行為了，一看到兒子護著媳婦兒的樣子，她心裡便硌得慌，忍了又忍，終於沒能忍得住，鐵青了臉便道：「青天白日的，如何抱做一團，也知不知羞了？」

孫氏喝完這一句，也不敢去看兒子的臉色，忙就低了頭慌亂道：「這一趟我回來給大丫頭主持婚事，大郎成婚也不少時間了，可是老大家的肚子還沒有動靜，咱們聶家可不能無後，我跟你爹商量過，準備替你納了孫梅，將她抬回來，也好給咱們聶家留個根。」

崔薇一聽到這話，眼角先是不停的抽搐，接著又是大怒，忍不住伸手狠狠掐了聶秋染一把。她現在才剛滿十二歲沒幾天，跟聶秋染成婚也才一個多月，孫氏就說自己肚子沒消息，別說兩人真沒圓過房，就算是圓了，也沒有這樣快便有身孕的道理，除非是婚前不貞了，孫氏這話說得也極妙，不就是想將孫梅抬回來嗎，竟然今兒過來吃過了她一頓飯才敢說這樣的話，早知道剛剛就該一個包子也不給她吃，這孫氏也實在太噁心人了！

聶秋染被她掐了一把，又是無奈，又是有些好笑，不過這還是頭一回崔薇真正對他表示親近的舉動，若是她無動於衷恐怕聶秋染才要哭，現在見她還知道吃醋，嘴角忍不住就翹了起來，理也沒理孫氏，只低頭看著靠在胸前的小腦袋，一邊就伸手撥弄著她頭上的兩朵小絨球。

孫氏說了這一句，原本以為崔薇馬上會哭哭啼啼或是慌慌張張與她求饒的，而兒子也沒有理睬自己，一抬頭便看到聶秋染的動作，頓時便有些沈不住氣，一邊就急聲道：「大郎，你聽到了沒有！老大家的，妳該不會是嫉妒吧？」她一邊說著，一邊看聶秋染護著崔薇的樣子，心裡跟有貓抓似的難受，恨不能上前將崔薇頭上的兩朵絨球扯下來扔掉才好！越看越是心煩，孫氏乾脆別開了頭，只等著兒子給自己一個答案。

「孫家表妹跟秋文是有婚約的，此事還是娘您親自提的，娘難道忘了？」聶秋染神態看似輕鬆地撥弄著崔薇頭上的小毛球，一邊口氣裡卻是含了些警告出來。

一聽到他這話，孫氏險些睜著眼睛氣暈死過去！

那事哪裡是她答應的，分明是聶秋染自個兒作的主！原本她是想將孫梅許給聶秋染做妻子的，誰料聶秋染豬油蒙了心，非要娶崔家這死丫頭，幸虧他自個兒有出息，中了舉人，自家那大嫂知道孫梅配他不上，這才肯鬆口答應將女兒送過來為妾，否則這事恐怕還真是沒完。如今聶夫子對她已經很不滿了，若是將娘家人也得罪，往後連個走親戚都沒去處，孫氏哪裡敢。

「那只是你胡言亂語的，如何能做得真？孫梅現在年紀大了，那樣的事還是不要開玩笑，否則壞了人家的名聲。」孫氏心裡對這個大兒子又是氣，又是恨，忍不住板了臉便教訓他。

可聶秋染哪裡是她拿捏得到的，聽她這樣一說便冷哼了一聲，剛剛臉上還帶著笑意，可下一刻便是陰沈起來，冷聲道：「長兄如父，秋文一門婚事，我還不信我不能替他決定了，這些事娘不要管了，難道娘不知道三從四德？」

聶秋染這話一說出口，孫氏臉皮便抽搐了好幾下。

她當年年輕的時候剛嫁給聶夫子時，很是被他收拾過一通，教她背過三從四德，不外乎就是在家從父，出嫁從夫，而夫死從子罷了。可現在問題是孫氏是要將自己的侄女嫁到自個兒家的，而自己的小兒子比孫梅可小了足足三歲，孫梅現在已經十七了，已經成了老姑娘，如何配得上秋文？孫氏又氣又怨，卻是看著聶秋染說不出話來。

這件事聶夫子並不會管。聶夫子前幾日便已經給她撂過明話了，若是她有本事說服聶秋染納了孫梅，只是一個妾而已，他不介意；可若是聶秋染不願意，她要自個兒沒本事拿捏著，聶夫子當然也不會幫她，孫氏左右為難，一時間急得都險些哭了起來。

那頭聶明擦著一雙早已長了凍瘡化了膿的手，裹在胸口中進來了，感覺到屋裡的氣氛，又看到孫氏鐵青的臉色，她也不敢開口，目光閃爍了幾下，便站到了孫氏身後。

聶晴抬頭看了崔薇二人一眼，眼中閃過一絲亮色，突然就開口怯生生地笑道：「大哥，您對大嫂真好，大嫂頭上的釵花也漂亮，比大姊的嫁妝還好看呢。」她說完，便咬了咬嘴唇，眼中露出羨慕之色來。

聶晴一開口，屋裡幾人的目光不由自主地就落在了崔薇身上，崔敬平看著聶家人的模樣，沈默著坐在了聶秋染身旁。

崔薇頭上的兩朵小絨毛球是用雪白的皮毛製成的，上面用兩顆細小的貓眼石點成了眼珠，又用一顆小的黑曜石點成了嘴，看起來確實精緻可愛，孫氏看得一陣眼饞，那頭聶明也跟著難堪地低下頭來。

孫氏見到女兒這臉色，頓時眼中生出一絲貪婪，也顧不得再跟崔薇說納妾的問題，連忙就道：「妳年紀小，戴這東西也沒用，反正都成婚了，哪裡用得著這個。大丫頭的婚事已經定下了，那羅老頭如今已經不行了，聽說家裡人壽衣都準備好了，只吊著一口氣，想等大丫頭沖喜過去，恐怕就是在這幾天的事，家裡一時間忙，也沒來得及準備什麼東西，畢竟之前大郎讓我去給長輩盡孝道了。」

說到這兒時，孫氏雖然有心想要從崔薇這兒掏些好處出來，但仍忍不住語氣裡露出埋怨來，顯然很是記恨之前聶秋染將她送去姨祖母家受折磨的事。

末了，孫氏也不敢看聶秋染的臉色，說了一句心中痛快了，這才又接著道：「反正長嫂如母，妳是個能耐的，連大郎如今都被妳迷得神魂顛倒的，可見是個有本事的，不如大丫頭的嫁妝，妳這做嫂子的幫她置辦了吧，反正妳也只得這麼兩個小姑子。」

這話裡的意思竟然像是要讓崔薇往後也替聶晴出嫁妝一般。若是這孫氏是個好相處的，而聶明、聶晴兩個又是跟她合得來性格好的丫頭，出些錢崔薇也不在意，可如今孫氏對她又不怎麼樣，前一刻才說要抬妾進來，後一刻便說要讓自己給她兩個女兒出嫁妝，孫氏是將自己當成冤大頭了吧！

聶秋染拉了她的手要說話，崔薇這會兒氣得很了，擰了聶秋染一把，一下子站起身來，看著孫氏便冷笑。「婆婆這話我就聽不懂了，人家長兄如父，長嫂如母是對的，不過那可是在父母雙亡的情況下，如今公公婆婆還在世，要讓我們這做哥嫂的給小姑子出嫁妝，豈不是咒婆婆您死了？我可不敢那樣做。」

崔薇口舌伶俐的，一句話將孫氏噎得半晌回不過神來，等她一旦悟過味兒來，頓時便勃然大怒，一下子站起身來，氣得臉色鐵青，身體不住顫抖，指著崔薇便道：「好大的膽子！妳這小賤人，妳敢咒我死了，這快過年的，妳敢說這樣的話……」

崔薇無辜地回頭看了聶秋染一眼，看他無語的神色，故作不解道：「聶大哥，我這話沒說錯吧？我是個年紀小的，又不知道什麼道理，但我說的句句都是實話……」

聶秋染眼角不住抽搐，看孫氏氣得要發瘋了，深怕她等下暴動起來不顧一切揍崔薇，忙將這小丫頭拉到自己懷裡護好了，這才看著孫氏，滿臉誠懇地道：「娘，薇兒說得對，您跟爹現在活得好好的，我們實在不能觸這個霉頭，這樣吧，聶明出嫁，我到時必定好好替她在祖宗面前燒幾炷香，保佑她往後過得順心。」

他這話一說出口，不只是孫氏臉皮抽動，連聶明姊妹也跟著眼皮跳了起來，崔薇也忍不住想笑，忙低了頭，死死咬了一下嘴唇，這才將到嘴邊的笑意又嚥了下去。

孫氏這會兒是看了出來這個兒子已經鐵了心不是站在自己這邊，這個兒子算是白生了，根本靠不住，頓時心裡生出一股悲涼來，也不願意再坐下去由著這對夫妻給自己氣吃，忙站了起來，恨聲道：「你們捨不得銀子便罷了，反正我自個兒的女兒，我自己置辦嫁妝就是，但孫梅我回頭挑個好日子，給你們送過來！」

「只要娘能騰得出手來，儘管送就是。」聶秋染這會兒也不再掩飾自己眼中的寒意，看了孫氏一眼，語氣之中暗含了警告與暗示。

孫氏想到他當時將自己弄去給人做牛做馬的情景，頓時全身激靈便打了個冷顫。這個兒子不是好相與的，若是惹惱了他，恐怕最後吃苦受累的反倒是自己。而且聶秋染手段層出不窮，惹了他，恐怕不只是心裡難受，連身體也吃不消，孫氏心中犯怵，也不敢再提孫梅的事，罵著兩個女兒，一邊擰著她們，一邊氣沖沖的便出去了，結果毛球不知從哪兒又跑了出來，嚇得孫氏很快地跑得不見了人影。

「這下我要恭喜聶大哥了，早日娶得如花美眷，往後給你生兒育女呢。」等孫氏一走，崔薇看著聶秋染，含著笑便說了一句，只是她眼神中卻是絲毫笑意也沒有，全剩下冰冷，凍得崔敬平打了個哆嗦。

崔敬平乾脆站起身來，一邊慌忙道：「我去隔壁瞧瞧爹。」說完，取了斗笠，如同火燒屁股般的跑了。

聶秋染看著崔薇，頓時硬著頭皮哄她道：「沒有的事，這孫表妹可是秋文的未來媳婦，妳不要胡思亂想了。」最近崔薇好像對他發過好幾回脾氣了，這可不算是一個好現象，令聶秋染既喜且憂的。喜的是崔薇現在越來越沒把他當作外人防著，也會對他發脾氣了，可憂的卻是這小丫頭如今越來越不怕他，自己根本治她不住，反倒像是被她給治住了。

崔薇一想到之前孫氏的話，頓時心中就不痛快，現在聽聶秋染這樣一講，抬了一下眼皮，嘴角邊笑意更濃。「我都沒說是聶大哥的孫梅表妹，你怎麼就提了她的名字？看來聶大哥心裡早就有主意了。」

聶秋染啞口無言，頓時欲哭無淚。

早上崔世福將崔薇後頭養的一大群羊和牛給餵過又擠了奶之後，剛跟崔敬平挑著奶過來，就看到屋裡奇怪的氣氛。

雖說崔薇不想在崔世福面前跟聶秋染爭了，但崔世福到底還是看出了幾分端倪來，忍不住就轉頭看了兒子一眼。

崔敬平小聲衝他道：「早上聶二他娘來過了。」因他以前跟孫氏是一個村裡頭的，跟孫氏也算熟悉，那句姻伯母崔敬平實在是喚不出來。

崔世福一聽這話，頓時大怒，將羊奶桶擔到廚房裡放好了，這才沈著臉道：「薇兒，妳婆母是不是又跑到妳們前跪著哭來了？」

若是任由孫氏這樣三番兩次的鬧下去，恐怕村裡人就算是再收著崔薇的工錢，也會有些風言風語傳出去了。崔世福好不容易才看女兒從崔家出來，如今日子稍微過得好了些，當然不希望她再出個什麼波折，因此語氣就有些不好聽。

這事崔薇心裡知道，她跟聶秋染發發脾氣也就是了，並不想讓崔世福擔心，因此就搖了搖頭，一邊道：「爹，沒事，村裡這次的工錢可是算出來了？我正好今兒在家裡頭，把工錢給結了，正好沒幾天就過年了。」

崔世福雖然仍想再說上幾句，但想到崔薇如今已經出了嫁，並不是以前自己還能時時的護著，哪個兒媳婦到底都要在婆母手下討生活，因此話到嘴邊，又嚥了回去，只嘆了口氣，點了點頭。

下午時村裡人陸續過來將工錢給結了，有人心裡雖然好奇，也想留下來跟崔薇這個舉人娘子說說話，但看到一旁聶秋染不聲不響坐著的樣子，雖然他沒擺出臉色，也沒出聲趕人，但眾人心裡就是不由自主的覺得敬畏與不自在，因此領了錢感謝了幾句，便出去了。

最近也不知道是不是流年不利，前兩日孫氏還說回來是給聶明主持婚禮的，但誰料回去沒幾天，羅家那邊便派人過來說羅老頭不行了，非要讓聶家現在便將女兒嫁過去。那羅大成如今已經十八了，本身也是拖不得，兩家之間本來是早就已經說好，又早過了媒聘，原本就想等到聶明十六歲一滿便將人抬回去的，如今出了這個意外，羅家想要抬人，孫氏又怕自己一旦將女兒嫁過去，便又要回聶夫子的姨母那邊侍候著，本來是不想同意，可誰料羅家救人心切，竟然又答應只要孫氏肯在這會兒將女兒嫁過去，便願意再加二兩銀子給孫氏做添頭。

如此一來，不過是提前一些時間而已，可卻能平白得二兩銀子，孫氏心中頓時大喜。哪裡還顧得上沖喜的名聲不好聽，自然聶家便開始操辦起婚事來。

這事崔薇躲也躲不掉，提前一天便被孫氏喚了過去幫忙。

這幾天雨還沒停過，外頭冷得厲害，崔薇早晨天不亮便睜了眼睛，聶秋染也跟著她一塊兒起來，看著外頭漆黑的天色，屋頂上還傳來淅淅瀝瀝的雨聲，兩人熱了些羊奶喝了。地上濕答答的，深怕崔薇會著涼，聶秋染拿了厚斗篷替她裹得嚴嚴實實，兩人出了門，一股寒風颳來撲在臉上，跟刀子在割似的。

聶秋染看崔薇冷得厲害，一邊將她摟進懷裡，一邊把傘往她那邊移了些，嘴裡不由嘆息道：「這樣冷的天，妳只管睡就是了，起這麼早幹什麼？」

「還不是你娘喚的！」崔薇說一句話就抖一下，鑽進聶秋染懷裡直哆嗦。

第七十九章

聶家這會兒燈火通明，遠遠的就聽到了屋裡傳來的人聲，門口大開著，隱約能瞧見裡頭紅影閃爍的情景。

崔薇倆過來時，聶秋文早已經穿著一身新襖子坐在門口邊上了，看到聶秋染二人過來時，他頓時便興奮得跳了起來，連忙衝兩人招了招手。「大哥，你們可來了，這會兒裡頭熱鬧著呢，有糖果子，只是沒有崔妹妹做的好吃，我去替你……」

聶秋文話還沒說完，就被聶秋染瞪了一眼。「喊的什麼呢，沒個尊卑！」他語氣有些冷，一邊替崔薇取著披在身上的斗篷，那表情嚇得聶秋文身子一縮，不敢再開口了。

天上還下著雨，院子裡沒半個人影，但廚房裡倒還有人忙碌著，興許是聽到了外頭的聲音，堂屋裡一個穿著洗得已經有些褪色的青布襖子的中年婦人走出來，看到外頭的幾人時，那婦人臉色唰地一下便沈了下來，眼裡閃過嫌惡之色，尖聲道：「我道是誰呢，原來是染哥兒回來了。你們這兩個做大哥大嫂的，怎麼不來得再晚一些，以為自己是來作客的，還知道找得到家啊。」

這婦人面貌生疏，不像是自己見過的，崔薇打量了她一眼，聽她說話尖酸刻薄的樣子，頓時就抬頭看著聶秋染，眼裡帶著詢問。

聶秋染臉上露出溫和的笑意來，看也沒看那婦人一眼，便與崔薇細聲道：「這是大舅母。」

一句話便點明了這婦人身分，崔薇臉上頓時浮現出似笑非笑的神情，難怪這婦人一大早便氣不順，原來也是有緣由的。

趙氏心中氣不過，自己的女兒原本該做那舉人娘子的，可卻不知道從哪兒冒了一個死丫頭出來，累得如今孫梅只能做個小的，如今妾身分低微得很，一般人除非是家裡過不下去的，都不願意賣了女兒受人戳脊梁骨。但因聶孫兩家本來就是姻親，孫梅又是聶秋染的表妹，聶秋染如今身分又不同了，孫梅給他做妾人家只會說結兩家之好，不會有什麼難聽的話傳出，趙氏又知道自己家裡的情況，當初女兒嫁給聶秋染這個秀才便都已經是高攀了，如今他考中了舉人，就算是不娶崔薇，聶夫子也不會准孫梅嫁給他。

趙氏心裡明知道這些，但誰料聶秋染娶的不是什麼大家閨秀，而是跟孫梅一般的鄉下小丫頭，她心中自然是氣不過。此時看自己說了一句話，本來以為聶秋染會跟自己解釋幾句的，誰料他根本像是沒看到自己一般，趙氏心裡的火氣不由更大，臉色難看得厲害，忍不住便氣憤道：「染哥兒，你不要中了舉人便忘了長輩！」

趙氏這樣一大聲嚷嚷著，屋裡孫氏等人聽到動靜，忙就跟了出來，正好看到聶秋染跟沒事人一般護著崔薇進來了。孫氏深恐聶秋染在這會兒說出自己不娶孫梅的話，忙就開口道：「你們怎麼來得這樣晚？」她說完，又看了崔薇一眼，想借此阻了聶秋染回答趙氏的話，便將氣朝崔薇發，故意罵她道：「妳這小賤人，故意這樣晚過來，妳要是不願意過來，自個兒回去就是，沒哪個求得妳過來的！」

孫氏這樣一開了口，那頭大舅母趙氏與她娘戴氏的臉色頓時便要好看了許多，孫氏心裡霎時便鬆了一口氣。

崔薇臉色一下子就沈了下來，冷笑了一聲，將之前才掛在牆上的斗篷又取下來披上，揚了揚眉頭道：「既然婆婆不想我過來，也不想看到我，那我就回去了。」

剛剛屋裡跟出來的孫梅看到崔薇身上披著的那件鵝黃色斗篷，鮮豔的顏色就算是沾了些水珠，可是襯得少女還帶了稚氣的面容像是能滴出水來一般，頓時心生妒忌，咬緊了嘴唇站在一旁，險些將衣袖都給擰破了。

孫氏沒料到自己一句話崔薇真的要走，頓時就發慌了，連忙看了聶秋染一眼，誰料聶秋染也跟著將拿在手中的傘又撐了開來，一邊攬著崔薇就要走。這樣正大光明跟著媳婦兒走的舉動，頓時將孫氏氣得發愣，又害怕他當真走了，等下聶夫子問起來不好交代，忙不迭就喚他。「大郎，你去哪兒？」她原本罵崔薇是想要出口氣，又是想要借罵她而轉移趙氏等人注意力，也有著想要給自己娘家人掙臉面的意思。誰料崔薇這樣不給她留臉子，若是等下村裡人過來幫忙了，看到自己家中聶秋染不在的情景，恐怕聶家要丟大臉面，而聶夫子也饒不了她！

一想到這些，孫氏心裡氣得便發慌，忙忍了怒氣，陪著笑慌忙將這兩人給拉住，一邊死死捏著崔薇的胳膊，一邊勉強笑道：「妳這孩子，氣性也太大了些，我不過是隨口說了一句而已，你們這就要走，小小年紀，哪來這樣大的脾氣。」孫氏這會兒心裡氣得想吐血了，卻是不得不將人好聲地給哄著了。

崔薇手臂被她扯得生疼，皺了眉頭便將自己的胳膊扯出來，由著孫氏又笑了幾句，她自個兒給自個兒搭了臺階下了，這才跟著留了下來。

孫家的人心中對此既是憤恨，又是無奈，看崔薇的目光都帶著敵意，尤其是一個年約十六、七歲左右，身材略微粗壯的少女，看著崔薇的目光既是有嫉妒，又是有怨恨，還有傷心。光看此人坐在孫家那邊，年紀又到了，再加上看著聶秋染的表情帶著哀怨，崔薇便猜得出來這個恐怕就是孫氏之前想讓聶秋染納的孫梅了。

這姑娘年紀看起來不小了，若是男子家沒成婚便還好，像她這樣現在還沒個著落，又沒正二八經說親的，恐怕孫家還真應該著急，難怪想讓聶秋染接著。只是崔薇可沒有跟人共侍丈夫的打算，看了孫梅一眼，又見到一旁還在上躥下跳著找糖吃的聶秋文，頓時忍不住嘴角邊露出笑意來。

幾人正在堂屋裡尷尬地坐著，半點兒聲音都沒有，孫家的人目光打量審視一般的落在崔薇身上，那頭穿著一身紅色衣裳的聶明便由聶晴扶著從屋裡出來了。聶明長相雖然不完全像孫氏一般，但大部分也像孫氏比較多一些，再加上長年幹活，平日裡瞧著並不如何出色。但今日因為是她大喜的日子，一身的喜氣，頭上還戴了一朵大紅色的絹花，臉上抹了胭脂，看起來竟然比平常多了幾分嬌豔。

「外公外婆，舅舅、舅母，今兒真是麻煩你們了。」聶明一收拾打扮出來，便給孫家人行了一禮。

戴氏等人估計是有意要冷落崔薇，因此忙迎了上前，低頭抹了兩把眼淚，一邊便與聶明說了起來。

崔薇靠在聶秋染身邊，偷偷轉頭打了個呵欠，見那名叫孫梅的少女一邊滿臉驕傲的跟聶明說著話，一邊回頭就看她一眼，像是在炫耀著自己跟聶明關係好一般，看得崔薇忍不住想笑。

那頭趙氏慈愛的扶了聶明起身坐下了，一邊嘴裡就道：「也就妳是個孝順懂禮的，知道還來喊咱們，認咱們這門親戚。」她一邊說著，一邊便拿眼睛看了崔薇一眼，冷笑著從頭上拔了一支裹了一層薄銀片的簪子下來，插到了聶明頭上，臉色還有些扭曲，顯然有些肉疼的樣子。「妳出嫁，我也沒什麼好給妳的，這東西本來是想留著給妳表姊往後出嫁用的，可惜如今她福氣被人占了，她便想著要給妳添個妝。咱們不像有些人，手裡有銀子不肯出，只有這個，望妳不要嫌棄了。」她說完，手還在聶明頭上撫了好幾下，顯然送出這個東西極為不捨的樣子。

聶明自然知道她這話是個什麼意思，無非就是想要借此故意使崔薇難堪而已，想到崔薇這個做大嫂的不肯給自己添些妝，心中也是不滿，自然便跟著趙氏附和道：「我也是個命苦的，也唯有舅母憐惜而已。」說完，伏在趙氏身上哭了起來。

「快別說這話了。」崔薇看這兩人演得厲害，臉上不由露出笑容來，連忙起身朝聶明走了過去，一邊扯了聶明起身，一邊故意拿帕子替她擦臉，一邊皺了眉嘆道：「什麼命苦不命苦的，這話以後大丫頭就不要說了，如今公公婆婆還在，姑爺又好端端的，妳哪裡就命苦了？知道的只當妳新嫁娘捨不得娘家，不知道的……」崔薇說到這兒，看聶明臉色一瞬間有些扭曲的樣子，頓時忍了笑道：「不知道的，恐怕要當妳命中犯剋了。」

「妳！」聶明一聽這話，頓時忍不住便站起身來，氣得臉色都有些泛白，看著崔薇說不出話來。

崔薇看著她笑，一邊伸手想替她撫撫頭髮，更顯自己氣勢的，可誰料她表情是足夠了，氣勢也在，但因年紀不足，身段卻是矮了些，伸手出去，竟然只到人家臉龐，崔薇頓時就囧了。

崔薇身後聶秋染忍了笑，看她原本一臉高貴大方的神情，最後竟然因身高不夠而氣勢矮了下來，便忍不住想笑，又看趙氏等人一臉呆滯的神情，忙起身攬了她腰將她抱回來，一邊伸手將她小爪子給包住，一邊強忍著笑意，溫和道：「好了，不要胡鬧了。」

被人跟抱女兒似的抱了回去，崔薇臉色有些發紅，想到剛剛鬧的事情，乖乖坐在聶秋染懷裡不敢動了，臉頰發燙。

趙氏等人回過神來，也不好再去提之前聶明的事，只是看到聶秋染抱著崔薇的樣子，更覺得礙眼。

孫梅心中又酸又澀，忍不住就聲音有些尖利道：「大表哥，如今我娘也給表妹添了妝，不知道表嫂要給表妹添些什麼好東西？」一句「表嫂」她喚得有些咬牙切齒的，看聶秋染將崔薇抱在懷裡，溫文爾雅的臉上還帶著笑意，心裡便如同有貓抓一般，恨不能立即便將崔薇扯了出來，自己坐過去才好。

趙氏一聽到女兒的話，頓時也跟著應和，妳一言我一語地便跟著擠兌了起來。

聶秋染感覺到崔薇有些生氣，捏了她手心一把，這才看著戴氏等人笑道：「大舅母替表妹添妝本來也是天經地義的，畢竟往後都是一家人，表妹也遲早是要進聶家，大舅母不過是提前替她隨禮而已。」

一聽到聶秋染這話，趙氏等人臉上不由自主地露出驚喜之色來，孫梅臉上剎那間閃過一絲異色，臉頰也跟著微紅了起來，竟然比她旁邊坐著的聶明看起來還要亮眼了幾分。

聶秋染唇邊帶著笑意，一邊低頭摸了摸崔薇腦袋，一邊就道：「大表妹跟秋文自小便有婚約，遲早要成為一家人的，早些給聶明添妝也沒什麼不妥。」

聶秋染話已經說完了，但屋裡眾人卻都是聽了又一副沒有聽懂的樣子，趙氏臉上甚至還帶著笑意，傻笑著回頭看了自己的丈夫一眼，一邊呆呆道：「當家的，染哥兒這是什麼意思？」

孫梅也笑著轉了轉頭，眾人都呆滯住了，半晌之後聶秋文嘴裡的糖掉了出來，他指著孫梅大叫了一聲——

「我才不要娶這個醜陋的老女人！」

聶秋文正尖叫著，孫氏滿臉笑容的拿了一疊紅紙進來，一邊就好奇問道：「什麼老女人？」

崔薇忍了笑，看聶秋文慌忙地扯著孫氏衣裳，一邊慌亂道：「娘，我不娶她，我不娶她！」一邊說著，聶秋文一邊扯著孫氏便開始大聲哭了起來。

孫家人這才回悟過來剛剛聶秋染說了什麼，孫梅又羞又氣，捂了臉頓時便哭了起來，趙氏憤怒之下扯著孫氏便開始問道：「小姑子，妳明明說好的我家這丫頭要嫁的是染哥兒，現在好端端的怎麼又變成了秋文，妳是騙婚吧！」

到了這個地步，聶秋文現在都已經快十五了，可他現在還一事無成，文不成武不就的，如今還靠著父母吃喝，他拿什麼來娶媳婦兒，拿什麼來養家人，別說往後能沾點女婿的好處了，不被女兒從娘家拿東西倒貼就已經不錯了！

趙氏又氣又羞，聶家兩兄弟現在一個天上一個地下，她寧願將女兒嫁給聶秋染做妾，也不願意將女兒嫁給聶秋文做正室，又聽到聶秋文竟然嫌棄自己的女兒，還說女兒又老又醜，趙氏頓時便險些發了瘋，指著聶秋文便罵。「小雜種，你罵誰是又老又醜？你自個兒是什麼德行，一事無成，遊手好閒的懶東西，哪個倒了八輩子楣祖墳頭上生了蛆的，才會嫁你這麼一個沒出息的小東西！」

若是趙氏只罵自己便罷了，可她現在罵的是自己的心尖子，對孫氏來說，聶秋文便是她的眼珠子，哪裡捨得人家來摳，連碰觸一下也不肯的，這會兒竟然聽到趙氏不分青紅皂白便開罵起來，她頓時氣不過，將手裡的東西一扔，尖叫了一聲便朝趙氏撲了上去！

堂屋裡頭頓時亂成一團，聶秋染看崔薇眼珠子都看得險些滾落出來，起身拉著她後退了些。「離遠點，凡人打架，神仙遭殃。」

聶秋染這話剛一說完，前去拉架的孫梅不知道被誰一耳光拍在臉上，頓時頭髮都散了大半，哭得也更厲害了。

聶明看她這樣子，哪裡還敢上前，躲得遠遠的，嘴裡還在焦急的勸道：「娘、大舅母，不要吵了。」

今兒是聶明大喜的日子，但這兩人現在卻打得歡樂，崔薇猜想她現在心中一定氣得厲害，這會兒臉色都有些扭曲了，一雙手捏著衣袖扯得衣裳都有些變形了。

聶秋文這傢伙也不講義氣地湊了過來，孫氏為他打得厲害，但他卻是絲毫沒有想要上前幫忙的意思，只是站在聶秋染身邊，不住抱怨。「大哥，你怎麼讓我娶她啊，你自己不想要，你跟娘說啊，怎麼推到我身上？」他說這話時臉上止不住的露出慌亂之色來，聶秋文現在年紀不小了，對於嫁娶也多少知道一些，一想到自己娶了孫梅往後恐怕會要遭崔敬平等人嘲笑的樣子，他心中更是有些不快了，抱怨完沒等聶秋染開口，便朝崔薇央求道：「崔妹妹，好妹妹，妳幫我說說，我不想娶她。」

「你在喚誰？」聶秋染聲音有些發冷，直凍得聶秋文打了個哆嗦。

聶秋文抬起頭時就看到聶秋染瞇著雙眼，眼裡透出陰戾之色，頓時嚇了他一大跳，這還是他頭一回看到聶秋染這模樣，心中不由有些發慌，有些害怕地看了崔薇一眼，這才怯生生道：「大嫂……」

聶秋染臉色還有些陰沈，聽到他這樣喚時，半晌之後才點了點頭，慢吞吞道：「如今娘正在為你的事打架，你去勸勸！」說完，不由分說便推了聶秋文前去孫氏那邊。

聶秋文不防他力氣如此大，被他推得一個踉蹌，正好壓在了那趙氏身上。

將人推開了，聶秋染死死將崔薇攬在懷裡，氣勢昂然，一雙眼睛如鷹隼般盯了聶秋文半晌，最後才漸漸化成一片冰冷，被隱藏在眼底深處。

聶明好端端的婚事，最後因為孫氏跟趙氏二人的打鬧而添了幾絲火氣，等到聶夫子出來將這兩人喝斥開來時，孫氏臉上早就已經開了花，今兒特意穿的新衣裳也被扯破了，連頭髮都被抓散，這可是孫氏昨兒特意花了十文錢讓人給自己盤的頭髮，據說是城裡夫人們才會盤的，她昨天一盤上，晚上就沒怎麼敢睡，可今天被趙氏給抓散了開來，險些沒將她氣得發了瘋。

孫家的人這會兒也是又氣又怒，今日天不亮他們便過來了，本來就是想為了孫梅的事找聶家落實下來，可誰料結果卻攤上了這個，孫梅哭哭啼啼的被趙氏等人拉走了。

若是換了平常，少不得孫氏這會兒要慌忙上前將孫家人拉住，不過她剛跟趙氏打了一架，心裡火氣正旺，自然巴不得他們早走，孫家人氣沖沖地離開了。孫氏昨兒起便收拾打扮，可誰料今日卻因為被趙氏抓傷了臉，而被深感丟臉且盛怒之下的聶夫子勒令不准出去，心裡的鬱悶就不要再提了。

孫氏一不能出門，出面的自然就是崔薇了。羅家過來抬人時看到主事的是個面容稚嫩的少女，心中無不詫異，但因為聶秋染身分足夠了，崔薇這個當嫂子的親自給聶明操辦婚禮，羅家的人自然也不會心中不滿，自然興高采烈地進來抬新娘子了。

逮著空閒，崔薇瞧了一眼那穿著一身大紅喜袍的新郎官，表情有些流裡流氣的，身材中等，年歲瞧著倒是不小，與他一同過來的是他本家一個嬸子，羅大成的娘並沒有親自過來。村裡兩個熱心的婦人扶了聶明出來，將她抬上了花轎，一路吹鑼打鼓的就要走。孫氏今兒不能出門，崔薇自然是要一路跟到羅家去的。

迎親隊伍沿路倒是極熱鬧，如今天氣雖然冷，但道路兩旁卻站滿了看熱鬧的人們，個個好奇地站在旁邊，一面跟在後頭歡呼熱鬧。崔薇拎著裙襬走在隊伍中，雙腳濺得滿是泥濘，一路打著晃，隊伍才剛出聶家不遠，倒有人不小心一撲爬摔倒在地，聶秋染看崔薇皺著眉頭的樣子，忍著滿耳的喧譁，一邊湊近她耳邊道：「我去將馬車趕過來，咱倆坐車過去。」

要是真能坐車，崔薇自然求之不得，忙就點了點頭。站在原地等著，幸虧今日下雨，隊伍走得並不快，地上路滑，若是走快了將新娘子摔出來，才真正是出了大醜。聶秋染不多時將馬車趕了過來，抱了崔薇坐在前頭，自個兒也跳了上去，趕著馬車不遠不近的跟在轎子邊。

這羅大成家所在的黃梢村正是緊鄰著鳳鳴村，隔小灣村也並沒有多遠，走了不到半個時辰，眾人便已經到了。

羅家人這會兒早已經準備妥當了，屋外的大壩子上一溜兒擺開了七、八套桌椅，許多婦人都在壩子中忙活著幫忙煮飯洗菜等。看到這邊新娘子隊伍過來時，一些半大的小孩子連忙就湧了上來，有人便拿了糖果出來，壩子上歡笑聲更響亮了些。

崔薇從馬車上跳了下來，打量了這羅家一眼，羅家的房舍約有七、八間，看起來倒是不錯，趁著那羅大成扶聶明下轎子的工夫，崔薇眼角餘光看到一個年約四十許的婦人挺著個大肚子，身後跟了一個看起來只有八、九歲的小童正往這邊看著，一邊不時地便抹下眼淚。

「那是羅大成的娘。」聶秋染看到她眼神，一邊就湊近她耳朵邊輕聲說了一句，末了，又盯了那小男孩兒一眼，嘴角邊露出一個若有似無的笑容來，語氣多了幾絲凝重。「那是她七兒子，羅石頭。」

不知為何，聽到聶秋染說到羅石頭幾個字時，崔薇像是聽出了他話中的一絲冷意，頓時打了個冷顫，抬頭看著聶秋染時，又見他臉上帶著溫文爾雅的笑意，一雙眼睛深邃迷人，剛剛就像是自己的錯覺一般，頓時就甩了甩頭。本來想問他為何會認識羅家的人，可誰料經他這樣一打岔，卻又忘了個乾淨。

這羅大成的娘倒也能耐，生了好幾個孩子了，肚子中還揣了一個，崔薇看她肚子，頓時打了個冷顫，古代女人都不避孕，一旦有了孩子便生，光是瞧著就已經很嚇人了。不知是不是因為之前聶秋染提起羅石頭時的語氣有些奇怪，崔薇目光總不自覺的朝那小男孩兒身上轉。這孩子瞧著瘦弱得很，一雙手腕跟蘆葦稈似的，只剩了皮包著骨頭，臉頰極為瘦弱，凸顯得一雙眼睛便大了些，看人時的目光帶著警惕又帶著好奇，死死的跟在那懷著身孕的婦人身邊，一副戰戰兢兢的樣子。

瞧著這模樣，倒不像是能被聶秋染另眼相看的樣子。崔薇打量了他半晌，沒發覺這孩子有什麼特別的地方，倒是看他瘦成這模樣，心中也覺得有些憐惜。眾人忙著將新娘子送進房中，那挺著大肚子的婦人也跟了進去，那孩子站在門口朝屋裡望了一眼，只是羅大成的娘魏氏根本沒工夫搭理他，自然將他一個人留在了外頭。

屋裡面擠得很，崔薇也懶得跟進去湊熱鬧，坐在了屋外，見那孩子怯生生的模樣，乾脆衝他招了招手，一邊笑道：「過來。」

那名叫羅石頭的孩子猶豫了一下，大眼睛中露出惶恐與驚駭之色，搖著頭想要往外退，崔薇見他這模樣，乾脆起身蹲在了他面前。「你叫什麼名字？」雖然早已經從聶秋染嘴中知道了這孩子的名字，但崔薇依舊是問了他一句，原本是想打消他的顧慮，誰料這孩子抿緊了嘴唇，臉上現出一絲倔強之色，一邊背脊更是貼緊了門一些，沒有開口。

崔薇也不以為意，見他消瘦的臉頰，以及身上明顯已經短了一截的衣裳，手腕與腳踝處露出來的地方竟然已經凍得有些發紫了，心中不由更是憐惜，乾脆伸手過去摸了摸他手，入手便是冰涼一片，凍得她打了個哆嗦，一邊就皺了皺眉頭道：「真冷，怕不怕感冒了？」

崔薇話音落了，那孩子卻依舊盯著她不肯出聲。崔薇笑了笑，伸手摸了摸自己身上，她早上出來時怕自己半路想吃東西了，拿油紙包了幾顆奶糖，這會兒取了出來，乾脆拈了一顆衝這孩子示意他張嘴。可誰料這孩子滿臉倔強，崔薇最後也沒法子了，乾脆將糖全塞到他手上，一邊摸了摸他腦袋，感覺到這孩子身體緊繃了起來，這才站起身來又朝聶秋染走了過去。

「聶大哥，這羅石頭怎麼穿成這樣。」此時人一般都是重男輕女的，而這羅石頭是個男孩兒，平日裡卻像是沒過什麼好日子一般，羅家看樣子又不像是窮得連飯都吃不上的，怎麼對兒子卻這樣苛刻，連大兒子娶媳婦兒都捨得花銀子辦得這樣熱鬧，偏偏對這個小兒子看起來卻根本不太重視的樣子，一般人家都愛么兒，這情況倒當真是有些稀奇了。

那孩子捏了糖，定定看了崔薇半晌，這才往外躥了出去。

聶秋染嘴角邊露出一絲笑意來，眼神漸漸變得溫和了些，替崔薇理了理頭髮，這才拉了她坐在自己身邊，與她低聲說道：「羅石頭他娘生他時難產，又是寤生，先出腿，險些命也沒了，而那一年他爹也受了傷，羅石頭在五月五日出生，這一天是毒日，他爹娘認為他不吉利，對他並不喜歡。」

聶秋染看著崔薇，語氣溫柔而緩和，卻是聽得崔薇愣了一下，睜著一雙大眼睛盯著聶秋染看。聶家跟羅家是姻親，雖然聶明當初沒有嫁過來，可到底兩家之間換過庚帖，聶秋染對於羅家的一些情況知道也並不足以為奇，但為何他對於這羅家人竟如此熟悉？尤其是這羅石頭，他竟然連羅石頭幾月幾號生都一清二楚，崔薇頓時有些驚訝，看著聶秋染就道：「聶大哥，你怎麼知道這些？再說五月五日生怎麼就不吉利了？」

聽她問話，聶秋染的表情有一瞬間不自在，看了門外一眼，腦中不知想到了什麼，一雙眼睛裡露出深邃神秘之色來，半晌之後才看著崔薇道：「五月初五自古以來便被人認為乃是一年之中最毒的一天，羅石頭生在這一天，黃桷村無人不知，無人不曉的。」他說到這兒，忍不住臉上露出一抹似笑非笑的神色來，表情冷得讓人心寒。

如今這個名為羅石頭的孩子，小名為犇生的不起眼小孩兒，在多年之後，卻是成了大慶王朝之中一個上自王公皇親，下至達官貴人都無人不怕的存在。多年以後，他下令將整個黃桷村屠殺乾淨，親手將自己的父母兄長與侄兒女等都一一手段殘忍地殺死，許多百姓平民不知道他的手段，但權貴之中卻對其大名如雷貫耳，又有誰知道，他現在不過是黃桷村裡，一個受人瞧不起的孩子而已？

當初自己跟他鬥了大半生，不分伯仲，此人的心狠手辣與陰毒殘忍他是深深領教過的，對他的出生來歷只差沒有刻進骨子中，如何又能不曉得？

崔薇不知道聶秋染想了些什麼，只是看他表情好似有些不對勁，屋裡正鬧著洞房，眼瞧著天色不早了，崔薇兩人只是過來送親的，也沒留在這邊吃晚飯，便準備要回去了。

羅家的人倒是再三挽留，聶秋染的名聲如今是無人不知無人不曉了，他們當然希望聶秋染兩人留下來，給羅家添些榮光也好，只是現在天色黑得快，再加上又下著雨，崔薇也怕回去晚了路不好走，自然是婉言推拒。那頭與聶明說了告辭，被她拉著又哭了一通，崔薇好不容易才跟著聶秋染上了馬車，臨走時她本來還想看看那個名叫羅石頭的孩子，可誰料羅家裡今日事忙，自然也不好打擾人家再問了。

而兩人馬車剛剛離開，一個破舊的柴房裡，滿身瘦弱的小孩兒正手裡拿著一塊奶糖萬分珍惜地舔著，一邊眼睛盯著馬車離開的方向，臉上露出天真憧憬的笑意來。

第八十章

黃桷村離小灣村也不太遠，雖說離開羅家時天色已經不早了，但回到小灣村天色還沒有大黑下來，聶家裡早已經擺開了宴席，都到了這個時間點了，人家都早已經開始吃上了，崔薇自然也不想再過去了，一邊哆嗦著靠在聶秋染身上，一邊伸手進他胸膛裡煨著，仰了頭道：「聶大哥，天都快黑了，咱們還是回家裡去自己做飯吃吧。」

雖說馬車頂上已經擋了一塊遮雨的油紙，但風颳過來，一些毛毛細雨仍是吹在了身上，將她外頭裹著的斗篷都打濕了大半，穿在身上冷冰冰的，但也不敢脫，否則恐怕會受涼。

聶秋染任由她將手捂在自己胸口上，一邊看了不遠處燈火通明的聶家，抿了抿嘴唇。「薇兒，為難妳了，妳放心，往後我必定會千百倍的補償給妳。」

今日聶明婚禮的熱鬧，更顯得當日兩人成婚時的簡陋。聶秋染心裡也明白自家不重視根本是因為自己要娶崔薇的原因，自然心中有些歉疚。

崔薇將頭靠在他肩上，沒有說話，其實心中卻是對聶秋染說這話很是高興。既然都已經決定要跟他過一輩子了，那麼他要是知道欠了自己的，往後自然會加倍的對自己好回來，她當然不會傻得去解釋說自己無所謂。

兩人駕著馬車朝自家方向走去，這會兒天色雖然還未大黑，但村裡許多人都去了聶家，四處都冷清清的，家中崔敬平也不在，估計也是去了聶家，如今崔家跟聶家之間有姻親，崔世福等人肯定是要去吃飯的。

回了家煮了飯，切一塊麥醬肉來炒了花菜，又做了一道蒜泥白肉，炒了兩個素菜煮了小半盆酸菜粉絲湯，剛一吃完，那頭崔敬平才回來。

這傢伙一回來張嘴就是一股酒味迎面撲來，恐怕在聶家是喝了酒的，想到他年紀已經不小了，再加上此時的酒大多都是米與高粱等釀出來的，崔薇也沒怎麼說他，只是燒了水讓他洗了，自個兒也洗了個澡，這才鑽進了被窩。

跑了一整天，兩人都有些累了，剛剛在馬車上時崔薇還有些想睡的，可偏偏一鑽進被窩裡卻是睡不著。她剛洗過澡，手腳冰涼，這會兒腳擱在湯婆子上，雙手就被聶秋染一隻手抓著放在他胸口上，兩人也不熄燈，就這麼靠著說話。

崔薇想到今日聶明出嫁，可是聶秋染卻表現得冷冷淡淡的模樣，像是比自己這個外人還像一個真正的局外人般，對聶家與羅家並不如何親近的樣子，雖然沒有失禮之處，但也沒有特別客氣的地方，這樣的兩兄妹，就算是恪守禮節，也實在太過奇怪了些。

她忍不住仰頭看了聶秋染一眼，靠在他肩窩處，一抬頭只看到他的下巴而已，臉上的神色看不清楚，想到如今聶家嫁了一個聶明，還有一個聶晴，忍不住就道：「聶大哥，聶明跟你是不是有過節？」

「看出不對來了？」聶秋染沒有直接說是，但他這樣一說，卻仍是證明了崔薇心中的猜想。

兩人靠在一起取暖，他一說話胸膛跟著微微起伏，連帶著崔薇的腦袋也跟著微微搖晃，帶著一種讓人不會感到不適的頻率，他的呼吸吹拂在崔薇頭頂上，髮絲被吹得輕輕拂動，讓人忍不住想伸手去抓上幾下。崔薇卻是撐了一天，這會兒躺床上了，累得連手指頭都不想動了，還沒開口，聶秋染的聲音就淡淡的響了起來。

「當年我病過一回，我爹不在家中，外出訪友去了，而我娘心中只有秋文，讓聶明出外喚我爹回來，當時聶明午時便出發，夜深人靜時才將我爹請了回來。」那一次的他其實已經是沒了，只是不知道上一世時的那一次生病，他為什麼又熬了過來？

聶秋染想到這兒，忍不住輕笑了幾聲。「當年聶明年紀雖小，但我爹離小灣村並不遠，再怎麼樣的距離，也不可能走到好幾個時辰。」

事實上他當初的病也並不是普通的風寒，聶家裡當初他表現出讀書的天分，而聶秋文當時年紀小，又被孫氏帶在身邊，從某一方面來說，這也是聶夫子放棄了這個兒子的表現，自然是對聶秋染更加看重，當時吃穿俱都是最好的，無論如何當時的聶秋染不可能突然病倒，這一些他也是後來才知道。

不知怎的，聽他這樣一說，崔薇心中便是有些發沈，她原本以為聶秋染不喜歡聶明本來只是因為這兒妹二人極少相處，彼此感情生疏而已，沒料到其中竟然還有這樣的糾葛，她也不知道該如何開口，兩人就這麼靠了半晌，安靜了一會兒，這才靠著睡下了。

聽著屋外沙沙的雨聲，崔薇睜著一雙眼睛，明明白日裡跑了一天累了，但這會兒聽了聶秋染的事卻怎麼也沒有睡意，直到隔壁崔家雞打鳴第一次，聶秋染才伸手在她後背輕輕拍了起來。光是從他這打拍子不緩不急的速度，崔薇就知道他沒有睡著，但被他這樣拍著，心裡卻漸漸安定了下來，也不知什麼時候睡著的，睜開眼睛時天色便已經大亮了。

隔壁房間裡沒有動靜，不知道崔敬平起來了沒有，外頭天色有些陰沈，透過半開的窗能看到外頭的細雨不住往下飄。這場雨下了十來天了，整個屋裡都透著一股陰濕之氣，聶秋染靠在床邊看書，一手還被崔薇枕著，一聽到崔薇動彈了一下，他立即便轉過頭來看著她笑。

「醒了？」他說話間，一手已經替她理了理睡了一整晚而被壓得有些彎的頭髮。

崔薇點了點頭，想了想一時間也沒什麼事要做，家裡的牛羊崔世福照顧得很好，他為了能還林氏銀子，如今替崔薇照顧這些東西而要收錢，心中感到十分的不安，每日裡必定早早的就將這些牲畜們先給整頓好了才會回去吃早飯。看著這會兒時間，他應該是早將牛羊奶給送過來了才是。

兩人這廂賴在床上都不想起來，而現在聶家裡孫氏卻是氣得肚子疼。昨兒她跟趙氏打了一架，當時只想著趙氏敢罵自己兒子，她哪裡還忍得住，自然是要衝上去與她拚命的，可到了晚上才漸漸回過味兒來。趙氏本來不知道聶秋染曾說過要將孫梅嫁給聶秋文的事，一準兒是崔薇或是聶秋染跟趙氏說了，聶秋文才會說他不娶孫梅的話，要真是那樣，自己可真中了那小賤人的圈套了！

一想到這些，孫氏便是氣得咬牙切齒的，昨兒本該她大出風頭一回的，可最後卻是便宜了崔薇，而自己卻因為臉上的傷，躲在家裡不敢出門。

孫氏倒是想去找崔薇算帳，可無論如何她卻又不敢，如今聶明已經嫁出去了，她本來便是用的聶明婚事的藉口，才一直留在聶家不用再去死老太婆那邊侍候著。如今聶明都嫁了出去，要是她再去找崔薇算帳，少不得聶秋染又要將她送過去！這會兒孫氏躲著還來不及，哪裡敢自主湊上前去。

如今兒子有了媳婦便忘了娘，這是孫氏用好幾回教訓換來的認知，因此明知昨兒自己跟趙氏打架一事是吃了暗虧，卻少不得要忍氣吞聲，但這心裡哪裡忍受得了，因此一早上起來心中便不痛快，陰陽怪氣的，趁著聶夫子出門訪友，她臉色更是難看得厲害。

聶晴端了洗臉水進來時，就看到孫氏坐在窗邊梳著頭的情景，孫氏頭髮披散著，臉色難看，幾道自眉頭一直快抓到了下巴的傷口看起來雖然不深，但因為那痕跡多，看起來也頗有幾分猙獰。聶晴小心翼翼地將水放在了一旁的三角形木架上，小聲地喚了一句。「娘，洗臉了！」

「妳年紀也不小了，不要一整天便盤算著這些，妳瞧瞧崔家那個丫頭，人家如今都有了能耐，還能請人建牲口欄，養那樣多羊和牛了。」孫氏一看到這個女兒陰沈沈的樣子，頓時便氣不打一處來，惡狠狠地瞪了她一眼，一邊沒好氣的將梳子遞給她，一邊抬了眼皮道：「還不給我擰把帕子過來，將我的頭給梳了。」

聶晴聽她口氣不善，頓時低了頭，隱去了眼裡一絲光彩，溫順地答應了一聲，擰了帕子遞給孫氏，接過她手中的梳子便替她梳起頭來。

這些活兒平日裡聶晴也是沒少做的，這會兒做來自然不會扯得孫氏頭皮生疼，只是孫氏剛將帕子捂到臉上，還沒擦洗，傷口沾到溫熱的水，孫氏頓時便倒吸了一口涼氣，重重將帕子一扔，忙就要站起身來。她的頭髮還在聶晴手中，這樣一扯頓時疼得厲害，臉上的疼加頭皮的疼痛，令孫氏想也不想便一巴掌朝聶晴頭上抽了過去，嘴裡厲聲道：「死丫頭，妳是要將我頭髮拔光是不是！」

聶晴連忙搖了搖頭，看孫氏兀自不肯甘休，眼睛四處望，像是要找東西打自己的樣子，頓時怕得臉色都有些變了，慌忙開口道：「娘，大嫂買這樣多牛羊，她哪兒來的錢？」聶晴這話說得又急又快，深怕自己這禍水轉得晚了，孫氏拿了東西便抽到自己身上。

孫氏聽她這樣一說，頓時便愣了一下，接著就回過神來，哪裡還顧得上打聶晴，嘴裡破口大罵：「哪兒來的銀子，肯定是妳大哥的！那小賤人，年紀不到便知道勾搭男人的下賤胚子，那銀子肯定是妳大哥的！」

孫氏一想到這兒，心中如同被貓爪抓著一般，難受得緊。「那銀子本來該是聶家的，若是這些銀子放在咱們這邊，便能將地再建得大一些，到時秋文也好說媳婦兒。」孫氏說到這兒時，聲音越發有些尖利了。

聶晴見她沒有再要打自己的意思，便鬆了一口氣，聽孫氏嘴裡還在不乾不淨的罵著崔薇，剛剛一陣後怕，後背沁出了一層冷汗來。

孫氏早就憋著一股火氣，若是今兒讓她將火氣燒到了自己身上，說不得今日自己要狠狠吃上一回苦頭，憑什麼自己好端端的要吃這份苦，倒不如將孫氏這把火燒得旺一些，讓她去找崔薇麻煩。都同樣是女孩兒，她憑什麼能得大哥喜歡，而自己卻根本不被大哥照顧，如今還要挨孫氏的打，崔薇哪兒比自己好了？聶晴臉色有一瞬間的扭曲。

而孫氏顧著罵崔薇，根本沒注意到聶晴臉上的異樣之色，半晌之後才聽聶晴輕聲道：「娘，既然大嫂的地是大哥出錢買的，裡頭也該有二弟一份的，不如就讓二弟去瞧瞧，順便也幫著照顧，往後也好讓這些銀子跑不掉，二弟有了銀子，什麼樣的媳婦兒又說不著了？」

一聽到女兒這話，孫氏頓時覺得有道理，眼睛不由一亮，連忙就點了點頭，只是她臉上笑意還沒露出來，又想到聶晴所說的聶秋染買的地，頓時心中又大怒，自己之前只想到那些畜牲是聶秋染出銀子買的，卻沒想過那塊地也同樣有可能是聶秋染買下來的。現在一想到如此大筆銀子最後卻便宜了崔薇，孫氏心中便跟刀割似的，連忙就下決心點了點頭，衝聶晴道：「妳將妳二弟喚過來，我有話跟他說！」

聶晴眼珠轉了轉，湊近孫氏耳邊說了幾句，孫氏連忙就點了點頭，讓她去找聶秋文過來，吩咐了幾句，讓他前去找崔敬平，使他進崔薇隔壁的羊圈中瞧瞧，想讓他先將消息打探出來再說。

聶秋文被聶夫子跟孫氏兩人拘在家中不知道多久了，早就悶得受不了了，乍一聽孫氏讓他出去玩耍的話，頓時便跟在作夢一般，還不肯相信，待聽到孫氏肯定的答案之時，他登時便高興得跳了起來，也顧不得此時外頭還下著雨，沒管身後孫氏叮囑著讓他穿件蓑衣出去，拿手遮著頭，不一會兒便沒了影子。

孫氏跟聶晴相互看了一眼，兩人嘴角邊不由自主的都掛出一絲笑意來。

對於羊圈那邊的事，崔薇現在幾乎都放了手，現在每天早上崔世福自個兒將羊、牛乳擠了直接給她挑過來，每天還要幫她挑水，每日只消自個兒煮飯吃而已，閒得很。

第二天便是大年三十了，天色還沒黑，崔薇就在跟聶秋染商量著第二天要吃什麼菜。崔薇現在又不缺銀子，平日裡幾乎肉食沒斷過，家中她自己又是做糕點零食的，對於像人家過年時能穿新衣裳以及吃肉買糖這樣的事並不如何興奮，過年時要吃的東西她也並不覺得有什麼期待的。

本來想晚上宰些肉出來，等明兒包餃子吃，不知是不是今年雨水特別多，她之前在院子裡種的韭菜這會兒長得水靈靈的，剛好能割個約莫三、五斤下來，正好可以用來包韭菜餃子。

天色漸漸黑了起來，崔敬平這幾天也不知怎麼回事，成天就往外頭跑，到了這會兒工夫還沒有回來。崔薇剛生上了火將飯煮上，還沒將菜下鍋去炒，外頭便已經傳來一陣急促的敲門聲，屋裡黑背瘋狂地衝著門口大叫了起來。

到了傍晚雨下得更大了些，也不知道是誰在這個時候過來了，崔薇忙起身拍了拍身上的柴渣，還沒有出去，便看到聶秋染已經拿了傘撐開，衝她擺了擺手，自個兒去開門了。門外不知道站的是誰，聶秋染說了幾句之後竟然轉頭打著傘就衝她過來了。

「薇兒，是岳父過來了，說隔壁的羊圈出事了！」

崔薇一聽這話，頓時心裡便有些發慌，忙轉身將飯端了起來，又拿一個乾淨鍋裝了水放在灶上，忙就跟著聶秋染出來了。

這會兒崔世福正站在門口處，渾身上下都濕透了，頭上的水流順著頭髮往下流，讓他整個人好像剛從水裡撈出來的一般，站的腳下原本是有門檻上方的瓦片擋著，可這會兒也被他褲管下流出來的水滴得如同匯聚成了一條小溪般。崔世福滿臉凍得發青，一臉焦急之色，也不知臉上那些到底是淚水還是雨水。

崔薇瞧他這樣子，頓時吃了一驚，連忙道：「爹，您渾身都濕透了，先回屋裡換件衣裳吧，萬一凍著了可怎麼了得？」眼見著快過年了，要是在這個時候生了病，可不是鬧著好玩的，鄉下裡的人都忌諱這個，認為在過年時生病，若是到了大年初一還沒好，那便是要霉一整年的事情。

崔世福渾身直打哆嗦，整個人凍得都有些麻木了，一邊搖了搖頭。「不，不用了，我……薇兒，我對不起妳了。」崔世福說到這兒，忍不住大哭了起來，一個平日裡只知流汗的漢子這會兒卻是捧著頭哭得厲害。

不遠處崔敬懷穿著一身蓑衣戴著斗笠過來了，臉色也有些發沈。

崔薇瞧他們這模樣，心中也有些發慌，但仍是強作鎮定了，回頭讓聶秋染拿條乾帕子出來，讓崔世福隔著背心，才朝羊圈那邊行去。

一路崔世福便跟她說著經過，不多時幾人便已經來到了羊圈邊。這會兒羊圈大門緊鎖著，崔世福渾身凍得僵硬了，掏了好幾次還沒將那鐵鑰匙掏出來，眼睛通紅發澀。「我晚上過來時，就看到這門沒鎖，那羊被咬死了兩頭，還有幾隻不見了。」

雖然聽崔世福說著裡頭的情況崔薇已經猜出了些什麼，不過等到真進了羊圈看到裡頭的情景時，她卻依舊忍不住嚇了一跳。

羊圈裡面這會兒兩隻羊的屍體早已經被擺到了一旁，許多羊這會兒受了驚嚇，嘴裡正發出「咩咩」的叫聲，有頭奶牛也受了傷，一些剛生出不久的小羊這會兒更是死了個乾淨，羊圈地方寬敞，裡頭雖然下了雨，將大部分的血腥味吹走了一些，但羊圈裡依舊能瞧見地上羊踩出來的血蹄印與毛皮。

「這是怎麼回事？」崔薇一靠近羊圈，裡頭的羊便驚慌失措地四處亂拱，嘴裡發出淒厲的叫聲。

崔世福眼圈通紅，既是覺得自己收了錢可惜最後卻沒能將羊瞧好而感覺過意不去，又是覺得無顏面對女兒，這會兒聽她問話，好歹振作起了些精神來，抹了把臉便道：「這幾日聶家那二郎說是聽他娘的話，來瞧瞧這羊圈。」崔世福說到這兒時，不由自主地便看了聶秋染一眼，心裡又是沈重，又是有些難受。「他說他娘講過了，這羊圈往後也有他一份，因此時常想過來瞧瞧，這幾日我也將鑰匙給了他一把，早晨時我餵了羊還好端端的，晚上過來本來準備跟妳大哥沖洗羊圈添些草的，誰料就看到了這個。」

崔薇一聽到這兒，頓時氣得面色發白，身子搖晃了兩下，一旁的聶秋染忙伸手將她給攬住了，看到崔世福焦急擔憂的臉色，聶秋染沈聲道：「岳丈，這事與您無關，是聶秋文的錯，您不要自責。」

崔世福聽他這樣說，慌亂地就點了點頭，顯然心中還殘留著驚懼，雖然嘴上說不自責了，但以他為人哪裡就真正能將這事給揭過的。

聶秋染也不多說，與崔薇又檢查了一些羊，將受傷的隔離到一旁，死了的則讓崔世福拖回去，幾人淋著大雨收拾妥當，聶秋染沈著臉，衣裳也沒換，拉了崔薇便朝聶家走。

剛走到崔家那邊，就看到崔敬平頭上頂著兩片芋葉，一邊縮著身子朝這邊跑了過來，看到崔薇二人時愣了一下，接著又露出笑容來，只當他們是來找自己的，衝他們招了招手。

「妹妹，我在這兒呢！」

他一邊說著，一邊三兩步便朝這邊跑了過來，每跳一下腳上就濺起一串泥點，等他跑過來時，崔薇看到他身上褲腿都已經沾滿了泥漿，濕透了。

崔敬平跑了過來時才看到崔薇臉色有些不好看，頓時只當自己遲了沒回家讓她有些擔憂了，連忙有些著急道：「下這麼大雨，妹妹怎麼出來了？是不是來找我的？都怪我，早知道我不跟聶二那傢伙玩耍了，早早回來。」他一邊說著，一邊看崔薇臉色就有些變了。

「聶秋文那傢伙現在在哪裡？」崔薇這會兒氣得很了，說話時都有些咬牙切齒，那羊圈明明是自己的，聶秋文這傢伙倒是膽子挺大的，如今竟然敢說他自己也有一份，現在還闖了這樣大的禍出來。

「回、回家了。」崔敬平瞧她臉色有些不對勁，忙又湊了過來，一邊有些忐忑道：「妹妹，怎麼了？聶二那傢伙做什麼事情了？」

「他說羊圈有他一份，跟爹要了鑰匙去，沒鎖門，羊被狼叨了幾頭走，還咬死了一些。」崔薇一說到這兒，心裡便有些煩躁，想到聶秋文，頓時又有些氣憤了起來。

崔敬平一聽說聶秋文闖了這樣的禍，自然是要跟著崔薇一塊兒去聶家的，幾人來到聶家時，這會兒聶夫子前腳剛回來，聶家裡還擺著飯，幾人還沒動筷子。

崔薇等人進了院子時，孫氏看著他們便冷笑了起來。「還知道這邊是妳婆家呢，我當妳拿我們這邊當客棧，想來就來，想走就走了！」她這會兒看到崔薇新仇舊恨便湧上來，連對聶秋染孫氏心裡也生出一股恨意來。這兒子一娶了媳婦兒便胳膊肘往外拐，實在是讓人氣憤，自然現在也瞧聶秋染不順眼。端了飯碗也沒喊這幾人坐下吃飯，自個兒刺了一句，只當不曉得幾人還站著般，便開始扒起飯來。

「聶秋文，你這幾天去過我那羊圈了？」崔薇根本沒理睬孫氏，只盯著聶秋文冷冷便說了一句。

聶秋文愣了一下，點了點頭。

他還沒開口，那頭孫氏卻聽不得崔薇用這樣的口氣跟自己的兒子說話，霎時臉色便沈了下來，「啪」地一聲將手中的筷子拍到了桌子上，站起身來指著崔薇便罵道：「不要給臉不要臉，妳在跟誰說話呢，有妳敢這樣跟小叔子說話的嗎？果然是個沒教養的，楊淑那賤人有本事生沒本事教，人家當妳從小沒爹娘呢，學的什麼規矩！」這些話孫氏早就想罵出來了，一直忍了這樣久，直到現在才有機會說出口，罵出聲來頓時心裡便一陣痛快。

崔薇這會兒顧不得聶秋染想要替自己出頭了，跟孫氏這樣的人鬧，要是她不親自出馬都消不了心頭的那口惡氣，看著孫氏便冷笑道：「我這個沒有教養的，也總比某些人強一些，厚顏無恥竟然敢說我那羊圈有他一份，沒得想錢想瘋了吧？如今聶秋文將我的羊圈打開，放了狼進去咬死了幾頭羊，又被叼走了一些，婆婆之前還欠我幾百銅錢呢，這會兒算起來一併暫時先給我三兩銀子，看在自家人的分上，我也不訛您了，若是圈裡的牛和羊還有死的，價錢再跟您另算！」

孫氏沒料到她竟然敢罵自己，頓時愣了一下，接著回過神來時又聽她說羊圈裡有畜牲被叼走了，心中又是一陣暢快，只是還沒高興得起來，那頭聶夫子已經沈了臉色，拍了筷子在桌上，沈聲問道：「她差妳什麼錢？」

「婆婆當初可是親自簽了欠條的，只是兒媳瞧在她是長輩，不好將這事拿出來說了丟了她臉面而已。」崔薇這會兒氣得很了，看了孫氏有些慌亂的臉色，一邊擰了聶秋染一把。

「夫君可以給我作證！」

孫氏沒料到崔薇這一回過來竟然這樣凶，頓時便有些慌了神，下意識地就看了聶夫子一眼，卻正好看到他臉色鐵青，表情不善的模樣，嚇得雙腿發軟，再也沒有之前的氣勢，一下子便跌坐在了椅子上，一邊搖了搖頭慌亂道：「不是的、不是的，是他們誑我。」

「娘，我是您的兒子，只有為妳好的，怎麼會誑妳？」聶秋染看了孫氏一眼，溫和地衝她笑了笑。

但聶秋染越是這樣，聶夫子臉上的神色便更加陰冷，看得孫氏有些簌簌發抖了起來。

「到底是怎麼回事，慢慢給我說。」聶夫子這會兒語氣雖然平靜，但孫氏等人都知道他是動了真怒。兒媳婦親自找上門來管孫氏要債，這事擱誰身上臉面都掛不住，尤其是像聶夫子這樣愛好臉面的，更是容忍不了。

自己的丈夫脾氣自己知道，孫氏這會兒心中忐忑異常，悔得腸子都青了，卻是硬著頭皮將事情跟他說了一道。

她話音剛落，崔薇便將今兒的事情說了一遍，末了她還沒開口，聶秋染就已經笑了起來。「爹，您也知道中了舉人就算是有些銀錢，可也並不多，若是要用來買上這樣一些東西是斷然不夠了，薇兒的羊和牛是她自己成婚之前便已經買好的，村裡人都知道。莫非爹以為我沒本事，只能靠媳婦兒不成？」若真是那樣，聶秋染一個大男人還要靠妻子來養，就算是他是舉人，可若事實真如此，恐怕名聲也不見得會好聽到哪兒去。

聶夫子對這個兒子是有大期望的，哪裡能容得他在沒有功成名就之前名聲被污影響了自己心中的野心與慾望，一聽這話，頓時便回頭眼神陰冷地盯緊了孫氏。

孫氏被他盯得喘不過氣來，下意識地便將聶秋文重重摟在懷裡。

聶秋文到底還是個孩子，今日這事雖然不是他成心要做的，但他心中恐怕也是聽了孫氏的話，認為這羊真有自己一份，心裡生了心思出來，自然才有今日一禍。崔薇對這小子恨得牙癢癢的，這小子到底年紀是小了些，經的事也不多，被孫氏這樣一挑著便昏了頭，也沒來問她一句便朝羊圈那邊跑。今日惹了這樣的事，孫氏肯定是不會賠銀子的，她現在過來最多也就是陷害孫氏被收拾一回，出口心裡的氣而已，事實上真正吃虧的也就只有她一個人而已。

聶夫子這會兒氣得額頭青筋都已經迸裂開來，緊緊盯著孫氏不出聲，半晌之後才忍了心裡的火氣與崔薇二人笑道：「老大家的，這事是聶秋文的錯，既然他這樣愛跑，我今日便將他狗腿打斷，讓他以後再出不了房門，妳也別跟他計較了。」

一聽這話，不只是孫氏母子嚇了一跳，就連崔薇也嚇了一跳。

聶秋文嚇得渾身直哆嗦，他是知道他爹性格的，這事恐怕還真有可能做得出來，若是自己當真成了一個瘸子，往後可怎麼了得？他又怕又慌，忙轉頭就看了孫氏一眼，淒厲道：「娘，救我。」

這當口孫氏都已經嚇得雙腿直打擺子了，連坐著都覺得渾身軟綿綿的使不出力氣，那心跟要跳到嗓子眼兒一般，嘴唇發乾，她本能的將兒子摟進懷裡，半晌之後才指著聶晴道：「是這丫頭說的，是她讓她二弟去的，不關秋文的事。」在聶夫子氣勢之下，孫氏艱難地將責任推到女兒身上，回頭便看到聶晴瞪大了眼睛看著她滿臉驚慌的神情。

縱然是孫氏平日裡對兩個女兒並不在意，但在這樣的情況下為了救兒子而不得不將女兒推到前頭頂著，她這會兒心裡到底也覺得過意不去，在聶夫子的冷眼與聶秋文的驚慌哀求之下，一旁聶晴死死盯著她的眼神，孫氏心中頓時又慌又怕，恨恨地將崔薇給怨上了。

這事聶夫子說了會給崔薇一個交代，自然聶家那幾個人便是跑不掉了，聶秋染也知道他爹的意思，與他保證了三年之後入場一試，縱然不中進士也要結交打點官場的承諾之後，聶夫子這才心滿意足地將兒子兒媳給送走了。

幾人剛一出房門，透過還沒關的院門裡，便看到孫氏母子俱都跪了一地，屋裡傳來斷斷續續的哭聲，一道戒尺打在皮肉上的聲音一下子傳了出來，聲音大得讓出了門的崔薇與崔敬平二人都跟著打起了哆嗦來。

聶秋染溫和地替崔薇撫了撫臉頰邊濕漉漉的頭髮，又替她將身上披著的斗篷給繫緊了些，免得寒風灌進脖子裡，這才打了傘撐在她頭頂上，溫柔衝她笑道：「走吧。」

剛剛聶秋染對孫氏等人時毫不留情的模樣，以及與他如今滿臉溫和，甚至連眼中都像盛滿了笑意的情景根本不同，崔薇忍不住打了個寒顫，嘴裡輕喚了一句。「聶大哥……」

聶秋染外表看似溫和文質彬彬，實則只有相處久了才知道，這個人其實骨子裡都透著寒意，從他對孫氏等人的態度便能看得出來，以前每回都能誆得聶秋文回去挨打，以及對聶晴等兩個妹妹時毫不在意的態度，都證明了聶秋染並不像是他表面上那般溫文爾雅好相處，可他對自己卻是處處照顧周到細緻，崔薇臉上露出不解之色來。

聶秋染伸手摸了摸她腦袋，嘆息了一聲，透過崔薇像是想到了什麼一般，半晌之後才又說了一句。「走吧。」

聶家裡的哭嚎聲漸漸遠了些，崔薇等人回到家時崔世福父子已經不安的坐在屋裡等著了，兩頭死羊正擱在院子中的石桌上，黑背不顧淋著雨正在上頭聞來聞去，興奮異常的樣子。一旁毛球蹲在門口，最近牠變得「文雅」了許多，幾乎輕易不出門，這會兒就算是外頭擺了兩頭羊，牠也是蹲在門口不出去，看到崔薇等人回來時，嘴裡這才「喵喵」的叫了幾聲。

「回來了？聶家怎麼說？」崔世福這會兒還沒回家裡換身衣裳，頭髮濕答答的貼在腦袋上，看起來十分的狼狽，看到崔薇等人回來時他連忙便迎了上來，一迭連聲的就問。

「爹，這事就算了，往後聶二不會再去羊圈了，您以後多留個心眼兒就是，幸虧也沒幾頭羊，否則若是全給糟蹋了才可惜。」崔薇勉強笑了笑，剛剛聶秋染看她的眼光其實她是記在心裡的，不知為何，這會兒想起來卻是隱隱覺得有些不舒坦，衝崔世福說了幾句，看他滿臉失望難受的樣子，深怕他想不開，忙安慰他道：「爹，您放心，我還有銀子呢，再說聶大哥手裡也有好多銀子，不過就是幾頭羊，只要您能養得過來，我就是再買十頭百頭的我也買得起。」

她說完這話，崔世福心裡也沒覺得好受多少，連忙拿袖子借著擦腦袋的動作按了按眼睛，一邊就道：「妳多買一些，多買一些，我也不要工錢了，我跟妳大哥就天天給妳侍候著這些羊。時間久了，總能給妳多照顧一些出來……」

一旁崔敬懷聽他這樣說，忙不迭的就點了點頭。

崔薇見他這樣子，忙就道：「爹，這事與您無關，要說也是聶二幹的，您這樣幹什麼，真的與您無關，您就放心吧，我缺不了這點兒錢的。這樣小器，哪裡能發得了什麼大財。」她年紀小小的，便說什麼發不發財的話，聽得崔世福心裡又是難受又是好笑，只是他到底不善言辭，崔薇好說歹說的，才終於將他給哄走了。

等崔世福一走，崔薇也沒了心情做什麼菜，只匆匆炒了幾樣吃了，崔敬平只當她還在為羊的事而擔憂，吃完飯自個兒燒了水，洗了臉和腳忙就回他自己房間了，留了崔薇聶秋染兩人在外頭。

崔薇看也沒看聶秋染，自個兒進廚房裡打了水就洗澡去了。

聶秋染不知怎的，總覺得她像是在生自己的氣，但想了想自己又確實沒什麼地方惹到過她的，頓時百思不得其解，他自己也不知道怎麼回事，總覺得崔薇這樣對他不理不睬的令他心情有些煩悶，無論如何也靜不下心來，乾脆也打了水先去另一側將澡洗了，剛出來放了桶又閂好了門，進屋時就看到崔薇已經坐在床邊拿了帕子擦頭髮。

他連忙就走了過去，一邊道：「我來給妳擦。」

崔薇沒理他，側開了身子，避開了他的手，自個兒擦了幾下。聶秋染忙取了之前挾出來的竹炭籠放到她腳邊，任她偏了身子將頭髮湊過去烤，深怕她頭髮掉進炭裡被燒焦了，忙替她拿在手中，一邊拿帕子絞著水氣，一邊眼睛不時就看她一眼。

聶秋染目光不時總看自己一眼，崔薇感覺到了，但卻沒有理他，不知道為何，今天聶秋染看自己那一眼令她到現在還覺得心裡有些不舒服，像是透過了她在看著誰一般，崔薇正好借著聶秋文這件事不理他。

將頭髮擦乾了，摸著上頭水氣已經消得差不多了，崔薇這才哆嗦著脫了衣裳爬上床。

聶秋染將竹炭籠提了出去，又灑了些水將火給熄了，這才又閂了門進屋裡來，熄了燈就看崔薇已經背轉過身睡著了。

不知道這丫頭在鬧的是什麼脾氣，聶秋染有些無奈，卻本能的知道，若是任由崔薇這樣下去對自己絕對是不利的。

一想到這兒，聶秋染乾脆一上床就連人帶被的將崔薇給攬進了自己懷裡，也不管她掙扎個不停，便緊緊將人給摟在懷裡，想來想去自己惹著她的地方不多，若真說要有，也只有聶秋文今兒惹出來的事情而已，他連忙開口哄道：「好了好了，別生氣了，我一定會再給妳出氣的。」

越聽他這樣說，崔薇越是覺得不舒坦，不知道他幹麼的，手勁大得要命，崔薇掙扎了一陣自己氣喘吁吁的，也沒掙扎得掉，乾脆也不動了，閉了眼睛睡覺。

聶秋染見她這樣子，只當她還在使小性兒，一邊也跟著睡了過去，心想她這個脾氣發了，也許第二天便好了……

——未完，待續，請看文創風169《田園閨事》5

文創風 144-147

舉案齊眉

全套四冊

堂堂將軍府的嫡女，軟弱到被迫嫁給傻子夫君。
重生而來，她不願再任人擺佈，
只是老天爺跟月老似乎沒喬好；
前世手上纏著的紅線始終剪不斷、理還亂……

柔情似水・情意遲遲／蘇月影

陶齊眉，一個病殼子嫡小姐，軟柿子被人捏了一世，
她從來都以為是自己命該如此。
就算情竇初開，卻只能深深地掩藏在心裡，
因為不受寵愛，又無人為她出頭，
她不得不嫁給世家嫡長子——一個無知的傻子，
癡傻兒配上病癆子，人人都笑好一個門當戶對。
最後舉家被滅，她病發而死，是她前世短暫又可悲的一生。
重生而來，她努力改變命運，雖然知道過程，不知結局如何。
但那又如何，只要能向著美好的彼岸，她再辛苦也值得，
況且路上並非她一人，
她原以為是傻子的夫君，竟身懷著巨大秘密，
單純又一心一意地愛著她……
縱使意難全，她只盼能與他白首齊眉，舉案對心……

文創風
168

田園閨事 4

國家圖書館出版品預行編目資料

田園閨事 / 莞爾著. --
初版. -- 臺北市 : 狗屋, 2014.03
冊 ; 公分. --（文創風）
ISBN 978-986-328-255-6（第4冊：平裝）. --

857.7　　103001985

著作者	莞爾
編輯	王佳薇
校對	黃薇霓　曾慧柔
發行所	狗屋出版社有限公司
地址	台北市104中山區龍江路71巷15號1樓
電話	02-2776-5889～0
發行字號	局版台業字845號
法律顧問	蕭雄淋律師
總經銷	知遠文化事業有限公司
電話	02-2664-8800
初版	103年3月
國際書碼	ISBN-13　978-986-328-255-6
原著書名	**《田园闺事》**，由起点女生网（http://www.qdmm.com/）授權出版

定價250元

狗屋劃撥帳號：19001626

網址：love.doghouse.com.tw　E-mail：love@doghouse.com.tw